李白杜甫诗歌在越南的传播研究

宇如祥　著

九州出版社
JIUZHOUPRESS

图书在版编目（CIP）数据

李白杜甫诗歌在越南的传播研究/字如祥著.
北京：九州出版社，2025.1. --ISBN 978-7-5225
-3596-8

Ⅰ. I207.227.42

中国国家版本馆 CIP 数据核字第 2025VP0394 号

李白杜甫诗歌在越南的传播研究

作　　者	字如祥　著
责任编辑	赵晓彤
出版发行	九州出版社
地　　址	北京市西城区阜外大街甲 35 号（100037）
发行电话	（010）68992190/3/5/6
网　　址	www.jiuzhoupress.com
电子信箱	jiuzhou@jiuzhoupress.com
印　　刷	华睿林（天津）印刷有限公司
开　　本	710 毫米×1000 毫米　16 开
印　　张	10.75
字　　数	165 千字
版　　次	2025 年 1 月第 1 版
印　　次	2025 年 1 月第 1 次印刷
书　　号	ISBN 978-7-5225-3596-8
定　　价	68.00 元

代　序　基于媒介融合语境中的唐诗传播

源远流长的中国古代文学，到了唐代，进入了一个高度繁盛的新时期，整个文坛出现了百花齐放的繁荣局面。其中诗歌作为唐代文学的主流，更是大放异彩。自公元618年至公元907年不到三百年间，留存下来的诗歌近五万二千首，有姓名的诗人达两千三百多人，其数量之多，作者之众，风格流派之繁，体裁样式之全，影响之大，均堪称空前，并出现了李白、杜甫、白居易这样享誉世界的伟大诗人和一批众星拱月的名家，其中独具风格的著名诗人就有约五六十人，形成了独具魅力的盛唐气象。因而唐诗在代表唐代文学的同时，更是代表了中国古典诗歌的最高成就，不仅在中国文学中具有重要地位，也对世界各国尤其是东南亚国家的文学产生了深刻影响。

是什么力量使唐诗这样优秀的传统文化的生命力如此旺盛且经久不衰？答案不言而喻，就是“传播”。传播在文化繁荣发展的过程中扮演着重要的角色，它可分为人际传播、人内传播、组织传播、群体传播、大众传播等类型。不同的传播方式既有各自的优势也存在一定的缺陷，所对应的传播路径有重合之处也有不同的地方。从时空的角度来说，文化传播可以从横向和纵向两个维度来分析，横向的传播可以理解为传播的广度，文化传播所覆盖的空间范围；而纵向的传播可以看作是文化传播的时间跨度。然而，很多时候文化传播是横纵交叉，时间与空间同时进行。比如盛唐时期的民族文化，在强大的国力支撑之下，通过各国使节、留学生等传播至日本、韩国、越南等周边国家，形成中华文化圈，这便是典型的文化在空间范围的传播；而唐诗文化以唐朝为起点，历经宋、元、明、清、民国至今，其传播没有中断过，各朝代也不乏文人学者有关唐诗浩如烟海的研究成果，这就是唐诗在时间跨度上的传播。我们在此对唐诗传播的探究以空间传播为主，旨在进一步提升唐诗的传播力、影响力，为现代人忙忙碌碌的生活打造一片惬意的绿洲；但唐诗属于传统文化范畴，对其传播的研究少不了唐诗在时间跨度上的传播与传承。因此，从时代背景着手，分析唐诗在当代的主要传播特征及路径，尝试创新传播方法，揭示唐诗在当代传播的文化价值，具有重要的理论意义与现实意义。

唐诗文化是唐代诗歌在长期发展中形成的艺术形式，包含了诗歌创作、审美意念和诗歌精神等丰富的文化内容。唐代诗人创作了约五万多首诗歌，《全唐诗》收录了四万八千余首作品，这些作品展现了盛唐气象与人文精神。据袁行霈主编的《中国文学史》[①] 记载：敦煌莫高窟藏经洞发现的唐代诗歌写本证实了唐诗在丝绸之路上的传播轨迹。宋代开始出现诗歌评点，明代出现《唐诗品汇》等选集，清代《唐诗三百首》成为启蒙教材，这些都推动了唐诗的经典化过程。近代以来，唐诗得到了更多重视，既延续了中华优秀传统文化，又借助现代科技与全球化交流焕发新生。唐诗不仅被编入中小学课本广泛传播，李白、杜甫、白居易等的作品也成为民族文化的符号。

当今世界，经济社会快速发展、科技进步日新月异，在信息传播数字化和网络化的形势下，各种传媒的深度融合已成为传媒业发展的一道亮丽风景线，呈现出报纸、广播、电视、杂志、音像、电影、出版、网络、卫星通信等媒介信息跨媒共享、资源跨行配置、文化跨域交流，并且凸显以传媒为核心的关联产业涟漪式发展的态势。在此背景下，一个崭新的名词——“新媒体”便横空出现了。据不完全统计，目前被当作“新媒体”来研发并被用作“新媒体”概念的新事物不下几十种，诸如门户网站、电子邮箱、数字电视、直播卫星电视、移动电视、IPTV、网络电视、列车电视、飞机电视、公交车载移动电视、出租车车载卫星电视、移动多媒体（手机短信、手机彩信、手机游戏、手机电视、手机电台、手机报纸）、虚拟社区、博客、播客、搜索引擎等，这其中既有传统媒体的升级形式，也有新媒体形式；既有新开发的媒介品种，也有新开发的媒介渠道，如新媒体硬件、新媒

① 袁行霈．中国文学史［M］．高等教育出版社，1999（8）．

体软件，又如新的媒体经营模式等。诸多新媒体现象的存在，刺激着人们注意这个活跃的、技术更新与理念更新需求极大的新领域。

20世纪是信息传播剧烈膨胀的“媒体纪”。广播、电视的出现，让传播格局走进了迅捷方便、远程传输的“电子到达”时代。电子化的传播极大提升了新闻信息传播的速度与规模，但信息传播者与信息接受者的关系并没有发生根本性改变。广播听众、电视观众与报刊的读者一样，仍然是一个个沉默的、被动的、“从远处看与听”的受众。进入21世纪，我们迈进了一个信息社会空前裂变的时代，同时也是媒介技术与传播关系裂变的时代。网络传播正在与各个社会生活领域相融合，一个由此而诞生的新的传播环境正在形成。全球数字技术的兴起，使得以往互不相干的各种传播媒体，产生了相互融合、汇流的基础。而新媒体发展的最终结果，就是传统媒体平台与新媒体平台的完全融合、互动，产生更为可观的价值和更长的产业链。在新媒体传播业务的多样化与多元化背景下，数字媒体业务流程将重组汇流，其资讯生产与盈利模式也必须探寻从竞争到竞合的发展方向，必须遵循新的信息消费规律。

自2014年习近平总书记到人民日报社、新华社、中央电视台视察时提出推动媒介融合发展后，各行各业点燃了投身媒介融合发展大潮之中的热情，期望借助媒介融合这一发展趋势在新的时代背景下取得新成就。2014年8月18日，习近平总书记主持召开中央深改组第四次会议，审议通过了《关于推动传统媒体和新兴媒体融合发展的指导意见》。这是我国关于媒体融合发展的顶层设计，是指导媒体融合实践的纲领性文件，表明“媒体融合”从党的意志变成了国家行动、国家战略。因此，2014年被誉为“中国媒体融合元年”①。随着媒介融合这一行业热点问题的迅速升温，学界以前瞻性的眼光，从学术角度对其进行了分析和研究。美国麻省理工学院教授伊契尔·索勒·普尔于1983年在《自由的科技》一书中提出媒介融合，其本意是指各种媒介呈现出多功能一体化的趋势；美国西北大学教授奇瑞·高登认为媒介融合大概分为五种，即新闻表达融合、结构性融合、信息采集融

① 管洪．我国媒体融合发展新局面的深层逻辑［N］．中国新闻出版广电报，2018－07－05.

合、策略性融合、所有权融合；我国传播学学者蔡雯认为，媒介融合是指“在以数字技术、网络技术和信息技术为核心的科学技术的推动下，各产业在经济利益和社会需求的鼓舞下通过合作、并购和整合等手段，实现不同媒介形态的内容融合、渠道融合和终端融合的过程”①；我国另一位学者陈映则认为媒介融合的含义和内涵可以从四个维度理解，分别为技术层面、组织层面、经济层面、社会文化层面②。综合专家学者的观点，我们可以得出这样的结论：媒介融合时代是新的传播技术涌现的时代，一个共同的传播主题可以调动各种新旧媒体相互协作、相互融合、发挥各自优势为共同的传播目标服务，从而产生一加一大于二的效果。

无论专家、学者、个人如何定义媒介融合，总体来说媒介融合是不断发展与延伸的，其核心是以数字式信息传播的方式实现。郭庆光在 2004 年第二版《传播学教程》中根据媒介产生与发展的脉络，将人类的传播活动区分为四个阶段，依次为口语传播时代、文字传播时代、印刷传播时代、电子媒介时代。当下处于电子媒介时代，互联网的普及推动了媒介的融合发展，媒介融合时代的信息传播出现了一些新特点。根据美国政治学家拉斯韦尔于 1948 年在《传播在社会中的结构与功能》一文中提出的“5W”传播模式来解析媒介融合时代的传播特点，即从传播者（who）、传播内容（say what）、传播媒介（in which channel）、受传者（to whom）、传播效果（with what effect）五个方面进行论说，结合媒介融合的构成要素，我们可以归纳总结出媒介融合时代的传播特点：一是传播者的全民化与传播地位的去中心化；二是传播内容的个性化、对等化、碎片化与娱乐化；三是传播媒介的数字化、多媒介与智能化；四是受众数量的扩大化、分众化与自主性增强；五是传播效果的即时性、真实性增强与传播范围的扩大化。

“鸿雁在云鱼在水”③，宋词里“鸿雁”“鱼”都是传信的使者，古人将其拟人化，充满了浪漫色彩，由此也可看出古人希望有一使者可迅速将信息传达至接受者的意愿，这在今天已经得以实现。社会传播体系的变革对社会

① 蔡文．媒体融合与融合新闻［M］．北京：人民出版社，2012.
② 李良荣，周宽玮．媒体融合：老套路和新探索［J］．新闻记者，2014（8）.
③ 唐圭璋．全宋词［M］．北京：中华书局，1965.

信息的传播影响深远，媒介融合时代信息传播更加便捷，传播时效性显著增强。从宏观来看，媒介融合的诸多优势给唐诗传播带来了许多机遇，包括丰富多彩的表现形式，增强了唐诗作品的传播力与感染力；减轻受众阅读障碍，使唐诗传播更加高效便捷；新技术扩大传播范围，使唐诗有了更多可供选择的传播途径。当然，我们也不容否认，媒介融合同样给唐诗传播带来极大挑战，比如信息洪流泛滥，注意力资源稀缺；传播内容的浅薄化、泛娱乐化趋势明显；传统媒体与新媒体的结合和转换，使传播者思维的转换显得滞后等。考察当代唐诗的传播方式与路径，可以说丰富多样，诸如唐诗类兴趣社团、广播电视节目、微信、微博、网站、手机 App、论坛、书籍、字帖等各显神通，我们大体可将其分为数字媒介、物理媒介、广播媒介等传播载体。

一、以纸张为载体的唐诗传播

毋庸置疑，以纸张为载体的唐诗传播是一种比较常见的传播方式，拥有着悠远的历史。在媒介融合时代，新媒体以井喷之势成为大众掌上宠儿，传统纸质媒体的生存状况十分严峻，电子书、在线阅读等的盛行，降低了学习与传播唐诗的门槛。数字出版产业的发展对传统出版业造成冲击，数字化转型成为许多出版机构的发展趋势。但在这样的时代背景下，以纸张为载体的唐诗传播并没有消亡，仍然具有重要影响力，主要体现为有关唐诗类书籍、字帖和大众纸媒等。在新技术冲击下，以纸张为载体的唐诗传播利弊兼具，其劣势体现为：首先，出版一部唐诗作品需要大量纸张，相较于数字出版而言，其出版成本更高；其次，查询与携带纸质书籍不方便。数字出版的书籍通过各类阅读软件，可将书籍装入自己的手机或者 iPad 中随身携带，对于工作较为繁忙的人而言更为便捷；再次，纸质书籍流通速度和广度都不及数字出版读物，数字出版借助数字技术和信息技术，接入互联网，拥有前所未有的传播速度。当然，纸质媒体的优势也不容忽视：首先，纸媒拥有丰富的经验，发展比较完善，纸媒从业者具备深厚的专业知识和职业素养，纸质书籍种类更为齐全，数量庞大，拥有准确严谨的出版流程和有效的知识产权维护机制，保证了纸质书籍的质量和利润。总体而言，纸质媒介出版机构的公信力、权威性成为许多读者选择纸媒作品的原因；其次，纸质书籍出版过程中，编辑的严格把关和对内容的再次策划加工，提升了传播效应。数字媒介虽然发展迅猛，传播迅速，但专业人才的教育和培养却没有跟上数字出版的发展，似乎人人都能成为作家，人人也都能成为编辑，但正是传播自主权的扩大，使传播内容的质量成了许多数字媒体向前发展的硬伤；再次，数字媒介无法取代纸质媒介给读者带来的阅读体验，无论数字媒介技术如何发展，即使拥有和纸质媒介一样的翻页方式，纸媒给读者带来的质感和触感都是无可取代的。

二、以电视节目为载体的唐诗传播

继2013年河南卫视首播的《中华好诗词》和2013年中央电视台、国家语委推出的《中国汉字听写大会》之后，陕西卫视首播的《唐诗风云会》[①]掀起了传统文化热。此后，2016年中央电视台又推出《中国诗词大会》，再次点燃国人对古典诗词在内的传统文化的热情。2015年3月1日，大型唐诗文化益智类节目《唐诗风云会》在陕西卫视开播，其传播主题定位于唐诗及其精神文化内涵的传播，在第一季的晋级赛节目中由“众里寻他”“唐诗流韵”“挑灯觅句”三个环节构成，而后期的专场赛又选取一个与唐诗、唐朝有关的主题，围绕这个主题来竞赛，同时使得与主题相关的传统文化也得到充分的传播。比如2015年8月25日播出的节目以“丝绸之路”为主题，喊出“以诗歌致敬丝绸之路”的口号，其中也分为三个比赛环节，分别为“推敲成趣”“网络流行语”“抽丝剥茧”。《唐诗风云会》这样的传播方式将唐诗文化与现代文化相结合，利用电视媒介传播古老而优秀的传统文化，充分发挥了电视这一传播路径的独特优势。以电视节目为载体的唐诗传播值得借鉴之处体现在以下方面：首先，节目主角的配置上既有专注于唐诗研究的学者，也有热爱唐诗的普通老百姓，没有通过明星大牌来夺人眼球，而是呈现普通老百姓对唐诗的热爱，如警察、语文老师、小学生、工科博士生等，而三位唐诗研究的专家分别扮演“翰林学士”这一角色来给选手打

① 杨季翰，马腾所．唐诗风云会：现代媒体点燃对传统文化的热情［J］．中国广播电视学刊，2015（11）．

分。另一个比较突出的特色就是主持人角色的创新，主持人不仅是整档节目的主持者，同时也是节目竞赛的参与者，他还扮演着主考官的角色，这就需要主持人不仅拥有主持能力还要具备深厚的唐诗文化底蕴。北京师范大学康震教授、南京师范大学郦波教授、中央民族大学蒙曼教授等轮流担起了这一角色，并赢得众多好评。普通人参赛给观众带来一种角色置换之感，有助于唤起观众学习唐诗的热情。专家学者的参与增加唐诗赏析、释义以及评分的权威性，同时也能促使专家学者将自身所专注研究的知识与大众分享，陶冶情操；其次，从节目竞赛机制设置来看，无论是晋级赛还是专题赛都设置为三个环节，节奏松紧得当且各有意义。每个环节由三位“翰林学士”根据选手的表现进行打分，并影响下一环节的得分，最终由分数决定谁是本场擂主。比如“众里寻他”环节，在选手答题时间，现场营造出一种无比安静的环境，最后的音响警报声增加了节目的紧迫感，调动了观众情绪。又如“推敲成趣”是一种开放性的答题方式，既考查选手对唐诗字词的感悟，又给每个人各抒己见的机会，激发了现场的想象力。而“网络流行语”这一环节用唐代诗词描述现代网络语所要传达出的意蕴，将现代文化与唐诗文化相结合，这是唐诗在当代的重生；最后，这一档节目的现场环境营造也非常成功。灯光并非五光十色而是以蓝色和黑色为主调，朴素而充满浪漫色彩，LED 大屏还以蕴含着高雅韵味的竹子为背景。此外，背景音乐的恰当运用为现场氛围的营造发挥着重要作用，时而古风典雅，时而动人心弦，时而激发情绪，提升了现场感染力。其中最为重要的是几位“翰林学士”、参赛者、主持人对唐诗的理解与赏析，使得整档节目充满着唐代诗人的风雅之韵①。这种传播方式后来又在中央电视台的《中国诗词大会》得以发扬光大，持续点燃了国人乃至外国友人对中国古典诗词在内的中华优秀传统文化的极大热情。

三、以微信公众号为载体的唐诗传播

微信是腾讯于2011 年1 月21 日推出的一款即时通讯软件。2012 年微信

① 曹海涛．论媒介融合语境下的传统文化传播创新［J］．今传媒，2015（7）．

增设的公众号开始投入使用，众多的微信公众号中不乏有关唐诗的传播平台，比如“唐诗宋词元曲”“唐诗三百首”“陪孩子读唐诗”“唐诗来了”“唐诗宋词品鉴”“跟着唐诗去旅游”“唐诗古韵”等。以“唐诗”为字眼，在微信中可以搜索到的相关公众号有数百个，其中包含了专注于唐诗传播的公众号和其他古典诗词类涉及唐诗传播的公众号，其传播主体既有个人也有相应的文化传播公司、媒体电视台等，主要有诗词爱好者所做的有关唐诗的赏析分享、少儿学唐诗、唐诗知识普及等内容，这些微信公众号都各有其传播的特点与长处。比如深圳思邈科技有限公司曾开发运营的“唐诗三百首赏析”，这个微信公众号从创办之初便打出“中国最大的唐诗爱好者社区”的旗号。该微信公众号自2015年开始推送与唐诗有关的消息，内容主要体现为唐诗作品赏析、唐代诗人介绍、唐诗文化介绍三大类，每天推送三至五条微信内容，其中至少有一条微信内容为唐诗作品赏析。而唐诗作品赏析的内容也分为三部分：唐诗作品、现代韵译、内容赏析，并在相应部分配上恰当的图片。从整体内容来看，该微信公众号虽然每天都推送有关唐诗的内容，但较为浅显，主要以普及唐诗为主，专业化程度不高，且与其他内容掺杂，造成信息冗余，分散读者注意力，削弱唐诗的传播力度。

唐诗在微信公众号中的传播除了曾经的“唐诗三百首赏析”外，较有特色的还有“唐诗三百首”“陪孩子读唐诗”以及台州电视台公共频道中的“唐诗来了”等栏目。这三个传播唐诗的平台各有特点和长处，但也存在不足。“唐诗三百首”与“唐诗三百首赏析”相比，其突出优点包括：第一，更重视用户粘度，有助于留住长期、优质粉丝，具体做法是每期推送的内容末尾都会留下一些简单的唐诗问答，如唐诗名句接龙、填唐诗等题目，读者在回答问题的过程中不仅学习了唐诗，还会有更强的参与感。第二，每期都围绕唐诗展开，专注于唐诗，且必有韵译，用现代汉语押韵的方式翻译唐诗。“陪孩子读唐诗”的突出优点在于以音频传播，配以文字和图片，开辟了一个音频小课堂，就如广播一样，其内容和风格适合孩子和父母一起学习。“唐诗来了”是台州电视台公共频道微信公众号的一个栏目，是“视频+文字+图片”的传播模式，每期时长5分钟，在视频中有主持人朗诵唐诗，解读唐诗作品，更为直观生动。这三个微信公众号相比较，“唐诗三百首”注重与读者互动，增加读者参与感；“陪着孩子读唐诗”以孩子读唐诗为切入点，其内容老少皆宜，发挥声音传播的长处；“唐诗来了”则发挥视频传播的长处。三个公众号都具有品牌化传播的特点，在当下微信公众号数量众多、注意力稀缺的时代，坚持内容为本、走品牌化道路不失为一条好路子。

四、以电子书为载体的唐诗传播

亚马逊公司在电子书行业取得的成功，点燃了国内图书出版商、销售商进军数字化出版行业的热情。数字化出版涵盖的内容十分广泛，电子书是数字化出版的产物之一，也是当下常见的书籍形式。近几年，有关唐诗作品的电子书也逐渐成为许多人的阅读选择。电子书可谓纸质书籍的电子化翻版，发展至今优势与劣势显而易见。针对唐诗作品来考量媒介融合时代的传播路径，电子书的优势体现为：第一，所占内存较小，存储与携带都十分方便。如亚马逊网上书店售卖的《全唐诗》电子版，由30本电子书组成，共收录唐代2529位诗人的诗作42683首，而纸质书籍则由15册书组成整套《全唐诗》，相比较而言，电子书更加节省储存空间，携带更为方便；第二，知识和书籍的分享与传输更为迅速和便捷。许多电子阅读软件都与QQ、微信等即时通讯工具联系紧密，可以通过分享机制实现与他人的共享，有利于降低唐诗的传播成本。此外，许多提供电子书的软件都具有读者评论、交流的虚拟空间，增加了读者之间的交流与互动，诚如王勃诗中所言“海内存知己，天涯若比邻”，将不同地方的唐诗爱好者通过虚拟的网络平台聚集在一起。当然，电子书的劣势也很明显：第一，电子书在国内是新兴文化产品，对从小接触电子产品的“00”后一代人有一定吸引力，但对于大多数国人而言，自小通过纸质书籍学习和阅读，养成了阅读纸质书籍的习惯，想要转化成为电子书籍的读者，需要主动投入并不断适应，这显然阻碍了唐诗电子书籍的传播；第二，电子书编辑策划缺乏新意，发展尚未成熟。相对于传统出版业而言，电子书所属的数字化出版领域发展尚未成熟，编辑策划经验不足，缺乏专业化人才，其编辑策划照搬纸质书的出版方法，没有新的探索和经验积累。

五、以网站为载体的唐诗传播

“古诗词网”创办于2011年，是由重庆人汤继华所带领的团队开创的网站，专注于古诗文服务，致力于让古诗文爱好者更便捷地发表及获取古诗文相关资料，网站内容以中国古代诗歌和散文为主。分析该网站，值得借鉴学习的地方有三点：首先，从古诗文网的内容入手，古诗文网并不是专注于唐诗传播的网站，唐诗知识只是他们传播内容的一部分。其内容包括先秦、两汉、魏晋、南北朝、隋代、唐代、宋代、金朝、元代、明代、清代的诗词和散文，此外还有其他的古籍如《论语》《资治通鉴》《搜神记》《伤寒论》等，内容十分丰富。点击一级导航栏“唐代”，跳转页面后出现的便是唐代的诗歌和散文。在这个页面上有二级导航栏分别为类型、朝代、形式三栏，“类型”后面有具体的诗歌和散文类型，如写景、咏物、春天、夏天等；“朝代”下的分支内容与一级导航栏一致；“形式”下的分支为诗、词、曲、文言文。然后进入页面的主题部分，主题部分是唐诗作品的呈现。点击某一首唐诗作品，可以看到唐诗作品原文、翻译赏析、作者介绍以及相关内容推荐等，共收录唐诗47062首。另外，该网站除了供给内容外，还向读者征集原创诗歌，并在“来哟诗歌”这个专题栏目率先展示。该网站的内容还包括读者有关某一诗歌和散文的赏析或有感而发。应该说该网站内容齐全，分类方式简明易懂，风格符合当代普通网民的要求，并注重与读者的互动，为读者提供一个展现自己的舞台，使读者不仅是唐诗作品的接受者，更是唐诗鉴赏、诗词创作的参与者；其次，网站的设计风格古色古香，简洁明了。主页包含为两栏式网页构架，最上面是主导航栏，内容为“诗文”“名句”“典籍”“作者”“原创”“随便看看”“我的收藏”“App下载”几个菜单。在这一导航栏下面是站内检索工具，再下一栏便是从先秦到清代，从左到右依次排列的第二条导航栏。主体部分结构内容，左边为“今日推荐”，放置每天推送的诗歌散文内容；右边三个模块从上至下依次为专题、古诗分类、文言文分类、故事典籍。主页分类布局十分清晰明确，以灰白色作为网站的主色调，清新脱俗，诗意韵味十足。总体上看，该网站的主页和其他网页的结构、功能、分类明确，导航清晰。最后，该网站注重与读者的互动，且互动门槛低，有效提高了读者参与互动与创作的积极性。

六、以抖音平台为载体的唐诗短视频传播

近年来，唐诗文化以短视频方式在抖音平台的呈现和传播越来越受到大众的欢迎，圈粉无数，见证了新一轮“唐诗热”。据《2023抖音唐诗数据报告》显示，2022年近百万名网友在抖音发布唐诗相关短视频，累计播放量超158亿次，同比增长74%，越来越多名家学者和专业机构在这里开展“线上诗词讲堂”。比如，2022年6月，抖音、字节跳动公益联合南开大学文学院和中华书局，推出短视频版《唐诗三百首》，邀请叶嘉莹等23位名师解读唐诗经典，其中，“抖音诗词”账号吸引约312万名网友关注，视频累计获赞超4071万次。此外，同系列“大家聊唐诗”“荷畔诗歌节”等节目观看人次逾千万。除邀请名家讲解诗歌之外，短视频版《唐诗三百首》以对诗、朗诵、吟唱等多样形式引发读诗热潮，先后与《长安三万里》《满江红》等热播电影联动，和濮存昕等影视名家共创，与西安交响乐团等合作。目前，“我在抖音读唐诗”话题播放量已超12亿次。相关专家学者认为，这是中华优秀传统文化在当下创造性转化、创新性发展的积极实践。这一现象为我们研究中华传统文化在数字时代的传承与创新提供了重要依据。短视频作为一种新兴传播方式，能够通过音视频结合的形式，引发用户的视觉和听觉共鸣。合成的背景音乐、画面特效，以及配合唐诗内容的场景呈现，促进了唐诗与现代生活的连接。这种近乎浸入式的体验，为唐诗的理解和感受提供了新的路径，推动了中华传统文化的传承，特别是以短视频为媒介开展唐诗文化的传播，已形成了中华传统文化传播的新范式。

唐诗是中国传统文化的瑰宝。唐诗之美，美在平仄和谐的韵味，美在词句意境动人的绝妙，美在所传达出来的唐诗文化精神。要将唐诗与当代人的生活相融合，滋养心灵，陶冶情操，离不开读者对唐诗的理解和传播者对唐诗的解读与传播。在媒介深度融合发展的新时代，我们应当注重创新唐诗传播路径，丰富唐诗传播形态，打造唐诗传播品牌，进一步挖掘唐诗文化价值，不断提高一脉相传的价值认同和内在精神，使唐诗这一千年光阴酿就的美酒，历久弥香，芬芳四溢。

目　录

第一章　唐诗在越南的传播基础和传播情况

众所周知，“传播”这一概念的本义是广泛散布，意指两个相互独立的系统之间，利用一定的媒介和途径所进行的、有目的的信息传递活动。在人类社会中，公共关系反映的是人际之间的交往，要交往就离不开信息的传递及沟通。信息传播过程实际上就是一种信息分享过程，双方都能在传递、交流、反馈等一系列过程中分享信息，并在双方的信息沟通基础上取得理解，达成共识。而建立这种传播关系的基本条件或者说其传播基础，首先就是要有基本的共同经验范围，也就是人际传播过程中双方对信息能够共同理解、相互沟通、产生共识的经验范围，包括在大众传播中传播者和受传者双方对传播媒介的使用及理解的共识范围。因而找寻共同地域、共同语言、共同宗教文化习俗，以及共同社会经济条件等常常是传播关系的良好开端。一般的传播如此，文学传播也不例外。严格地说，文学传播是指文学及其作品的出版发行与社会流通活动，也即是文学生产者借助一定的物质媒介和传播方式，将文学信息和文学作品传播给文学接受者的过程。这就需要研究这种传播活动所应具备的基本条件，包括物质基础条件和社会文化状况。我们研究唐诗，特别是研究李白、杜甫诗歌在越南的传播状况，同样需要在媒介融合的时代背景下，去全面关注和研究越南的地理概况、政治体制、经济基础和社会文化、宗教习俗、民族渊源、对外交往等，甚至要把越南置于整个东南亚国家的区域中去观照。

第一节 唐诗在越南的传播基础

一、越南的地理、历史及政治、经济概况

越南社会主义共和国（The Socialist Republic of Viet Nam），是“东南亚”11个国家之一。地处东南亚的中南半岛东南端，北与中国广西、云南接壤，西与老挝、柬埔寨交界，东面和南面临南海。地形狭长，南北长1600公里，东西最窄处仅为50公里，略呈S型。国土面积约为33万平方公里，海岸线长3260公里，地势西高东低，境内3/4为山地和高原。越南是以京族为主体的多民族国家，人口约1.003亿（2023年）。全国划分为58省和5个直辖市，首都位于河内市。①

公元968年，越南成为独立的封建国家。1858年，法国势力开始侵入越南，1884年，法国侵占整个越南，将其分割为交趾支那（今越南南部）、安南（今越南中部）和东京（今越南北部）3个地区。交趾支那为法国殖民地，安南和东京为法国保护地。1884年，越南沦为法国保护国。在第二次世界大战中，越南从1940年9月到1945年8月被日本侵占。1945年9月2日宣布独立，成立越南民主共和国。同年9月，法国再次入侵越南，越南又进行了艰苦的抗法战争。1954年5月，法军战败，7月签订《日内瓦协定》，规定越南暂时分为两部分，以北纬17度线为界的越南北方获得解放，随后法国撤离越南南方，美国取代法国，通过其扶植的南越傀儡政权对越南南方进行控制。1960年12月，越南南方民族解放阵线成立。1961年起越南开始进行抗美救国战争，1964年8月，美国进一步扩大对越南的侵略。1973年1月，越美在巴黎签订关于在越南结束战争、恢复和平的协议，美军开始从南方撤走。1975年5月，南方全部解放。1976年4月，选出统一的国会。1976年7月2日，越南正式宣布南北方实现统一，改国名为越南

---

① 资料来源：https：//www. aseanstats. org/2023年东盟统计要点；https：//www. fmprc. gov. cn/国家概况 · 中华人民共和国外交部。访问日期：2024-5-21.

社会主义共和国。①

越南是实行人民代表制度和共产党一党领导的社会主义国家。1946 年颁布第一部宪法，1992 年 4 月 15 日，越南第八届国会第 11 次会议通过的现行宪法规定，越南是社会主义共和国国家，是以工人、农民、知识分子联盟为基础的人民民主国家；国家实行人民代表制度，一切权力属于人民；国会是人民行使权力的最高权力机关，其下的政府负责行政管理工作；国会选举国家主席，国家主席作为国家的代表，不向任何机关负责。同时，宪法还规定，越南实行共产党一党执政制，越南共产党是越南国家和社会的领导力量，以马克思列宁主义和胡志明思想为指导思想。2001 年和 2013 年两次修宪，均重申了越南共产党在国家政治经济中的领导地位。

地处北回归线以南的越南，属热带季风气候，高温多雨。年平均气温 24 度左右，年平均降雨量为 1500—2000 毫米。北方分春、夏、秋、冬四季，南方雨旱两季分明，5—10 月为雨季，11 月至次年 4 月为旱季。

越南矿产资源丰富，主要有煤、铁、钛、锰、铬、铝、锡、磷等，其中，煤、铁、铝储量较大。渔业资源丰富，有 6845 中海洋生物，其中鱼类 2000 种，蟹 300 种，贝类 300 种，虾类 75 种。森林面积约 1000 万公顷，森林覆盖率约为 42% 。

越南属于发展中国家，也是传统农业国，农业人口约占总人口的 75% ，耕地及林地占总面积的 60% 。粮食作物有稻米、玉米、马铃薯、番薯和木薯等，经济作物主要有咖啡、橡胶、胡椒、花生、茶叶、甘蔗等。

越南旅游资源丰富，五处风景名胜被联合国教科文组织列为世界文化和自然遗产。近年来，旅游业增长迅速，经济效益显著。主要客源国（地区）为中国、韩国、日本、美国、中国台湾、马来西亚、澳大利亚、泰国、法国等。主要旅游景点有：河内市的还剑湖、胡志明陵墓、文庙、巴亭广场、胡志明市的统一宫、芽龙港口、莲潭公园、古芝地道和广宁省的下龙湾等。

越南与世界上 150 多个国家和地区有贸易关系，现为东南亚国家联盟、亚太经济合作组织、世界贸易组织成员，是亚欧会议的创始成员。1986 年

---

① 刘稚，罗圣荣．东南亚概论［M］．云南大学出版社，2016.

开始实行革新开放，2001 年越南共产党第九次全国代表大会确定建立社会主义市场经济体制。近年来，越南逐渐走上全球制造力量较大的舞台，成为一个经常被讨论的东南亚国家。拥有一亿多人口的越南，人口结构非常年轻，劳动力红利开始显现，在承接产业转移方面具备了基本条件，受到跨国企业的青睐。值得一提的是，越南经济表现突出，在多国经济因受到疫情冲击而呈现负增长的情况下，越南经济在东南亚一枝独秀。截至 2022 年 10 月底，越南凭借水产品出口额 95 亿美元，跃居世界第三大水产品出口国，仅次于中国和挪威，占全球水产品交易份额的 7%，鱼产品加工业和再出口产业蓬勃发展。2003 年国内生产总值 4300 亿美元，人均国内生产总值 4234 美元，国内生产总值增长率 5.05%。[①] 可以说，越南是当今世界经济发展最有活力和潜力的地区之一，在未来新的世界政治、经济格局中，越南的作用和战略地位将越来越明显。

二、越南的社会文化状况

越南是与中国山水相连的南方邻邦，地处亚洲、大洋洲“两大洲”和太平洋、印度洋“两大洋”交汇的“十字路口”，加之历史上频繁的民族迁徙和经久不衰的海外贸易，使得不同文明在此交汇、碰撞乃至融合，并最终塑造了越南本土的社会与文化。地理位置的连通性与文化外源性导致越南文化具有显著的多元融合与多样性特征。

从地理空间上来看，越南位于中南半岛东部，北与中国云南、广西接壤，南抵暹罗湾，西接老挝、柬埔寨，东临南中国海，国土呈狭长的 S 形，包括北、中、南三部，即越南所谓的北、中、南三圻之地。在“越南”这一称谓产生前，其北、中、南三部长期存在着不同的文明和国家，塑造了前越南时代多元的文明与文化样态。就今越南北部和中部北区而言，其文明和文化形态主要受到中国汉文化的浸润。早在先秦时期，中国典籍中就出现了神农氏、颛顼、尧、舜等南至交趾或南抚交趾的传说。秦汉以后，今越南北

① 资料来源：https：//www. aseanstats. org/2023 年东盟统计要点；https：//www. fmprc. gov. cn/国家概况 · 中华人民共和国外交部。访问日期：2024 - 5 - 21.

中部长期为中国“郡县”或“边疆”之一部，开启了长达千余年的“郡县时代”，越南学者将其称为“北属时期”，这在客观上加速了中华文物制度在当地的传播与融合。10 世纪以后，今越南北中部开始建立以京族为主体的自主王朝国家。在构建古代王朝国家的过程中，其历代统治者逐渐将中华文物制度与本土文化传统结合起来，发展出了以使用汉喃文字和儒释道思想为核心的古代文明与文化样态。

而就今越南中南部而言，则长期受到印度文化的影响，分别形成以占婆人和高棉人为主体的“印度化”国家。2 世纪末，在此形成了以占婆人为主体的林邑国（后改称“占城”）。占城受印度文化影响显著，信奉婆罗门教和佛教，将湿婆视作王权的象征，使用梵文及在此基础上创制的占文。约10—13 世纪，占婆人接受了伊斯兰教及其文化，甚至将之本土化，形成婆尼教。与占婆人相比，高棉人在今越南南部的历史文化则更为悠久。其于 1 世纪左右建立扶南王国，至 7 世纪真腊（即今柬埔寨）取扶南而代之，在其国家强盛时期亦作“吴哥王朝”。由于高棉人在当地的长期经营，今越南南部深受印度文化的影响。

时至 1069 年，李圣宗首次从占城处获得了地哩、麻令、布政三州之地，以京族为主体的自主王朝国家开始越过横山向南扩张，即越南历史上所谓的“南进运动”。通过不断“南进”，原本局促于今越南北中部、以京族为主体的自主王朝国家先后从占城和真腊处取得了今越南中南部的广大土地。至18 世纪中叶，其统治范围已达暹罗湾沿岸，奠定了今日越南的基本疆域。在扩展疆域的同时，“南进”亦给以京族为主体的自主王朝国家带来了分裂，最终形成了郑主和阮主以罗河为界、分别控辖今越南北中部和中南部的局面，即越南历史上所谓的北河与南河。1802 年，阮主后裔阮福映建立阮朝，首次将今越南北中南三部同时置于一个政权之下，由此形成了统一的越南王朝国家，并开始了统一王朝国家的文化整合。

嘉隆（即阮福映）建立阮朝之初，在文化上采取了“因俗而治”的政策，不仅在北河保留了大量郑主以来形成的有别于南河的文化习俗，对曾支持其的华人、占婆人、高棉人、西方人及其他少数族群的文化及宗教亦保持相对宽容的态度。明命继位以后，从加强专制主义中央集权和大一统的角度出发，一改其父的宽容政策，开始对国内的多元文化样态进行整合。具体而言，明命之文化整合至少包括以下内容：其一，以儒学为尊，大力发展科举，恢复三级考试制度，倡导文臣治国；其二，排斥“异端”，抑制佛、道等势力，禁止天主教；其三，统一南北河之文化习俗，在少数族群中推行“汉化”政策，使之接受京族风俗习惯。通过一系列举措，明命使得国内相对多元的文化初步趋于统一，在一定程度上加强了民众对统一越南王朝国家的文化认同。

1858 年，法西联合舰队炮轰岘港，由此拉开了法国殖民入侵越南的序幕。为便于统治，法国殖民者最终将越南一分为三，分而治之。为抹杀越南作为统一王朝国家的历史记忆，法国殖民者甚至强迫阮廷销毁了清王朝赐予的越南国王之印，并以倡导“文明”“进化”等为借口，鼓吹西方文化优越，贬斥越南传统文化。面对法国的文化殖民，越南近代仁人志士在学习西方的同时，并未舍弃其传统文化，仍以越南为国号，撰写了大量宣传本国历史文化的著述，号召人民反对殖民统治。1945 年，越南八月革命胜利，胡志明在河内巴亭广场庄严宣告越南民主共和国成立，使得“越南”这一象征国家统一的文化符号再度复活。

早在八月革命前，越南共产党就从粉碎法日殖民枷锁和反对本国封建制度的角度出发，于 1943 年颁布了《越南文化纲领》，以此纲领为标志，社会主义文化逐渐在越南兴起。

八月革命后，由于法国和美国的干涉和介入，使得越南再度陷入分裂，尤其是 1954 年日内瓦会议后，逐渐形成了北方的越南民主共和国与南方的越南共和国对峙的局面，即所谓“北越”和“南越”。由于北越和南越分属于社会主义和资本主义两大阵营，二者不仅在政治、经济和军事上展开斗争，亦在思想文化领域存在博弈，如双方学者时常依托各自主办的《文史地》和《史地》杂志，就一些重要的历史文化问题展开隔空论战。就北越而言，其在胡志明思想指导下，大力发展社会主义文化，宣扬反帝反殖民、爱国主义和集体主义，为抗美救国战争和北方的社会主义建设而服务。

1975 年 4 月，越南人民在越南共产党领导下，最终取得了抗美救国战争的胜利。次年，越南国内举行普选，产生统一国会，宣布南北实现统一，改国名为越南社会主义共和国。此后，越南北方的社会主义文化迅速向南方传播和扩展，最终成为其国内的主流文化。革新开放以来，越南思想文化领域日益呈现出多元的发展趋势，面对国内出现的一些“西方化”和“自由化”倾向，越南共产党在文化建设上始终坚持社会主义方向，大力发展具有浓郁民族特色的先进越南文化，以实现文化的全面发展、多元统一，浸润人文、民主、进步精神，使文化渗透到社会生活的各个方面，成为促进越南社会发展的坚实精神基础和重要内生力量。①

综上所述，越南文化是以京族为主的 54 个民族共同创造和拥有的文化。在漫长的历史长河中，越南以本民族文化为基础，以汉文化为中枢，又多源融合了印度文化、西方文化，最终创造和形成了独具特色的越南文化。当今世界，西方文化拥有较大话语权，同时中国正在崛起，中华文化影响力显著提升。而越南正处于一个变革和开放的时代，其政治、经济和社会都处在日新月异的变化之中。在此内外背景下，越南谋求在保持独立自主的前提下，积极融入国际社会，加强与外部的交流合作，其文化也必然随之不断地演变和发展。

三、越南的语言文字和宗教信仰

官方语言是政府官方使用的语言，是一个国家通用的或认定的正式语言，与民间语言相区别。一个国家的官方语言一般从该国使用范围最广或使用人数最多的语言中选择一种或几种。根据官方语言或通用语言的数量，可以分为单语国家和多语国家。越南属于单语国家。但因为是多民族国家，所以越南也存在着数量可观的使用其他民族语言的族群。

越南是一个多语言、多民族的国家，官方正式认定公布的民族共有 54 个，其主体民族为京族，而岱依族、泰族、芒族、华族、侬族人口均超过 50 万。依据越南统计总局（Tổng Cục Thống Kê）公布的人口普查结果，2023 年全国总人口约 1.003 亿人。其中主体民族“京”（Kinh）族占 86%，其余 53 个少数民族占 14%。京族人是狭义上的越南人，故越语又称京语，

① 成思佳．多元统一的越南文化，中国社会科学报，2024－02－29.

主要分布于越南沿海平原越族（也称京族）聚居地区。

越南民族可划分为3个语系，即南亚语系、南岛语系和汉藏语系。越南的官方语言越语，属于南亚语系越芒语。越南语大约可分为北中南三大方言群，除了少数腔调及词汇的差异外，方言之间也基本上可以互相沟通理解。建国以后，越南以位于北方的首都河内腔为标准。由于近、现代长期的殖民统治和日益广泛的对外接触交流，法语、英语和俄语都影响了越南各语言，特别是对越南语词汇和语法结构的影响较大。越南的官方网站一般使用越南语和英语两种语言。

越南是一个多种宗教并存的国家，属于儒、道、释（大乘佛教）混合宗教圈。主要宗教有佛教、高台教、和好教、天主教等。此外，还有受儒教、道教等影响的其它一些规模较小的宗教。各宗教信徒分布状况为：大乘佛教信徒占81%，天主教信徒占5%，南传佛教信徒占2%，高台教信徒和新教信徒各占1%，其他（泛灵论、和好教、伊斯兰教和无宗教信仰者）约占10%。越南的宗教跟东南亚其它各国一样，具有多样性、多变性、神秘性和混合性的特点。

四、与中国深厚的民族渊源

中国与东南亚国家在地里位置上同属亚洲东部，其中越南、老挝、缅甸在陆地上与中国接壤，越南还与菲律宾、马来西亚等国在水域上与中国相邻。习惯上，世界各国将越南、柬埔寨、老挝、缅甸、泰国这五个国家称为东南亚地区的“半岛国家”或“陆上国家”，而将马来西亚、新加坡、印度尼西亚、文莱、菲律宾五个国家称为“海岛国家”或“海洋国家”。东南亚地区也是中国与印度交通的重要水路通道，唐代著名地理学家、宰相贾耽曾在《古今郡国道县四夷述》中记载自安南经缅甸、老挝、柬埔寨前往印度的陆上通道，以及自广州沿中印半岛航行，穿过马六甲海峡去印度的海上通道，其中马来西亚、新加坡、印度尼西亚等国是中国前往印度洋的海上必经之地。由于地缘、政治、经济、宗教、文化、民族等多方面的关系，古代中国与东南亚国家从官方到民间都有着密切的联系和往来。在这种漫长的交往史中，不仅在民族关系、政治外交、经济贸易、文化宗教、文学艺术等方面都存在着源远流长的密切联系，而且还有着深厚的民族渊源。东南亚是个多民族的地区，其中大部分民族来源于亚洲大陆，这些民族大多与中国东南沿海的百越民族和西南地区的少数民族存在血缘上的关系，如越南的越人与中国东南沿海的越族、缅甸克钦人与中国的景颇族、马来民族与中国大越族等，近代以来大量移居当地的华人移民，则主要来自中国东南地区的福建与广东两省。

具体到东南亚半岛国家中的越南，其主体民族越人（京人）为中国古代百越民族中的一支，即骆越人的后裔。另一民族芒人与越人不仅语言近似，来源上也同样来自骆越人。直至今日，越南人还承认他们的始祖雄王是神农炎帝四世孙泾阳王鸿庞氏的孙儿。有学者认为，越南人与浙江会稽之“越”、温州之东瓯、福建之闽越、广东广西之南粤（即越）人，均同属于越族，即古代中国百越之一，所以越南人与中国人同种。据传，有的居民是由中国的湖南和岭南移入的，现今的越南族，与今日越南的少数民族如汰人、僚人、龙人（侬人）、沙人、撣人、瑶人、苗人等，都隶属于广大的越民族系统。越南的侬人、岱人及其分支土佬、高栏、帕基，都与中国南部的壮族有亲缘关系，其中侬人从公元 1 世纪开始由中国南部迁入越南，至 17 世纪迁徙过程才停止。越南侬人还使用在中国汉字结构基础上形成的文字，即侬喃字。越南岱族和侬族的农姓族谱表明他们是广西壮族侬智高的后裔，在这两个民族中广泛流传着侬智高的神话传说，侬智高也被其视为民族英雄和保护神。越南高栏人也曾用汉字创造了一种记录口语的文字，称为“sika”，意即“合成字”，这种高栏喃字在造字原则上与越人喃字基本相同。高栏人日常讲自己的民族语言，其文学语言则用广东土语。山尤人的先民据说在许多世纪前来自中国广东，其语言和文化与广东汉人近似。越南拉祜人则来自中国云南。越南苗人早在公元 7—8 世纪开始由中国迁入，大批移入则于 15—16 世纪。越南瑶人也来自中国，从前瑶人没有学校，青少年跟随老年人学习中国汉字（读音用瑶语），并用汉字记录民歌、农事和礼仪。此外，居住在越中边境的瑶人也都懂广东话。

除此以外，我们都较为熟悉的是，无论是“半岛国家”还是“海岛国家”，都居住着渊源于中国的数以千万计的华人移民及后裔。中南半岛各国的数百万华人都源于中国，华人先民移居中南半岛始于公元前1世纪。进入越南的华人是在不同历史时期来自中国南部和东南部的不同地区，南宋赵汝适在其海外地理名著《诸蕃志》中均有提及；南宋灭亡后，一些宋朝移民不愿接受元朝的统治而流寓越南等地，从13世纪起，移居越南的华人越来越多，他们与当地的其他民族共同为越南的开拓和发展作出了贡献。

综上所述，中国与越南的各民族都有着血脉相连的亲缘关系，正是这种深厚的民族渊源，使得中国与越南除了地缘、政缘和商缘以外，还存在着血浓于水的族缘，以及文化与文学交流方面的文缘。

自古以来，中国与越南在民族血缘、政治外交、经济贸易、文化宗教和文学艺术等方面都有着密切的联系，其交往历史之悠久，人员往来之频繁，血缘关系之密切，以及文化影响之深厚，都展现出了两国之间源远流长的地缘、血缘、族缘、政缘、商缘和文缘。伴随着这种种关系，中国与越南的文化和文学交往也日益频密，我们从源源不断、生生不息的神话传说和民间歌谣，也可以窥见两国的民族关系及其文化和文学方面的交流、传播状况。

神话传说起源于原始初民或古代人民对世界起源、自然现象及社会生活的原始理解。由于中国与越南特殊的民族渊源和源远流长的文化交往，两地的神话传说也经由民族的迁徙、交往与融合而产生最原初的文化和文学的交流与传播。越南的部分神话传说反映了中国与越南血脉相连的民族关系，这类神话传说有的反映了两地民族共同的起源，有的则反映出两地民族由于相互通婚而促进血缘融合的现象。比如，早在13世纪，越南陈立法的神话传说集《岭南摭怪》中的《鸿庞氏传》，即称越南的开国君主雄王的父亲貉龙君为神农氏炎帝的第四世孙鸿庞氏之子，这个神话传说的另一个版本《貉龙君的故事》，以及《瑶人的祖先》《各种语言的来历》等，均描述了越南民族越人、瑶人、苗人与中国的民族渊源；越南的《少数民族的来历》等神话传说，则反映出中国与越南民族经由通婚而促进血缘融合的现象；越南的创世神话《天柱神创世》与中国的盘古开天地神话传说内容很相似，而民间神话《女娲与四象》《织女和牛郎》也与中国神话有关。此外，越南的一些神话传说还反映了中国与越南在政治、经济、宗教、文化等方面的交往。与此相关的是，在中国神话传说的影响下，越南还出现了“龙的族源神话传说”“谷物起源神话”“洪水后兄妹/姐弟再殖人类神话”等神话传说类型，[1] 由此显示出中国与越南之间的民族渊源及文学交流状况。

尽管越南的许多神话故事是以变形或曲折的形式来反映中国与越南的民族渊源，以及政治、经济、宗教和文化等方面的交流关系，但透过这些充满稚拙之美的神话传说，我们仍然可以窥见中国神话传说在类型、母题、情结等方面对越南国家神话传说的影响，欣赏到中国与越南通过民族交往交融，以及文化交流所展现出来的文学风貌与文学现象。

五、古代中国与越南的文化交往

中国与位于东南亚半岛的越南在地缘上山水相连，自古以来，在漫长的历史进程中，双方之间一直都存在着传统的友好交往关系，无论是双方的使节、商人、学者和僧侣之间的互访，还是在经济贸易、生产技术和思想文化上的交流，几千年来一直没有中断过。

早在公元前 2 世纪的西汉时期，中国的工艺制品和日常用品就已经通过海路和陆路送达到了东南亚地区，并由此而转向中亚、西亚等广大地区，加强了中国与东南亚、南亚各国之间的关系，扩大了秦汉文化的对外影响。比如，两汉时期，中国的铁器、农耕和水利技术传到越南，使越南的社会经济生活状况有了显著提高，同时中国也从越南输入了许多特产和东南亚的珍稀物产，如越南的象牙、犀牛、玳瑁、珍珠等。中国在夏、商、周时期，将越南称之为交趾，三国时称为交州，唐代改称安南，直至 1804 年清朝嘉庆皇帝册封阮福映为越南国王，越南名称即起于此时。历史上，公元前 214 年，秦始皇开始设置南海、桂林、象郡三郡，其中象郡包括现今越南北部和中部，越南从此直接归属秦朝管辖。秦朝灭亡后，南海郡尉赵佗于公元前 207 年自立为越南武王，统治南海、桂林、象郡之地；公元前 196 年，汉高祖刘邦派遣陆贾出使南越，册封赵佗为南越王；赵佗后来自立为南越武帝，成为越南首位君主。汉武帝时期，南越国丞相吕嘉反叛汉朝被汉武帝平定，于公元前 111 年设置南海、合浦等九郡，其中交趾、九真、日南三郡就在越南境

① 罗长山．越南传统文化与民间文学，云南人民出版社，2004.

内，越南重新纳入中国版图；在此后的一千多年间，越南成为中国行政区域的一部分，即越南历史所称的北属时期。中国统治阶层除了派遣官员治理外，还将其作为犯人的流徙之地，一些获罪文臣被流放至当地，由此促进了汉文化特别是文学艺术在越南的传播和发展，而两地人口的互徙与杂处，也有助于文化和血统的融合。公元 939 年，越南吴朝的吴权自立为王，开始脱离中国的统治；到了丁朝，丁部领于公元 968 年称帝，建立大瞿越国；公元 975 年，宋太祖封丁部领为交趾郡王，两国正式建立宗藩关系；此后历经丁、前黎、李、陈、后黎、阮各朝，中国与越南一直保持宗主国与藩属国的关系，两国在政治、文化和人员方面的往来都非常密切。中越这种政治、文化的频繁交流，对两国的经济文化和社会生活都有积极影响。

到了南朝时期，中国与越南等东南亚国家的宗教文化交流活动不断增多。公元 968 年，越南独立建国后，中国与其的科技文化交流传播更加广泛，涉及印刷术、医药、织锦技术、建筑技术、天文历法、陶瓷技术、数学、农业、文学艺术等。印刷术的发明是中华民族对人类文明的巨大贡献之一，早在公元 7 世纪，中国就发明了雕版印刷技术来印刷各种书籍，至宋代，中国的印刷术已经有了相当的水平和规模，北宋布衣毕昇还发明了泥活字印刷术，并在 13 世纪开始传入越南等东南亚各国，越南陈朝元丰年间（1251—1258）木印的户口帖子，就是越南最早的印刷品。[①] 在宋代，中国医药也源源不断地输入越南，越南以中国医学典籍作为发展本国医学事业的基础，常常派人到中国贸易中药材，一些中国医生也前往越南行医。越南的封建统治者常请中国医生治病，如 1136 年越南李朝李圣宗病重，越南医生医治无效，后来由宋朝僧医明空所治愈，明空因此被李朝李圣宗封为“李朝国师”。[②] 许多中国医生以高超的医术为越南人民治病，得到了越南人民的普遍尊敬和款待。到了元代，中国的医学、医药、针灸等医疗技术已在安南地区广泛传播。明代永乐五年至宣德二年（1407—1427），安南隶属明王朝，中国医学大量输入越南，明王朝还在安南广威府、古兰县、多冀县、洞

---

① 李喜所．五千年中外文化交流史，世界知识出版社，2002.

② 李喜所．五千年中外文化交流史，世界知识出版社，2002.

喜县等遍设医学机构。[①] 而越南医药也随安南多次向宋王朝贡方物输入中国，如方物中的苏合香、朱砂、沉香、玳瑁、象牙、犀角、珍珠等名贵药材，以及越南人所著的《本草拾遗》《中越药性合编》《南药神效》及号称“医圣”的黎有卓所著的越南第一步医书《海上医宗心领全贴》等先后输入中国。[②] 此外，随着航路的开辟，中国和越南等东南亚各国不断进行贸易往来，互通有无，还使得药材成为贸易中的大宗商品，既满足了中国对于某些稀缺药物的需求，也促进了中医理论和制药方法向域外的传播。

隋唐时期，中国继续和东南亚国家之间保持着友好往来的关系，国家间互派使节、交换农作物产品等活动频繁。中国丝绸和瓷器的对外贸易活动，在这一时期得到了进一步的扩大。自宋代以来，在越南等东南亚各国，中国的瓷器逐渐成为当地人民非常喜欢的日常生活用具。中国青花瓷鲜艳夺目，永不褪色，深受各国人民的青睐。中国青花瓷的制作技术早在元代就输入越南，而后安南陈、胡、李、郑、莫朝多次派人至江西景德镇学习青花瓷烧制技术。安南阮超嘉隆九年，又有大批越南人到广东学习烧制琉璃瓦和制陶品技术，回国后得到阮王的厚赏。[③] 现在越南人也能烧制青花瓷等陶制品，其技术就是源自中国。

中国是世界上天文历法发展最早的国家。元代杰出的天文学家郭守敬编制的《授时历》对节气的推算已相当精确，对农业生产贡献重大，影响极大。公元 1334 年，元朝派人出使越南，将《授时历》赠送给越南陈朝政府，自此，安南历朝均使用中国历法。后来越南又根据康熙年间出版的《历象考成》的计算方法，改定本国农时节令，分为二十四节气，既为发展农业生产起了很大作用，也给人民日常生活带来了方便。越南还学习中国明清朝廷任命气象官员的方法，任命官员掌管观测天象、推算节气、历法等事务。

到了我国封建社会的晚期，也就是明清时期，更是出现了一些对外往来的壮举。明代郑和七下西洋极大地促进了中国与东南亚国家之间的经济文化

① 郭振铎，张笑梅．越南通史，中国人民大学出版社，2001.

② 脱脱，等．宋史．占城传，中华书局，1978.

③ 郭振铎，张笑梅．越南通史，中国人民大学出版社，2001.

交流。郑和率领庞大船队七下西洋，访问南沙群岛、南亚、印度洋、波斯湾、红海和非洲东部沿海一带30多个国家，其中出使东南亚国家时以马六甲为大本营，先后到过印尼群岛上的10多个国家，如爪哇、苏门答腊、巨港、麻逸洞（今屋里洞）、南渤列（今亚齐）等，传播中华民族古老的文化成果和先进技术，发展我国与东南亚各国的友谊，对当地产生了广泛影响，在印尼的雅加达、三宝垄、井里汶、泗水等地，至今还有与郑和有关的庙宇。而一些跟随郑和下西洋的中国人在下西洋过程中留居各国，成为早期的华侨。他们和侨居地人民和睦相处，共同开发和垦殖，如占城、暹罗、满剌加等地，原来都存在着“少耕种”的情况，后来经华侨和当地人民的共同垦殖，不但丰富和发展了粮食生产品种，而且也提高了农作物的产量。暹罗、占城的水稻良种，也随着文化交流而传入中国。

随着医药文化、陶瓷艺术、天文历法等的不断对外传播，中国与越南之间民俗文化、文学艺术的交流传播也得到了进一步的扩大。无论是在官方层面还是在民间领域，内容都十分丰富，具有长期持续、领域广泛、互通有无、和平友好等特点。在长期的交流过程中，中国文化、文学、艺术对越南社会经济发展发挥了重要的促进作用。中国与越南之间包括唐诗宋词、李杜诗歌等的传统文学交流，也是在这种漫长的政治、经济、文化、宗教和民族相互交流、交往与融合的大背景下不断发展，延续至今。

第二节　唐诗在越南的传播情况

作为唐代文学的主流和中国古典诗歌的最高成就，唐诗不仅在中国文学中具有重要地位，也对世界各国尤其是东南亚国家的文学产生了深刻影响。本节从“一带一路”倡议的时代背景出发，从传播学角度研究唐诗在越南的传播与接受情况，探索域外文学的传播与接受机制，审视文学传播现象，考察文学传播过程，进一步建构和丰富文学传播学理论。

一、中国古代文学及唐诗的传播情况

20世纪80年代初，随着西学东渐，我国学者开始尝试运用传播学理论

进行文学批评，如张可礼于1984年在《文史哲》上发表的《建安文学在当时的传播》，便对文学传播理论进行了探讨，而从传播学角度广泛研究文学大约始于20世纪90年代。这一时期，一批硕士学位论文及研究成果陆续呈现，如叶美姣的《唐代的文学传播活动研究》、李佳的《盛唐诗歌的传播模式》、邢建堂的《汉唐时期的诗歌、小说—新闻传播的特殊形式》、马承五的《唐诗传播中的特殊行为方式》、孙民生的《对中国古典文学内部传播模式的思考》、王兆鹏的《传播与接受：文学史研究的另两个维度》、郭英德的《元明的文学传播与文学接受》，以及花城出版社先后出版的曹卫东的《中国文学在德国》等"中国文学在国外丛书"与暨南大学出版社出版的饶芃子的《中国文学在东南亚》等。20世纪的文学传播学发端于中国古代文学传播研究，研究对象一类是从某一传播学理论角度研究文学传播，另一类是断代文学的传播研究。

进入21世纪后，文学传播学研究开始向系统化和领域化研究发展。这一时期，硕士、博士论文及研究成果更加丰盛，如王玫的《建安文学在唐代的传播与接受》，童岳敏、罗时进的《唐诗的传播媒介及其范式》，张次第、曹萌《略论中国古代文学的传播》和《文学传播学的创建与中国古代文学传播研究》，史卫的《唐诗传播初探》，邱昌员、曾光敏的《论唐诗与唐代文言小说的传播》，林红的《中国古代文学传播方式及其影响略论》，王运涛的《略论创造性模仿和古代文学传播》，柯卓英的《唐代的文学传播研究》，姜革文的《论唐代商人在唐诗传播中的作用》，刘洪生的《唐诗与宋词的传播艺术》，陶涛的《唐代诗歌传播方式初探》，王兆鹏的《中国古代文学传播方式研究的思考》等；著作如尚永亮等的《中唐元和诗歌传播接受史的文化学考察》，吴淑玲的《唐诗传播与唐诗发展之关系》，沈文凡的《唐诗接受史论稿》，朱文斌的《东南亚华文诗歌及其中国性研究》等。21世纪的文学传播学一方面继承了20世纪90年代以来的方法，一是断代文学的传播研究，二是从新闻传播角度研究中国古代文学，逐步构建古代文学传播理论体系；另一方面，又有新的发展。如研究对象不断细化，出现了针对各种文体的传播研究，涉及到部分总集、作家作品和别集、流派、题材；同时还开始出现了针对国内外区域传播的研究。

唐代诗歌的传播研究主要有以下角度。

（一）著名诗人诗歌研究

著名诗人诗歌的研究，主要涉及从民俗学、新闻学、传播学等角度探讨唐诗名家名作的传播与接受状况。如宣炳善的《李白（静夜思）的民俗学阐释——兼论乐府传播的民俗机制》，张保健的《论杜甫诗的新闻性》，沈文凡的《试论杜甫诗歌的现实主义特色及其新闻传播性》，周啸天的《以新闻为诗：杜诗的一大开拓》，王运熙《白居易诗歌的分类与传播》，卫亚浩、唐林轩的《从白居易的诗到柳永的词——白诗与柳词传播现象比较》，胡振龙的《唐五代人对李白诗歌的传播与接受》，徐明的《杜甫题画诗的传播学观照》等。

（二）传播方式、特点、模式、媒介等角度研究

很多专家学者的研究，涉及到唐诗的传播方式、传播特点、传播模式、传播媒介等，甚至从文化学角度考察唐诗的传播与接受状况。如吴承学的《论题壁诗——兼及相关的诗歌制作与传播形式》，马承五的《唐诗传播的文字形态与功能》和《唐代艺术与诗歌文化传播》，胡振龙的《唐代的诗歌传播方式与传播特点》，杨军、李正春的《唐诗在当时的传播》，童岳敏、罗时进的《唐诗的传播媒介及其范式》，陈岳芬的《唐诗在唐朝的传播方式》，史卫的《唐诗传播初探》，黄昭寅的《论唐代诗歌的各种传播形式》，以及尚永亮的《中唐元和诗歌传播接受史的文化学考察（上下卷）》等。从以上论题可看出唐诗传播研究集中于对传播方式的探讨，因而文中难免有雷同之处。

（三）唐诗流派传播研究

唐诗的流派传播研究，学界关注不多，因而成果也相对较少，检索文献只有寥寥几篇，如刘磊的《从历代选本看韩孟诗派之传播与接受》、葛琳的《论岑参边塞诗的传播意义》等。

二、唐诗在东南亚国家的传播情况

中国古代文学在国外的传播，从研究对象看主要集中在小说和诗歌方面，其次是散文和戏曲；从研究区域看主要集中在韩国、朝鲜、日本和其它东南亚国家，以及俄国和英语世界；从研究者看，国内外学者皆有。其中，对于唐诗在国外的传播研究成果较少，传播区域零散，只有李福清的《中国古典诗歌研究在俄国》，李鹏的《性灵派与江户后期汉诗诗坛——以袁枚、赵翼诗歌及诗话在日本的传播为中心》和张昌余的《从中日两组渔父词看文学的传播因素——试论张志和与嵯峨天皇的〈渔歌子〉》等。而对于唐诗在其它东南亚国家和地区的传播研究几乎为空白。

据方亚光在《唐代对外开放初探》一书中统计："东南亚地区主动派使节来唐也很频繁，如林邑（又称环王）使节来唐 37 次，其中武德年间 2 次，贞观年间 7 次，高宗武则天时期 18 次，开元天宝年间 9 次；盘盘国 4 次；真腊国 15 次；诃陵 13 次：堕和罗 8 次；室利佛逝 5 次；骠国 6 次；五天竺国 26 次，其中贞观年间 4 次，永徽至开元前 7 次，开元天宝年间 14 次。这些交往活动的开展不仅为唐文化注入了生机，而且促进了唐文明在东南亚地区的传播。"由此可见唐朝与东南亚地区来往频繁，关系密切，这种交往不仅是政治上的，还包括文学、艺术等方面。但我们对文学作品特别是唐诗在东南亚国家的传播与接受的研究甚少，缺失较多，甚至可以说处于空白，亟待不断加强与深化，以填补研究漏项和空白。

唐诗的传播和研究在东南亚国家不像在北美、欧洲和东亚繁荣，但目前东南亚的唐诗研究已受到主流学术统计的关注。唐诗在东南亚国家研究的特点可归结为：第一，受地缘政治和文化传统影响，对中国古典文学感兴趣的学者主要是华裔或与中国有密切联系如曾留学中国者，很少有当地人研究和译介唐诗宋词；第二，这一领域的诗歌研究主要是将汉语翻译成英语或母语，以便被当地学术界所接受或者应用于教育教学领域。

新加坡的唐诗翻译、教学和研究集中于新加坡国立大学和南洋理工大学。王润华致力于研究司空图和王维，早在 1976 年便在其博士论文的基础上在中国香港出版了《司空图：唐代的诗学评论家》，1989 年在中国台湾出版了《司空图新论》，1994 年他翻译的英文版《二十四诗品》出版之后，研究兴趣开始转向了王维，2009 年在中国香港出版了《王维诗学》；杨松年的主要研究对象是杜甫，1995 年他在中国台湾地区出版了《杜甫 < 戏为六绝句 > 研究》；《南洋商报》和《星洲日报》前编辑曾希邦先后翻译出版了

《英译古诗三十八首》和《英译唐宋歌词二十六首》。

马来西亚翻译和写作协会是中国古典文学马来语翻译的基地，他们翻译了中国四大名著。此外，一些大学也建立了中国研究中心来研究唐诗。翻译家吴天财（Goh Then Chye）把中国新诗和古典诗歌翻译成马来语；拉曼大学的林水豪（Lim Chooi Kwa）教授是马来西亚中国古典文学研究的杰出学者，他的论文涉及李白、刘禹锡、韩愈、柳宗元、韦应物甚至五代诗人李珣，其博士论文为《刘禹锡及其作品研究》，此外他还研究中国文学的海外传播，2007 年在世界文学遗产论坛上发表论文《中国文学遗产之继承：马来西亚的个案》；马来西亚大学中文系的潘碧华（Fan Pik Wah）研究晚唐至五代的诗人如温庭筠、李煜，其博士论文为《论唐宋词的女性书写》。

陈东龙 2001 年出版的《唐诗选：汉译印尼语》一书，被认为是最早的印尼语唐诗翻译作品；2007 年周福源翻译出版《明月出天山：中国古代诗歌选》，把李白、杜甫、王维、白居易、李贺、李商隐六位诗人的 172 首诗翻成印尼文；儒雅诗社的戴俊德（Minggus Tedja）为雅加达的一本杂志《呼声》翻译了大量唐诗，并且在自编诗集《儒雅余韵》的附录里写作了《格律诗创作入门》。

由于华裔菲律宾人很少接受中国教育从而同化成纯粹的菲律宾人，所以唐诗的传播和研究在菲律宾的学术圈很小众。施颖州是菲律宾一流的唐诗翻译家，2006 年在九歌出版社出版了《中英对照读唐诗宋词》，他的翻译得到余光中、周策纵的高度评价。

随着中泰经济快速发展，1990 年底泰国政府再次开展汉语教育，汉语随即成为泰国最流行外语的同时，也成为几乎所有学校的选修课。唐诗研究开始受到学术界关注，并取得一定发展。诗琳通公主被认为是最早把唐诗翻译成泰语者，也是唐诗在泰国传播最有影响力的翻译者。她有两本唐宋诗歌翻译自选集，其中《琢玉诗词》再版多次；黄荣光（Yong Yingkhawet）在唐诗泰译领域享有很高声誉，其专著《中国韵文纂译》，被台湾联合报系的《世界日报》不定期选登，并配以插画和注音拼音；赵美玲在《中国古典诗歌在泰国当代的传播与影响》中重点阐述了中国古典诗歌在泰国的流传与影响。

至于越南，由于古代使用中文，唐诗在越南的传播和接受更加广泛，影响更大，本文将专节叙述；此外，唐诗在缅甸、老挝、柬埔寨等国家也有广泛传播和影响。

三、唐诗在越南的传播情况

要了解和掌握外国文学，一般需满足两个条件，一是广泛的文化交流背景，二是两国语言具有类型上的相似。中国和越南两国历史关系源远流长，中国儒、佛、道三教思想体系是越南文化本色最重要的组成部分，汉字到20 世纪初期还是越南官方的正式文字，越南王朝各个时期的体制大体上模拟了中国王朝。这说明汉文化在红河流域不断地发挥积极的影响作用。

在长期的历史关系中，中越两国的人民和士大夫往来频繁，在一定程度上，他们将中国文化精神在越南进行了广泛传播。如唐代期间爱州人姜公辅和他的弟弟姜公复在唐德宗朝先后考上进士。姜公辅入朝中，官至同中书门下平章事，其弟姜公复也官至太守。此外，还有以诗文为名的交州诗人廖有方，大诗人柳宗元曾在《送诗人廖有方序》中称其“诗文有大雅之道”。唐代的一些著名诗人，如唐初杜审言、沈愌期，晚唐的许浑、高骈等人都曾寓居安南。这些名人对唐诗的灿烂实绩在越南的传播均各有贡献。

对中国古典文学的继承与革新是越南古典文学发展的一个突出特点，那么，越南对中国古典文学的主要继承与革新是什么呢？在谈到这个问题时，越南河内师范大学教授、博士研究生导师陈庭史（Trần Đình Sử，1940 至今）在与四川师范大学外国语学院张叉教授访谈时指出，俄国现代文学理论与文学批评理论家米哈伊尔·巴赫金（Mikhail Bakhtin，1895—1975）说过，文学的记忆是体裁；诺尔弗格普·佛莱（Northrop Frye，1912—1991）也说过，文学形式的发展是由其形式原型而来。越南文学有两个传统：一是自己的民族传统，一是外来传统。中国古典文学是一种悠久的外来因素，越南所继承和发展的主要是文学体裁、题材和意象。关于体裁，裴文元和何明德在其著作《越南的诗歌形式和体裁》中断定，越南诗歌里有模仿中国诗歌形式的体裁，如古风体、律诗体。从律诗体又造成一些特殊体。其他文体如传奇体、章回小说体和行政文体如表、奏、檄文、祭文等，也被频频模仿。除此之外，七言诗句也得到广泛使用，是一种影响表现。诗歌题材的模仿有即兴、即事、有感、春晓、惜春等，诗歌意象的模仿有春草、归鸟、浮云、薄命、钟声等。革新方面，除了主要体现在表现越南具体的内容外，在越南语言文学创作里有许多形式的创新，如喃字长篇叙事诗、长篇抒情诗的吟曲、说唱体诗。越南唐律诗分成汉字唐律诗、喃字唐律诗与国语字唐律诗三类，15 世纪越南汉文学繁荣时期最伟大的诗人和作家阮廌（Nguyễn Trãi，1380—1442），在其编选的《国音诗集》（Quốc Âm Thi Tập）里收录喃字诗 254 首，是越南现存第一部完整的喃字诗歌集，作品全部用唐律诗体写成，属于喃字唐律诗。《国音诗集》中的唐律体诗充分继承和发展了中国律诗。阮廌在其《抑斋诗集》（Liễu Trai Thi Tập）里的汉诗都严格遵循唐律诗体的要求。不过，在《国音诗集》里，他却另外选择了一种方法：在七言诗句之间夹杂着六言诗句，有时六言诗句还占多数。越南学者把这种诗体叫做七言杂六言体。六言诗句的节奏可以是 2/2/2，2/4，3/3，符合越南语语感，读起来很亲切。这种诗体保留了七言诗的韵律，一韵到底，但比较自由。起句可以六言，结句也可以六言，实联、论联都可以是六言。这种诗体可能形成于 13 世纪，但是由于材料失传，已经无从考察。在阮廌之后，还有许多越南诗人都使用这种诗体进行诗歌创作。直到 19 世纪初，这种风尚才结束。

又比如，“韩律”（Hàn luật）诗就是用越南语写的唐律诗，是一种越南化了的文学体裁。说到韩律诗，就要提一提 13 世纪越南陈朝时期的文学家与诗人阮诠（Nguyễn Toàn）。根据《大越史记全书》的记载，他因为模仿中国唐朝文学家韩愈撰写《祭鳄鱼文》（“Văn tế cá sấu”）而得到陈仁宗陈昑（Trần Khâm，1258—1308）的赏识，仁宗赐他姓韩，所以又叫韩诠（Hàn Thuyên）。越南用越南语创造出各种汉文文学体裁，把它们转变成自己的文学体裁，韩律诗就是这样的体裁。它是一种以唐律诗的“七言四绝”和“七言八句”诗体为基础、用喃字进行诗歌创作的诗体。据说这种诗体首创于韩诠，因此后代人将其称为韩律。韩诠富有以国音喃字来创作诗、赋的才华，他根据越南语的发音特点，对律诗的字句、押韵、平仄、对仗等各方面都进行适当的改变，为后辈创造出韩律。学者杨光涵认为，韩律正是唐律诗的越南化，在这一方面韩诠的确有很大的贡献，因为从他运用喃字来创作诗、赋开始，许多人也跟着学习，越南喃字文学也因此才得以萌生和发展。现在在阮廌（Nguyễn Trãi）、黎圣宗（Lê Thánh Tông，1442—1497）、"骚坛会"成员、阮秉谦（Nguyễn Bỉnh Khiêm，1491—1585）等人的诗集中，仍然可以找到许多在"韩律"基础上创作的作品。韩律诗的独特在于出现许多6字诗句，这一特点在唐律诗之中几乎从未见过。唐律诗一般会以4/3为押韵节奏，但在韩律诗之中，越南民间诗歌中经常出现3/4或3/3的押韵节奏。阮廌的《莲花》这首诗正是如此，把这首诗歌译作汉语便是："泥土无染/自清高　君子艰堪/得名誉　风吹香/月夜静"。后来，韩律诗还发展成为越南诗歌的一种基本诗体，受到越南人民的长期喜爱。比如，19世纪初期著名的诗人胡春香（Hồ Xuân Hương，1772—1822）还用"韩律"诗进行创作，给世人留下了一部著名的《春香诗集》（Xuân Hương Thi Tập）。

越南后黎朝时期的第四代君主黎圣宗（Lê Thánh Tông）在位期间，社会稳定发展，国力蒸蒸日上，达到了繁荣昌盛的历史新阶段，文学也因之获得了很大的发展。黎圣宗喜欢吟诗作文，热心推动文学事业的发展，其文武百官也纷纷仿效。他于1494年亲自创立"骚坛会"，自号"骚坛元帅"，成员除他本人以外，还有申仁忠（Thân Nhân Trung，1419—1499）、杜润（Đỗ Nhuận，1440—?）等近臣，共有28人，称为"越南文坛上的二十八秀"或者"骚坛二十八宿"。他们吟咏唱和，留下了大量的汉语、喃字诗文，其作品收集在《天南余暇集》（Thiên Nam Dư Hạ Tập）一书中。1483年，黎圣宗降下敕谕，遣申仁忠、郭廷宝、杜润、陶举、谭文礼等诸臣编撰《天南余暇集》。申仁忠等人根据中国唐宋的典籍《通典》与《会要》的编排方法、内容与精神，完成了《天南余暇集》的编撰，申仁忠撰写序言，黎圣宗为序言题写了四句五言诗。《天南余暇集》共一百卷，是后黎朝时期最大的一部著作。可惜的是，这部著作虽然誊抄了多本，但是却没有进行刻印，所以后来经过乱世，有很多都遗失、散落了。在现存的《天南余暇集》中，有很多部分都是杂乱无章的，其中，只有集一、集九与集十属于原本。《天南余暇集》具有很高的艺术成就，作品的内容多数是歌功颂德、吟风弄月之类，在创作技巧上很有成就，可以概括为八个字：声律严谨，风格清奇。黎圣宗的《三更月》是颇有代表性的一首："三更风露海天寥，一片寒光上碧霄。不照英雄心曲事，乘云西去夜迢迢。”他为《天南余暇集》序言题的四句五言诗也值得一读：“火鼠千端布，冰蚕五色丝，更求无敌手，裁作衮龙衣。”从客观上看，《天南余暇集》对于振兴越南一代文风具有积极的作用。

唐代中国诗人在越南影响最大的有二位：李白、杜甫，东晋诗人陶潜在越南的影响也很大。所谓影响，就是在越南诗文创作中留下明显的痕迹。四川外国语学院张叉教授曾在越南《文化艺术杂志》（Tạp chí Văn hóa Nghệ thuật）1993 年第 2 期上撰文说：“越南历代诗人几乎没有一个不受李、杜为代表的唐代大诗人的影响。”唐代的诗人数目巨大，清康熙年间江宁织造曹寅组织彭定求、杨中讷等 10 位翰林编纂的《全唐诗》收录整个唐五代诗作多达 48900 余首，所涉作者多达 2200 余人。那么，在众多唐代和晋代诗人中，李白、杜甫和陶潜在越南文学中有何影响呢？

越南著名唐诗专家阮克飞（Nguyễn Khắc Phi）断定，李白是在越南文学中留下最多印迹的几个中国著名诗人之一。阮克飞在 2001 年河内教育出版社出版的著作《越南文学和中国文学的关系》（Mối quan hệ giữa Văn học Trung Quốc và Văn học Việt Nam）中研究发现，黎朝后期著名文学家邓陈琨（Đặng Trần Côn，1710—1745）在其著名的抒情长诗《征妇吟曲》（Chinh Phụ Ngam Khúc）中，从李白《关山月》《白头吟》《塞下曲》《上之回》《别内赴征》《子夜吴歌》等名篇里化用了许多名句来抒写自己的感情。这样的例证还可以轻而易举地找到许多。李白诗的豪迈奔放的风格是越南诗人所喜爱的。阮廌有一首诗描写了李白，他的《行乐辞》（“Hành Lạc Từ”）蕴涵着李白的诗意、诗味。高伯括（Cao Bá Quát）的诗作也具有李白豪迈的风格。这充分说明，李白是在越南文学风格中留下了很大影响的唐代诗人。

杜甫在越南文学中的影响也非常深广。阮廌、阮攸、高伯括、阮福绵审（Nguyn Phúc Miên Thm，1820—1897）、胡志明（Hồ Chí Minh，1890—1969）等无数越南人都热爱他。他在诗中乐人民之乐、苦人民之苦的精神深受人们的敬佩。越南著名学者潘玉（Phan Ngọc）是著名汉学家潘武（Phan Vũ）之子，他从六岁那年就开始熟读、背诵杜甫的诗歌。他用十年时间撰写完成了著作《赤民的诗人》，收录了他自己翻译的杜甫诗歌1014首，诗歌后面还有阐释，翻译和阐释有机结合。杜甫是作品在越南翻译得最多的中国诗人。潘玉总结说，杜甫的诗歌最缺少东方性，没有贵族性。杜甫注重事实，关心民生，最具有全人类性、现代性。其著名诗篇《自京赴奉先县咏怀五百字》是一个伟大的创作宣言。杜甫是中国诗歌史上的集大成者，在七律诗的创作上取得的成就尤其突出和巨大。越南汉文诗歌以律诗为主，其中，七律诗在越南诗坛一直占有重要位置。据越南学者潘玉在《赤民的诗人》一书中统计，"阮廌《抑斋诗集》共收录诗作110首，其中七律达87首；阮攸（1765—1820）的汉语诗集《北行杂录》《清轩诗集》《南中杂吟》共收录诗作252首，其中七律达169首"，这显然是受到了杜甫的影响。杜甫对越南七律诗创作的主要影响是什么？的确，越南诗人很热爱七言律诗。几乎一切古代诗人都主要从事这种诗歌的创作。1938年出版的《文坛宝鉴》（Văn Đàn Bảo Kiếm）搜集了2000首诗，其中，七言律诗有600首。不仅诗人而且普通人都会作这种诗。现在退休的老人组织了一个唐诗俱乐部，经常作诗和互相评判、欣赏，在他们的作品中，有些是很出色的。现在，几乎越南每个城市都有唐诗俱乐部。七言诗变成大众热爱的体裁。诗人黎金交（Lê Kim Giao）出版了一部著作《唐诗神律》（Đường Thi Thần luật），提出七律诗的结构不是题实论结，而应该是缘才情命。他的论点有些地方可以商榷，但这说明人们对唐诗的热爱和兴趣是持久不衰的。这明显是他国化的文学现象，是越南化的文学现象。

在越南古代诗文中不难找到东晋诗人陶潜的痕迹，陈朝壁洞诗社的许多诗人如阮郁（Nguyễn Úc）、阮畅（Nguyễn Sưởng）、陈光朝（Trần Quang Triều，1287—1325），黎朝的不少作者如阮廌、阮禀谦（Nguyễn Bỉnh Khiêm，1491—1585）、阮屿（Nguyễn Dữ，16世纪，生卒年不详）、阮劝（Nguyễn Khuyến，1835—1909）等，都是很好的例子。他们深受陶潜影响，生活悠闲，吟诗作文，歌颂大自然，鄙弃世俗，充分表露了对官场和社会不满的情绪。在他们的作品里，陶潜作品中的原型如澎泽县令、五斗米、采菊东篱、三径菊等，触目可见，俯拾皆是，如字菊堂、号无山翁的陈朝诗人陈光朝的诗集《菊堂遗草》虽已佚，但《全越诗录》中收进他的11首诗。至于陶潜的鄙视名利、酷爱闲适、崇尚自然等，也是越南诗人、作者所钦佩、羡慕的。越南学者吴春英（Ngô Xuân Anh）曾经发表过一篇题为《陶渊明在越南》（“Đào Uyên Minh ở Việt Nam”）的出色文章，对陶潜在越南的接受与影响等情况进行了专门的研究。

因此，从以上越南对中国古典文学的主要继承与革新实例来看，我们完全可以说，在整个中国古代文学遗产当中，自古至今，越南人最喜爱中国文学中的唐诗，特别是唐代近体诗，将其视为最典范的韵文体裁，而宋词之影响几乎寂寂无声。19 世纪裴辉碧撰《全越诗抄》仅仅抄录 10 到 14 世纪李陈时期吴真流禅师送宋使李觉的一首《王郎归》而已，可以说明越南历代诗人对唐诗的偏爱。

据越南人陈忠喜在其《越南唐诗研究和翻译的情况》一文中介绍，喜爱吟哦唐诗和善作近体诗是越南诗坛最明显的特点之一。但随着文化的发展进程，特别是汉学走向衰落的 20 世纪初期至今，通过母语来欣赏唐诗成为越南文坛的迫切需要，翻译唐诗及其他中国文学名作渐渐成为越南 15 世纪以来文坛上的独到现象。在越南翻译及研究唐诗的情况概括起来大体如下：

（一）喃字时期

越南喃字出现于 14 世纪后半期，成熟于 17 世纪。当时将中国汉语书籍译成喃字成为文坛一大热点。17 至 18 世纪，一系列汉语经典特别是儒学经典被译成国音。《书经》国音有《书经国语歌》；《礼经》译成《礼经大全演义》；《易经》国音有好几种，如《易经正义解释》《易六十四卦国语歌》《周易国语歌》等；《春秋》译成《春秋大全节要演义》；《四书》也喃化，如《论语释义歌》《中庸章句国语歌》《大学讲义》等；各种佛道经典喃字译本也陆续问世，如《法华国语经》《太上感应善解音》等。各种译作以传播正统思想、推动教化事业到达广大百姓为基本目标，译本体裁以越南独有的诗歌形式六八和双七六八体为主。

与此同时，欣赏古典文学名作的需求在越南越来越热，曾掀起翻译中国诗歌名作的高潮。17 世纪的《诸题合选》选译陶渊明的《归去来辞》，《歌调略记》选译李白的《将进酒》，《帐文杂记》译苏东坡的《前后赤壁赋》。《诗经》有好几种译本，如《毛诗吟咏实录》《诗诗经解音》《诗经演义》

《诗经演音》等。一些散文作品也被译成喃字，如《仇大娘传》《好求新传演音》等。

1995 年，阮广恂发表《一些最早的唐诗译品在越南翻译历史》一文认为，最早的唐诗译作见于 15 世纪末期的《洪德国音诗集》一书。此书现存 300 首喃字诗，其中有 5 首为唐诗，即崔涂（生卒年不详，僖宗光启四年（888）登进士第）的《春夕旅怀》和曹唐（779？—866？）的《天台》（5 首选译 4 首）；崔涂的诗题译成《新春旅舍》。在 300 百首喃字诗当中有 12 首以"刘阮人天台"为主题，除了译曹唐 4 首（《入天台》译为《刘阮入洞》，《洞中遇仙人》译为《刘阮洞中遇仙子》，《洞中有怀》译为《仙子怀刘阮》，《再到天台》译为《刘阮再到不见仙子》）外，还有 8 首是当时越南"骚坛二十八宿"诗人的创作。这 12 首诗夹杂在一起，又没有注释，由此后世分不清是译作还是创作。

16 到 19 世纪末期，翻译唐诗越来越吸引越南各时期的诗人。阮攸、阮劝等历代越南大诗人都有唐诗喃字译品流传后世。阮攸喃字《翘传》名作在 3254 行的六八体已经翻译 30 余句唐诗，算是越南译唐诗最独特的现象；阮劝翻译的李白《下终南山过斛斯山人宿置酒》和杜甫《秋兴八首》，至今仍有越南"最佳译本"的声誉。在越南曾出现过一批喃字唐诗选集，如《唐诗国音》《唐诗摘译》《唐诗绝句演歌》《唐诗合选五言律解音》《唐诗七绝演歌》等。翻译最多的仍然是李白、杜甫和白居易的诗歌，其次是王维、李商隐等人的作品。白居易《琵琶行》的译本也许是独一无二的现象，现流行 5 篇喃字译本，其中最早的是范阮攸（1739—1786）的《国音演琵琶行》，其次是潘辉咏（？—1840）的《琵琶行演音》、潘文爱（1835—？）的《琵琶行演音》和《又演歌新》，最后是 19 世纪末无名氏的《琵琶行》。从总体上看，各种译本都用越南传统民歌双七六八体裁，其中潘辉咏的译本最佳，至今在越南仍传诵不绝。

1075 年，越南李朝首次开科取士，至 1918 年，越南阮朝最后举行乡试，在这 11 世纪到 20 世纪初的越南科举制中，近体诗创作一直是不可缺少的一部分。吴高浪的《历朝杂记》载："1715 年秋天，士望科试以'潇湘八景'为题，'兼'韵，七言律体。"这种情况促使封建时期知识分子用心攻读唐诗并学习作诗。潘辉注在19世纪撰《历朝宪章类志》卷四十三《文籍志》评《陈圣宗诗集》曰："皆有古唐风味"；评品阮忠彦的《介轩诗集》曰："大抵豪放清逸有杜陵气格……各律诗皆壮浪"；评蔡顺的《吕塘诗集》曰："诗多清雅可喜，有晚唐风"，等等。这可以说明越南历代诗人对唐诗颇有研究，在一定程度上对唐诗是很熟悉的。但到了现在，在越南古代文学遗产当中尚未发现越南古代诗人对唐诗研究的具体实绩。现代越南研究界普遍认为：从前，越南人很了解和喜爱唐诗，同时善于写律诗。李陈诗、阮廌、阮攸、高伯适等人的汉诗，胡春香、青关县夫人等人的喃字近体诗是越南文坛上的独到现象。但就唐诗研究而言，一直到20世纪才开始。

（二）国语（现代越语）时期

17世纪中叶，通过许多欧洲天主教教士与越南士大夫相结合的努力，越南现代国语萌芽。葡萄牙教士亚历山大·德·罗得斯（Alexandre De RhOde，1591—1660）于1651年在罗马（意大利）出版《安南—葡萄牙—拉丁字典》，但直到20世纪初期，现代国语字才成熟和普及，到20世纪20年代渐渐地代替汉字和喃字的位置。

1. 越南20世纪初期到1945年的唐诗翻译和研究情况

这时期为了鼓吹和传播国语，文坛上一系列杂志和报刊陆续问世。当时倾心致力于儒学的知识分子认为翻译及介绍汉语著作是他们挽救渐趋于衰残的儒学的出路，而各种报刊和杂志是当时惟一能借助的工具。

首先是《南风杂志》（1917—1934），刊行了17年，译介近300首唐诗，主要作品还是李白、杜甫和白居易的诗歌。《星期六小说时报》（1934）和《今天杂志》继承《南风》的传统，集中了当时最有名的译者，如阮克孝（1889—1939）是专门译介白居易的。1937年，《东洋杂志》问世，有名的译者有陈俊启，主要译介杜甫的古体诗。从1940年到1960年，各种杂志如《知新》（1941—1946）、《文化月刊》（1955）、《百科时报》（1957）、《今天的文化》、《新风》（1959年）等都有介绍唐诗新译品的专栏。

从20世纪40年代起，各种唐诗国语选集开始担负起杂志和报刊的任务。这一时期流行的各种选集有：

陈重金的《唐诗选》（新越出版社1944年初版，1974年第二次印刷），有三个部分，一是古体诗78首，二是律诗143首，三是绝句135首，共356首。

吴必素的《唐诗》(开智出版社1942年初版，1961年第二次印刷)，共有53首，最多是李白、杜甫诗，其次是王维的作品，未选白居易。

让宋的《杜甫诗选》(新越出版社1944年初版，文化出版社1996第二次印刷)，共有360首诗，按时间列序，分为杜甫40岁前、天宝、乾元、上元等时期的作品。

20世纪40年代，越南文坛上出现了几部著作，开了唐诗研究的先河。1941年，杨广含撰写的《越南文学史要》，是越南最早的一部文学史。全书共有三大部分，其中第一部分第四篇专讲唐代近体诗；第二部分的第一篇简略介绍对越南古近代文学最有影响的中国古代文献及文学家，如“四书”“五经”、屈原、陶潜、李白、杜甫、韩愈、苏轼等。虽然较为简略，但这部著作给当时还较沉默的研究界带来了一股生气。

第二部较有影响的著作是尹计善于1943年出版的《中国诗略考》。此书分为两个部分：一是略考中国古典诗歌从《诗经》到宋词的发展过程；二是较为详细地考察唐代格律诗并将其作为全书重心。这是越南唐诗研究中最早具备相当规模的著作，虽然科学价值尚未明显，但对当时需要了解唐代律诗的越南读者起了不小作用。

在越南高中学校的文学课程中，从一年级就开始安排介绍中国古代文学精华，阅读已经翻译成越语的名作，如《诗经》的《谷风》《燕燕》《七月》；屈原的《离骚》《九章》；陶潜的《归去来辞》；李白的《将进酒》；韩愈的《原道》《论佛骨表》；苏轼的《前赤壁赋》《后赤壁赋》等等。

2. 从1945年到1997年的翻译及研究情况

1945年是越南历史的转折点。存在了一千多年的封建制度被取消，1945年9月2日越南民主共和国正式成立。1946年，在越南共产党领导下，第二次全国抗法人民战争开始。1954年法越战争结束，但国家又分为南北两部分。在九年动乱期间，一般的学术研究有一定程度的停顿，但在介绍唐诗方面的研究仍取得较重要的实绩。1950年在西贡（今胡志明市），陈重山选编的《唐诗》五卷问世，这是规模最大的一部个人唐诗选，其学术价值也获得后世最高的评价，其中卷一和卷三选唐代各时期135位作者的208首作品；卷二选李白、杜甫、白居易三位大诗人的110首作品；卷四选各时期诗人的167首诗，并提供越英双语译本；卷五专译中国金圣叹批选唐诗，介绍金圣叹批选的122首唐诗。陈重山译注了607首唐诗，并介绍了每个作者的生平及其创作的主导思想和内容。此书也提供汉字原作、汉越拼音，并译成散文和韵文，可见陈重山对这部选集下了很大功夫。

1954年，阮宪黎撰写《中国文学史大纲》。这是越南人写的第一部中国文学史。这部著作有三卷，卷二是《唐代文学》，重点谈唐诗发展进程、唐代格律诗及三位大诗人李白、杜甫、白居易的生平、思想、诗歌内容及艺术成就。

从20世纪50年代后期起，北越各所综合大学与师范大学、南越的文科大学都成立了中国文学部门，其中河内综合大学（今河内国家大学）、河内师范大学、西贡文科大学（今胡志明市国家大学）、顺化文科大学（今顺化大学）集合了当时从事中国文学研究最有名的旧学学者。各个中国文学部门为文学系大学生讲授中国古近代文学史，课程设置90至120课时，重点讲《诗经》、楚辞、唐诗、明清小说及鲁迅。教材主要有以下几种：

中国社会科学院文学研究所《中国文学史》三辑，北京人民出版社1962年版；洪民华译，河内文学出版社，1964。

张正主编《中国文学史教程》二辑，河内教育出版社，1962。

方榴主编《中国文学参考资料》二辑，河内教育出版社，1963。

黎德念《唐诗教程》，河内综合大学，1972。

裴辉论《诗经教程》，河内综合大学，1971。

陈春题《中国古典小说考》，文学出版社，1972。

黎辉肖《鲁迅教程》，河内综合大学，1974。

黄明德译易君左《中国文学史》，顺化师范大学，1975；胡志明青年出版社，1992年第二次印刷。

阮克飞主编《中国文学》二辑，河内教育出版社，1987。

在越南各所大学文学系开设的中国文学，除了设有90课时中国文学史基础课程外，还有“唐诗专题”（30课时）、“明清小说专题”（30课时）、

“鲁迅专题”（30 课时）、“中国文学批评史专题”（30 课时）等，是大学三、四年级学生的选修课。20 世纪 90 年代初，各所大学文学系还加设“中国现当代文学”作为大学四年级学生选修课。

从 20 世纪 60 年代起，越南各所综合大学、师范大学和外国语大学也陆续成立了中文系，除了以讲学古、现代汉语为主外，还选修中国古代文学、中国近现代文学，大抵也采用上面的各种教材。也是从 20 世纪 60 年代起，初高中学校对中国文学的介绍渐趋系统化。初中三年级学生开始阅读中国古代文学作品，以《诗经》、楚辞、唐诗（主要是李白、杜甫的名作）为主。高中一、二年级除了继续读李白、杜甫诗歌作品外，还读崔颢的《黄鹤楼》，白居易的《长恨歌》《琵琶行》等，同时简略介绍明清小说及鲁迅的《阿 Q 正传》等。

这一时期的各种唐诗选本有：

杜朋团、裴庆诞《唐诗摘译》，文学出版社，1958 年，共有 503 首，其中李白 60 首、杜甫 46 首、王维 26 首。

南珍主编《唐诗》二辑，河内文学出版社 1962 初版，1987 第二次印刷。第一辑选各时期的诗人 202 首作品，第二辑选李白、杜甫、白居易 154 首。

阮克孝《唐诗》，胡志明市文艺出版社，1989 年，共有 84 首，其中最多的是白居易 38 首，李白 14 首，杜甫只有 4 首。

姜有用《唐诗》，岘港出版社，1996 年，共有 206 首，其中李白 39 首，杜甫和白居易各 30 首。

阮河《唐代四绝诗精选》，河内文化出版社，1996 年，共 200 首。

张正主编《杜甫诗》，河内文化出版社，1962 年，126 首作品。

竹溪《李白诗》，文学出版社，1963 年，共 90 首。

简之《王维诗选》，河内文学出版社，1995 年，共 134 首。此书有《前言》3 万字，介绍王维生平、诗歌思想内容及艺术成就。简之是越南现代著名汉学家，专门从事佛学和诗学研究。这篇前言是越南学界中对王维研究较为全面的论文。

通过各种选本，我们可以看出越南翻译唐诗有几个特点：一是各种选本主要围绕着李白、杜甫、白居易、王维等唐代最有名的诗人；二是各种选本所选诗歌的重复现象是很普遍的，如李白的《将进酒》《蜀道难》、杜甫的《自京赴奉先县咏怀五百字》《人兵车行》《秋兴八首》、白居易的《长恨歌》《琵琶行》等，几乎各本都选；三是译者虽有遵守诗作原体的意识，但由于用原体“言不尽意”，不得不用别的诗体。实际上在各种选本中，最佳的译作还是那些采用了越南传统诗体的诗歌，如阮克孝用六八体翻译的崔颢的《黄鹤楼》，潘辉咏用双七六八体翻译的白居易的《琵琶行》等，成为历代传诵的佳作。

从20世纪60年代起，越南研究界对唐诗的关注日益增加，但与译介唐诗工作相比，局面还较沉默。从事唐诗研究队伍人数少，又不专心，其成果水平不高，已问世的论文新意也尚未明显。比如1957年问世的虚舟撰《唐代律诗解释》和1967年兰江撰《律诗考论》，主要依靠中国和日本的学术界研究成果而写成；1962年，裴清波在《文学研究杂志》陆续发表《白居易诗作及诗论》《打击和讽刺诗人杜甫》《浪漫主义天才诗人李白》，但三篇都写得较为简单。20世纪80和90年代初期，唐诗研究情况有所改善，但从事唐诗研究的队伍尚未形成。一些旧学学者，如越南东南亚研究院的潘玉教授、河内师范大学的张正教授等人是汉学老成研究者，但他们的主要研究方向还是越南古代文学和古代汉语。

到了20世纪90年代，一些年轻人登上文坛，对唐诗研究更为专心，如胡志明师范大学的胡志侠从事杜甫研究，还有顺化师范大学的阮氏碧海等，文坛上的研究队伍才萌芽形成，他们的研究也颇能接受新方法，探索新道路。

1982年，潘玉发表《唐诗诗思探索》，为越南研究唐诗开拓了新道路。此文通过考察十六句以下的200首唐诗，采用统计及比较方法，得出结论：唐代诗人常常同一化的一些矛盾现象，如王之涣同一宽度和高度（“欲穷千里目，更上一层楼”）；李白同一一条江的有限与天空的无限（“孤帆远影碧空尽，唯见长江大际流”）；过去与现代同一（“庭树不知人去尽，春来还发旧时花”）等。其二，通过对《诗经》与唐诗考察，潘玉得出结论，认为在语言方面，《诗经》偏于追求客观个别化，唐诗追求统一化。比如，都表示

“月”形象，在《诗经》里有十几种的“月”，如望、朔、瞳、朦等，但在唐诗只有“月”是惟一的。相似的还有，《诗经》有近 40 种的“马”、近 30 种的“山”、好几种的“老”等，但在唐诗里只有一种“马”、一种“山”、一种“老”。其三，在唐诗中几乎淘汰全部古文的虚词和助词，很少见到各种之、乎、者、也和凡、则、故、又等。唐诗又独创自己的虚、助词系统，如独、孤、相、与、共、空、无……在唐诗中它们造成“独特而有趣的余度现象”，李白“孤云独去闲”就是一个明证。

从 1990 年到 1997 年问世的最有代表性的论文有：

潘玉《黎元诗人杜甫》二辑，砚港出版社，1990 年。

黎德念《诗仙李白》，文化出版社，1994 年。

黎德念《唐诗》，河内大学出版社，1995 年。

胡士侠《杜甫各时期的诗风转换研究》，博士学位论文，河内国家大学，1993 年。

阮氏碧海《唐诗诗法研究》，顺化出版社，1995 年。

阮士大《唐代绝句诗艺术研究》，博士学位论文，河内国家大学，1995 年；文学出版社，1996 年。

阮雪行《唐诗中过去与现在对照手法》，汉喃杂志，1996 年。

范海英《李白四绝诗研究》，博士学位论文，河内国家大学，1996 年。

阮氏碧海《唐诗语法省略法》，汉喃杂志，1997 年。

陈玉锤《唐代七绝诗对立结构》，汉喃杂志，1997 年。

……

由此可见，除潘玉的《黎元诗人杜甫》和黎德念的《诗仙李白》与《唐诗》诸书外，其他的论文以探索唐诗艺术世界为主导内容。潘玉的书是最有影响的著作，书中较全面地研究了杜甫生平、思想及诗风，同时介绍了杜甫近一千首诗。此书的弱点在于译注和鉴赏杜诗时未提供汉文原作，由此使喜爱杜甫的读者难以审察和无法欣赏汉文原作的魅力。

在研究唐诗艺术世界的论文当中，很明显地流露出几个共同特点：其一，主要研究对象还是集中在几位大诗人上。李白、杜甫、王维、孟浩然、李商隐的诗作是被引用最多的，少见白居易、韩愈、柳永的作品。其二，作者常运用现代西方“诗法学”研究方法。应该指出的是，在越南文坛上，“诗法学”曾成为一个热点。有人认为“诗法学”是接近文学作品的艺术世界的万能钥匙；有人则怀疑这种研究方法的实际性，认为“诗法学”只不过是研究作品的艺术系统，只是一个新的美名而已。总之，对“诗法学”概念及其基础理论，现代越南理论界还争论不断。

在这种情况下，1995 年阮氏碧海撰写的《唐诗诗法研究》，成为一部引人注目的著作。阮氏碧海在其第一章历史和理论前提中，主要论点为“诗法学是研究文学作品的形式系统……它接受时代、哲学及其他艺术类型的支配”。因而，研究唐诗诗法即研究唐诗整体的艺术系统。在第二章《唐诗中的人的艺术观念》中，阮氏碧海认为由于许多哲学、宗教及信仰因素的支配，唐诗中的人的艺术观念分为两种：一是“宇宙的人”，是浪漫诗派中心人物。如陈子昂《登幽州台歌》是表现宇宙的人的代表作。“通过人与自然的统一、相交、呼应各种关系，宇宙的人体现了人的永恒意识、人与大地长存、和合的强烈愿望”。二是“社会的人”，是现实诗派的中心人物，通过人与社会种种关系而表现出来。后者在初、盛唐诗作中并不多见，在安史之乱后的诗作里才占有一定的位置，故而在整个唐代诗歌发展过程中，“宇宙的人”形象仍然占了主导位置。人的艺术观念支配诗歌时空及语言艺术。在第三、第四章中，阮氏碧海论述了唐代诗歌时空艺术观，她说：“时空间艺术是时空间形象，也就是诗人通过艺术形象来表达时空间观念。”唐诗中，两种人的艺术观分别由两种时空间艺术相应。宇宙时空表达人的超越存在意识，是超个体意识。在初、盛唐诗中，这种时空艺术占了主导形象。而社会时空（或称之为生活时空）表示人的现存意识，杜甫诗是最有代表性的。在第五章《唐诗语言艺术》中，作者认为，体现个人情绪及宇宙意识的诗作，语言往往具有古雅性和概括性。在语法方面以判断、推理、复合句式为多。而反映现实及社会意识的诗歌，语言则偏于具体和直感性，以陈述句式为主。通过比较，作者还发现，在《诗经》与楚辞中，陈述、感叹和疑问句式的数量较多，判断句少。到汉魏六朝诗，这种情况有些改变，但并不明显。到初盛唐诗，陈述、感叹句式明显下降，判断句则有所增加。比如孟浩然《岁暮归南山》的“不才明主弃，多病故人疏”是因果关系式；王之涣《登鹳雀楼》的“欲穷千里目，更上一层楼”是条件关系式；骆宾王《于易水送别》的“昔时人已没，今日水犹寒”是让步关系式等。

综上所述，大致可以窥见越南唐诗翻译与研究的基本情况，但这几种翻译和研究还处在初步阶段。随着中越两国现代文化交流日益密切与方便，特别是“一带一路”倡议人文交流的不断加强，越南对唐诗及中国文学的研究工作必将走向更加多样化、专门化的道路，唐诗在越南的传播与接受将向更加专业与深广的方向发展。

本章参考文献

[1] 蔡雯．媒介融合与融合新闻［M］．北京：人民出版社，2012.

[2] 唐圭璋．全宋词［M］．北京：中华书局，1965.

[3] 刘稚、罗圣荣．东南亚概论［M］．昆明：云南大学出版社，2016.

[4] 陆生．东南亚南亚语言文化研究［M］．昆明：云南大学出版社，2015.

[5] 罗美珍．东南亚相关民族的历史渊源和语言文字关系研究［M］．北京：中国社会科学出版社，2013.

[6] 古小松．东南亚文化［M］．北京：中国社会科学出版社，2015.

[7] 郑筱筠．东南亚宗教研究报告——“一带一路”与东南亚宗教［M］．北京：中国社会科学出版社，2018.

[8] 陈鹏．东南亚各国民族与文化［M］．北京：民族出版社，1991.

[9] 朱杰勤．东南亚华侨史［M］．北京：高等教育出版社，1990.

[10] 范宏贵．同根生的民族——壮泰各族渊源与文化［M］．北京：光明日报出版社，2000.

[11] 孔远志．中国印度尼西亚文化交流［M］．北京：北京大学出版社，1999.

[12] 郭慧芬．中外文学交流史：中国—东南亚卷［M］．济南：山东教育出出版社，2015.

[13] 张玉安．东南亚神话传说（上）［M］．北京：北京大学出版社，1999.

[14] 罗长山．越南传统文化与民间文学，云南人民出版社，2004.

[15] 许友年．马来民歌研究［M］．香港：南岛出版社，2001.
[16] 梁立基，李谋．世界四大文化与东南亚文学［M］．北京：经济日报出版社，2000.
[17] 郭振铎，张笑梅．越南通史［M］．北京：中国人民大学出版社，2001.
[18] 脱脱，等．宋史．占城传［M］．北京：中华书局，1978.
[19] 李喜所．五千年中外文化交流史［M］．北京：世界知识出版社，2002.
[20] 曹卫东、钱林森、李明滨，等．中国文学在德国［M］．广州：花城出版社，1990.
[21] 饶芃子．中国文学在东南亚［M］．广州：暨南大学出版社，1999.
[22] 吴淑玲．唐诗传播与唐诗发展之关系［M］．北京：中华书局，2013.
[23] 刘玉珺．越南汉籍与中越文学交流研究［M］．北京：中国社会科学出版社，2019.
[24] 何华珍、阮俊强．越南汉喃文献与东亚汉字整理研究［M］．北京：社会科学文献出版社，2019.
[25] 尚永亮，等．中唐元和诗歌传播接受史的文化学考察［M］．武汉：武汉大学出版社，2010.
[26] 沈文凡．唐诗接受史论稿［M］．北京：现代出版社，2014.
[27] 朱文斌．东南亚华文诗歌及其中国性研究［M］．杭州：浙江大学出版社，2018.
[28] 张可礼．建安文学在当时的传播［J］．文史哲，1984（5）：63－67.
[29] 傅璇琮 周发祥．海外中国古典文学研究综论［J］．传统文化与现代化1993（6）：91－96.
[30] 马承五．唐诗传播的文字形态与功能［J］．华中师范大学学报（人文社科版），1998（1）：103－109.
[31] 王兆鹏．中国古代文学传播方式研究的思考［J］．文学遗产，2006（3）：150－157.
[32] 吴淑玲．元、白诗歌的传播学考察［J］．贵州师范大学学报（社会科

学版), 2009 (6): 93 - 100.
[33] 王立增. 论唐诗的音乐传播与文本传播 [J]. 南昌大学学报 (人文社会科学版), 2010 (1): 119 - 122.
[34] 钱锡生. 唐宋词在日本的传播和接受 [J], 中国比较文学, 2011 (10): 59 - 67.
[35] 徐臻. 论唐诗在日本传播的历程及文化意义 [J]. 沈阳大学学报 (社会科学版), 2012 (12): 136 - 140.
[36] 田恩铭. 唐诗接受史研究的三维空间建构与拓展 [J]. 古籍整理研究学刊, 2016 (3): 110 - 112.
[37] 陈忠喜. 越南唐诗研究和翻译的情况 [J]. 海外汉学, 2008 (5): 56 -60.
[38] 贺圣达. 东南亚历史和文化发展: 分期和特点 [J]. 学术探索, 2011 (6): 118 - 122.
[39] 李良荣, 周宽玮. 媒体融合: 老套路和新探索 [J]. 新闻记者, 2014. 8.
[40] 杨季翰, 马腾所. 唐诗风云会: 现代媒体点燃对传统文化的热情 [J], 中国广播电视学刊, 2015 (11).
[41] 曹海涛. 论媒介融合语境下的传统文化传播创新 [J]. 今传媒, 2015 (7).
[42] 管洪. 我国媒体融合发展新局面的深层逻辑 [N], 中国新闻出版广电报, 2018 - 07 - 05.
[43] 成思佳. 多元统一的越南文化 [J]. 中国社会科学报, 2024 - 02 - 29.
[44] 柯卓英. 唐代的文学传播研究 [D]. 西安: 陕西师范大学, 2006. 5
[45] 李佳. 盛唐诗歌的传播模式 [D]. 保定: 河北大学, 2010. 6
[46] 吴俊奕. 白居易诗歌的海外传播——以日本、韩国为例 [D]. 重庆: 西南大学, 2016. 4
[47] RuiZhou, The Outline of T'ang Poetry Studies in Southeast Asia [J]. Cannada: Asian Culture and History. 2014, 6 (2): 75 - 81.
[48] Boonyapat, O. 100 T'ang Poems [M]. Bangkok: Shine Publishing House,

2006.

[49] Chaiwatthanaphan, S. History of Chinese Literature [M]. Bangkok: Sukkhapabjai, 2006.

[50] Fan, P. W. On Feminine Writing of T'ang & Sung Lyrics [D]. Beijing: Peking University, 2005.

[51] Kitchalarat, K. Classical Chinese Poetry in Thailand, the Spread and Impact of Contemporary [D]. Shanghai: Shanghai University, 2010.

[52] Lim, C. K. Liu Yü-hsi (772—842 A. D): The Life and Works of a T'ang Scholar [D]. Kuala Lumper: University of Malaya, 1992.

[53] Tseng, S, B. English Translation of Thirty-eight Chinese Ancient Poems [M]. Hong Kong: Cosmos Books, 2009.

[54] Tseng, S. B. English Translation of Twenty-six T'ang and Sung Lyrics [M]. Hong Kong: Cosmos Books, 2011.

第二章　李白、杜甫诗歌在越南的传播来源与传播情况

唐代是中国古典诗歌发展的黄金时代，唐诗在中国文学史上具有举足轻重的地位。早在约公元10世纪，处于中国古典诗歌顶峰的唐诗就已通过使臣往来、科举考试、口耳相传等各种方式传入越南，受到越南人民的普遍喜爱，成为越南文学的重要组成部分。唐代诗人群星璀璨，诗坛巨星李白、杜甫、白居易等诗人不仅对中国各个朝代，而且对邻国如日本、韩国、朝鲜及越南，都有巨大的影响，特别是对同属于汉文化圈之内的越南影响最甚，他们的艺术成就与人生思想始终在越南诗人心中占据崇高地位。越南历代诗人几乎都受到以李白、杜甫为代表的唐代大诗人的影响，他们喜欢诵读唐诗，也善于模仿唐诗，纷纷从李杜等人的诗歌中吸取滋养，经过模仿或直接运用唐代诗人的诗句、词语、风格、手法，逐渐掌握唐诗的创作规则，并按照其民族情感和个性化处理，创造出大量具有独特艺术风格和思想情感的作品，在越南文坛呈现出一批批优秀诗人和汉文诗集。这些诗人诗作从语言到内容、题材、情感、艺术手法、风格等，无不受到李杜诗歌的影响与浸润，成为中国古典文学在域外延伸发展的一个重要分支。

第一节　李杜诗歌在越南的传播来源

关于越南文化特别是越南文学的起源发展问题，越南学者陈庭史教授在接受采访时曾谈道："越南文学有两个传统，一个是自己的民族传统，另一个就是外来民族传统。而在外来民族传统中，主要受到了中国的影响。越南

主要在文学体裁、题材和意象方面做了继承与发展。”① 而对于越南文学中推崇的诗人大家，陈庭史教授表示：“陶潜、李白和杜甫是越南文学中最受推崇的三位诗人，他们对于越南的诗文创作有明显的影响。后世的许多越南诗人都是发展了他们的诗风，进而形成自己的风格。”②

关于李白、杜甫等唐代诗歌如何传入越南，并且在越南得以发展壮大，深刻影响越南文学传统，这主要基于三个方面的原因。

一、属地制度

越南是中国的重要邻国，与韩国、日本、朝鲜等国家同属于汉文化圈，受到汉文化的深刻影响。交趾地区作为中国附属郡县长达千年，这一时期也是政治、经济、文化和中原内地的密切联系期，甚至可以说是汉文化在地域上的延伸。自汉武帝以后，儒家思想成为统治思想，安南历代统治者自身也深受儒家思想影响，他们在安南推行的文化教育皆以儒家经典为主，实行教化的过程也是汉文化思想传播的过程。自汉至隋唐之前，交趾地区还没有出现普遍的文学创作，但是文明教化积蓄了文学萌发的土壤。

越南在独立成国前曾有三次北属时期，唐朝对于越南的管辖与统治就处于第三次北属时期，即公元603年至公元939年。公元621年，唐朝取代了隋朝开始了对越南的统治，并且设置了都护府等行政机构管辖当地。越南在政治上和唐是边疆和内地的关系，越南文学在唐代的发展与唐代的文化制度有密切关系，最有影响的是南选制度和科举制度。唐末时期，越南当地暴乱频出，越南人士逐渐脱离了中央政府的管辖。公元968年，越南建立了独立自主的封建国家。从丁朝建立，到之后历经前黎朝、李朝、陈朝、胡朝、阮朝等朝代，两国一直保持着宗主国与藩属国的关系。因此从唐朝开始，一直到近代，中国与越南的关系，一定程度上促进了中国文化对越南文化的影响，而在中国受到大力推崇并在后世不断发展的唐代诗歌自然也在越南文化中占据着重要位置。

---

① 陈庭史，张叉．陶潜、李白、杜甫与越南文学——陈庭史教授访谈［J］．杜甫研究学刊，2019（3）．

② 陈庭史，张叉．陶潜、李白、杜甫与越南文学——陈庭史教授访谈［J］．杜甫研究学刊，2019（3）．

二、使臣往来

因为属地制度的影响，唐代时安南地区游学中原的学者很多，而中原也有人迁移至安南居住，这在一定程度上促进了唐朝诗歌文化向安南的传播。杜甫的祖父杜审言就曾被流放至峰州，并且作有《寓居安南》等诗作。与杜审言同期被贬的沈佺期也曾会见越南僧人并且作诗相赠。而安南地区也多有僧侣前往中原修行，这促进了两个地区的文化交流。越南封建王朝成立后，便“修臣行礼，遣使入华”。此后无论哪个朝代，双方使节来往频繁，一直持续至越南沦为法国殖民地。据《大越史记全书》《大南实录》《殊域周咨录》《续资治通鉴》《明实录》《清实录》等中越文献载录，越南历代王朝出于求封、告哀、求援、吊祭、奏事、岁贡、祝寿及贺登极与贺建储等目的的出使活动，丁朝（968—980）有 5 次，前黎朝（980—1008）有 11 次，李朝（1009—1225）有 24 次，陈朝（1225—1400）有 26 次，后黎朝（1428—1789）有 100 余次，莫朝有 20 次，西山朝（1778—1802）有 4 次，阮朝（1802—1945）有 32 次。

据 1977 年越南社会科学出版社出版的《李陈诗文》记载，丁朝、前黎朝的杜法顺与匡越，为越南有汉诗存世的最早北使使臣。李仁宗朝的黎文盛有《寄熊本书》《与宋使争辩》等使宋二文。《全越诗录》收录丁拱垣、莫挺之、阮飞卿、阮鹰、范维玦等陈朝至黎朝 52 位越南使臣北使诗歌，少则一首、数首，多达百首或数百首。《越南汉文燕行文献集成》收录阮忠彦、冯克宽、潘辉益、郑怀德等 53 位越南使臣 79 种北使文献。其中，诗集或诗文集 64 种。另据 2002 年中国台湾的中国文哲研究所出版的《越南汉喃文献目录提要》所载，越南汉喃研究院另有汉文北使诗文集近 20 种。这些都可以说明越南自陈朝至阮朝，使臣的北使文学之盛。

武希苏在《华程学步集 · 昭平舟次夜坐》生动地描绘道：“山声水影皆诗料，收拾乾坤寄笔端。”北使沿途粤西（今广西）的山粗水急、两湖及江南的山清水秀、中原腹地的四野宽平、直隶河朔的满地风沙与漫天飞雪等迥异于本国的山光水色，纷纷成为越南使臣的吟咏对象。张好合也在《梦梅亭诗草 · 遇雨夜泊永淳县》中写道：“孤舟一叶水云间，故国回思已万山。

何处雨来灯下冷，不教远客梦中还。”阔别故国家园，一路舟车劳顿，乃至病痛折磨，因而对亲友的思念成为越南使臣诗歌中又一常见的主题。

越南使臣由南向北行程中，途经大量中国圣贤、忠臣、义士等历史人物故里或遗址，诗中表现出无限敬仰、赞叹之情。经文王演《周易》处遗址，黎光定写下《华原诗草·过周文王羑里碑》，留下了“羑里碑传不世功，经过此日仰无穷”的诗句。经孟子庙，黎贵惇在《桂堂诗选》之《驻邹县谒亚圣庙恭赞并语》云：“南徼鲰生幼服邹鲁大训，高山景行，徒殷企仰，叨充奉璋介使，观光上国，道经是邑。乃得亲瞻桧栢，祇谒宫墙，实为万幸。谨赋俚言，聊抒希慕之至。”经朱熹与二程相关人文古迹，使臣所作诗题均加“恭题”“恭述”“敬题”等字样，以表崇敬之情。

越南著名诗人阮攸留存有《宁明江舟行》《龙城琴者歌》《太平卖歌者》《阻兵行》《所见行》等诗歌，可见其自觉学习模仿李白、杜甫、白居易等诗人的歌行体写作方法与技巧。黄碧山的《北游集》中诗题常标“效杜甫八仙歌体”“效孟浩然鹿门歌体”“效王维送友人归山歌，骚体”“效岑参登古郢城体”等小字注，明显有对唐人诗风的自觉模仿。使臣汉诗，多为唐律，本身即证明唐人诗风对其创作的影响。

使臣入关，全程有中方官员陪同护送，每至一站均有当地官员接待。因而越南使臣与中国士大夫、文士间常进行诗文唱和酬赠。《介轩诗集》收录阮忠彦的《邕州知事莫九皋以本国黎大夫仁杰所赐诗来示因赓韵》一诗，说明至迟在陈朝明宗大庆二年中越文人间就有诗文酬赠。几乎所有北使诗集，都收录有中越文人唱和赠答诗作。《中州酬应集》《大珠使部唱酬》《中外群英会录》《雉舟酬唱集》等，即为专门收录越南使臣与中国士大夫、文人间的赠答酬唱诗歌专集。越南使臣往往请中国士大夫、文人为其诗文集撰序题辞或评点赏鉴，《每怀吟草》《万里行吟》《学吟存草》《使华丛咏》《燕轺诗文集》等北使诗文集的序文与评点赏鉴之语，就是最好的例证。北使诗文集或北使日志还记录了使臣与中国士大夫、文人间品茶饮酒、欣赏书画、观看戏剧等其他活动。

除了官员使臣来往，移民同样是推动越南汉化的重要因素。唐朝时期有许多知识分子遭遇贬谪，就如同上文谈到的杜审言等人，一些知识分子就留在了安南并且融入当地发展。宋代时期中国人移居越南者越来越多，不少商人因贸易往来留在越南定居。元代、明代时期随着造船技术的成熟，越来越多的人前往越南，并留在当地。这一批批的移民，将中原文化带去了越南，而作为中原文化中重要部分的唐诗，特别是李白和杜甫的诗歌，则随着移民迁徙融入当地文化，受到越南后世的不断推崇。

三、科举制度

赵佗在岭南建立南越国后，推行汉文化。唐朝时期，越南人学习和使用汉语，研读中华古著，可以参加中央地区组织的进士考试。廖有方、姜公辅、姜公复等安南士人进士及第，其汉文化与汉文学修养已臻至相当水平。

越南的吴朝、丁朝、前黎朝和李陈朝是越南社会发展的草创时期。在这个时期越南是中国行政区划的一部分，儒学与科举制度的推行，基本上与中国没有差别。然而随着越南国家意识的逐渐建立，越南独立后，从李朝直至黎朝，一直模仿中国科举考试。从 1075 年至 1919 年共 844 年间，越南举行了 183 次汉语进士科举考试，共选拔了 2893 人。越南的科举主要分为乡、会和庭三个级别。每个级别都要考经义、文书、诗赋等科目，其中，诗赋占据非常重要的部分。丁克顺曾表示："诗赋每种一首，诗要按照唐诗诗律作，赋要模仿李白写"①，因为科举制度，唐诗受到了越南文人的倍加推崇，特别是杜甫和李白的诗作是他们研读学习的经典作品。

此外汉字在越南的推广使用，也促进了唐诗特别是李白和杜甫诗作在越南的推广与传播。汉字传入越南的具体时间并无定论，不过在东汉时期，就已经有官员在越南地区大力推广中原技术与文化，并且兴办学校，推崇教育。唐朝设立安南都护府后，派遣官吏振兴文教，促进了汉字的普及。直至 19 世纪末，汉字都是越南文学创作使用最多的文字。此外越南在 11 世纪依据汉字，创造了"喃字"。"喃字"与汉字造字方式相似，因此早先越南人对李白和杜甫的诗作并无理解障碍和寓意难通的问题。

---

① 黎文亩．杜甫诗歌在越南的接受与传播［J］．广东农工商职业技术学院学报，2013（8）：55－71．

第二节 李杜诗歌在越南的传播与发展

中国和越南之间悠久的历史关系，使得越南深受中国文化的影响，并出现了越南文学中不可或缺的一部分——汉文学。而在越南汉文学的历史上，发展最强势、最昌盛的体裁便是诗歌。可以说，同中国一样，越南也是“诗的国度”。在对越南汉诗的分析中可以看到许多李白、杜甫和陶潜等诗人诗作的影子，因此在研究李白、杜甫诗歌在越南的传播与发展时，我们可以从其对越南汉诗的影响方面来思考。同时，国内现有的一些研究也发现，李白、杜甫诗歌后续在越南的传播也与其在国内的接受程度成正比。

一、李白、杜甫诗歌对越南汉诗的影响

在长期的交流与文化浸染下，越南文学表现出较强的“唐风”。越南文人除了在日常的文学创作中熟练借鉴唐诗题材外，在创作风格上也明显呈现出模仿唐人的倾向。学者于在照在其论文《越南汉诗与中国古典诗歌之比较研究》中总结到，越南汉诗容受中国古典诗歌的表现有以下几个方面：对中国古典诗歌内容的效仿、题材的采用、艺术手法的引进、词句典故的借用、风格的模仿以及在理论上的承袭。其中，李白和杜甫作为唐代最具代表性的诗人，成为当时越南文人着重模仿的对象。

越南汉文诗人在写诗时，喜欢借用李白、杜甫诗的意、句、词。陈煚（1218—1277）是越南陈朝开国的一位皇帝，现留存下具有世俗色彩的两首汉诗。《送北使张显卿》就是其中诗篇之一，诗曰：

顾无琼报自怀惭，极目江皋意不堪。
马首秋风吹剑铗，屋梁落月照书庵。
幕空难驻燕归北，地暖愁闻雁别南。
此去未知倾盖日，诗篇聊为当清谈。

这首汉诗借用了杜甫诗中“落月满屋梁”诗句的词语和含意。杜甫《梦李白二首·其一》一诗中曾写道：

死别已吞声，生别常恻恻。
江南瘴疠地，逐客无消息。
故人入我梦，明我长相忆。
君今在罗网，何以有羽翼。
恐非平生魂，路远不可测。
魂来枫林青，魂返关塞黑。
落月满屋梁，犹疑照颜色。
水深波浪阔，无使蛟龙得。

又如陈嵩《上士语录》一书的《对机》篇中“红稻啄残鹦鹉粒，碧梧栖老凤凰枝”两诗句也是摘句自杜甫的《秋兴八首·其八》

昆吾御宿自逶迤，紫阁峰阴入渼陂。
香稻啄馀鹦鹉粒，碧梧栖老凤凰枝。
佳人拾翠春相问，仙侣同舟晚更移。
彩笔昔曾干气象，白头吟望苦低垂。

越南诗人阮攸在对李白、杜甫诗歌的借鉴与发展上具有代表性。对于阮攸的叙事诗，国内学者黄强发表了如下看法：“阮攸，不仅吸收了杜甫的忧国忧民的思想，还在诗歌创作中对杜诗有众多借鉴。”① 学者于在照也对其评价道：“阮攸是越南古代当之无愧的汉、喃诗兼工的大师，是深得唐诗精髓的越南汉文诗人，他不仅容摄了李白的飘逸、洒脱的风格，还容摄了杜甫写实、沉郁的风格。”② 除阮攸之外，在阮忠彦、邓陈琨、段阮俊等越南诗人的诗歌作品中也可以看到李白、杜甫诗歌的痕迹。越南古代诗人裴辉璧（Bùi Huy Bích，1744—1818）在《历朝诗抄》序言中也对李白和杜甫等人的诗风进行了分析：“嗟夫诗之为诗三百篇其至矣。汉古诗十九首，犹为近之，自是以还，冲淡称陶靖节，沈雄称杜少陵，飘逸称李太白；彼其骨格特异，要皆有深趣者也。”从以上论述可以看出，李杜诗歌不仅在越南得到了广泛的传播，并且越南文人对其艺术风格也有着较为深入的了解与把握。

---

① 黄强．论杜诗在越南的译介［J］．杜甫研究学刊，2011（4）：73－78.

② 于在照．越南汉诗与中国古典诗歌之比较研究［D］．中国人民解放军外国语学院，2007.

二、李白、杜甫诗歌在国内的接受程度与其在越南的传播

李杜诗歌后续在越南的传播与发展也与李杜诗歌在国内的接受程度息息相关。越南学者普遍接受的一个观点是，李白的诗让人“敬而远之”，而杜甫的诗让人“敬而爱之”。杜甫作为现实主义的代表诗人，其诗歌的主要内容是反映当时的社会面貌，题材广泛，寄意深远，多抒发仁民爱物、忧国忧民的情怀，这使杜诗不仅在国内具有较高的接受度，同样也引起了和杜甫有着相同坎坷经历的许多越南文人的共鸣，他们不仅在诗歌中表达对杜甫忧国忧民精神的崇敬，还借用杜甫的经历来抒发自己对人生的感叹。

越南文学批评家淮清（原名阮德元）曾评价杜甫诗歌深刻地反映了当时的社会历史现实：“杜甫只是一个普通人，而为曾经沧海之普通人，常怜他人，尤其妙笔生花……杜甫诗文似乎皆只抒写凄苦，凄怆是因为个人身体、国家变故，特别是穷苦的下层劳动人民之悲惨。杜甫一旦谈到那些不幸的人，他的文笔就表露朴质而出奇亲切。”① 正因如此，故而范迈感受到，每当“吟兴”杜甫诗之时，则“动江山”。

相对杜甫诗歌的普适性，李白诗歌在国内与越南的传播呈逐渐递增的趋势，这与当时国内的思想文化与政治环境变迁有着密切的关系。越南李朝时期，中国正处于宋朝政府的统治，受当时政治环境、时代思潮和审美观念的影响，李白诗歌未能像杜甫诗歌一样在宋朝得到广泛认同，国内接受度的不足也使其难以对越南诗坛产生较大的影响。宋王朝南迁后，抑制李白诗歌的风潮逐渐减弱。直到元代，李白独特的诗风得到了更广泛的认可，其影响力在国内有所提升的同时，也带动了李诗在越南的传播。黎朝是李白诗歌传播的高峰期，此时的中国处于明朝政府的统治，国内文人开始认可与推崇格调说、性灵说等诗学理论，对李诗的接受与喜爱达到了顶峰，国内对李诗的高度颂扬也使其在黎朝诗坛的传播力和影响力再度提升。

阮飞卿的《上胡承旨宗鷟》中，出现了一个“太白”的形象。阮飞卿（1355？—1428？原名阮应龙 ）

① 王泽凤．越南汉诗流变述论［D］．上海：上海师范大学，2016.

京国携书二十年，登龙每恨欠前缘。
梦随韩苑清风外，春在东亭白酒边。
万丈光芒窥太白，一团和气挹伊川。
寸怀别后劳倾仰，耿耿高明月夜悬。

诗人放眼望去看见了一颗“太白”星发出的光芒万丈，或许他自己想起了唐代大诗人李白的神仙骨格、高远形象。李白人称“诗仙”，亦有冠之以“酒圣”或“酒霸”。李白一生离不开酒，也离不开诗，酒助诗兴，诗助酒兴。在某种意义上，酒与诗似乎皆为一体，相从相随，相融相契，成为诗之灵魂。它好像也能够造成一个潇洒而高尚人格之人、一个逍遥自在之人、神仙界（蓬莱仙境）之人。李白豪放不羁、酒伴才华、逍遥自在，他就像他自己“太白”字之含义一样，操守清廉，对人生看得太明白、太透彻。当尘间即将跌进深邃的黑暗里时，这颗“太白”星依然在无边无际的天空中闪耀，值当后世诗人仰望、学习和借鉴。那颗明亮的星——那位榜样已经悄悄地走进阮飞卿的诗歌深处，不仅仅是一二首罢了，再看他的《陪冰壶相公游春江》，发现诗中也有李白的形象。但这次我们去鉴赏李白的另一个故事，有更加具体的另一种风格，即是一位风采特异之诗人，其诗曰：

鲜云晴日雪花天，烟景三春胜柳川。
红蓼白蘋吟况味，罗裙绮袖醉因缘。
且谈湖海江南士，休访风流采石仙。
极浦斜阳歌缓棹，几人同载孝廉船。

“采石”即是采石矶（今位于安徽省）。采石矶是江南名胜，自古以来吸引了白居易、苏东坡、王安石等众多历代文人名士，他们游历于此并题诗唱和，诗人李白亦曾来此处，留下了不少著名诗篇和手迹。

第三节　李杜诗歌在越南的传播情况

19 世纪中叶，越南进入法属时期，殖民入侵结束了儒家教育一家独尊的局面，儒学教育开始没落，西方新式教育在越南建立，直到 1919 年科举制正式废除，官方的传统儒学教育随之消失。但私塾的存在与活跃使得儒学教育得以延续，并且由于这一时期大批华侨移民来到越南，法国殖民政府初期也并未对华侨华文教育大加抑制，所以在法国殖民统治期间，华侨华文教育得以发展。进入 20 世纪，法国的殖民统治逐渐完善，并在越南建立了一套完整的现代教育制度，越南华人华侨也建立了从幼儿园到高中的正规华文学校教育体系。1930 年到 1954 年，是华文教育发展的黄金时期，一方面，第一次世界大战，让法国对越南的管控稍有放松，另一方面，中国国内环境复杂，不少文教人士流亡越南，进一步充实了华文教育的师资力量。

1954 年越南分为南越、北越，进入南北分治时期，华文教育在南越和北越都经历了近十年短暂的发展时期。此后，南北政府都对华侨实施强制同化措施，华文教育受到打击、限制和同化。1975 年，北越政府取得越南战争的胜利，建立起了越南社会主义共和国，但由于中越交恶和越南本国的社会主义改造运动，越南国内掀起了排华浪潮，华文教育进入了十几年的停滞期，直到 1986 年越南实行革新开放政策才重获新生。1991 年，中越关系恢复正常化，越南政府将华文教育纳入越南外语教育体系。

与法属时期相比较，1954—1975 年间越南意识形态差异并没有影响李白、杜甫诗歌等唐诗在越南院校的传播，相反，李杜诗歌得到了更广泛的介绍。这个时期，越南许多高等院校皆讲授中国文学课，李杜诗歌在其中占有重要地位。1975 年越南统一后，越南大中院校对李杜诗歌的接受更为深广。越南近百所高等院校和越南师范高等院校纷纷成立语文、中国语文、汉喃学、东方学、中国学、亚洲学等专业，这些专业都在讲授李杜诗歌。越南初、高中教科书虽经过多次改编，但李杜诗歌依然是其重要的组成部分。在越南的大学教育中，语文专业一定要有 45 至 75 学时的中国文学课程。据 2012 年针对越南一些高等院校《中国文学模块提纲》的调查显示，李白和杜甫是被重点介绍的唐代诗人。

1979 年，越南进行第三次教育改革，建立 12 年级的普通教育系统，初中四年，高中三年。1995 年，越南修订完成了第一套全国统一使用的教科书，这套书的初中阶段，外国文学与越南文学编为一本书，外国文学独立组成一部分，到高中阶段，外国文学独立成册，其中中国文学是外国文学的一部分。选入越南初中语文教科书的李白诗歌有《行路难》《望庐山瀑布》《静夜思》《采莲曲》《秋浦歌》（第十四首），杜甫诗歌有《石壕吏》《江畔独步寻花》《绝句》（四首选一）《茅屋被秋风所破歌》《绝句》（六首选一）。选入越南高中语文教科书的李白诗歌有《黄鹤楼送孟浩然之广陵》《早发白帝城》，杜甫诗歌有《秋兴》《登高》。

越南第四次教育改革计划任务之一是在2008年完成新教科书的替换，修改后进入中学语文教科书的唐诗作品有：初中阶段，李白诗歌为《望庐山瀑布》《静夜思》，杜甫诗歌为《茅屋为秋风所破歌》；高中阶段，李白诗歌为《黄鹤楼送孟浩然之广陵》，杜甫诗歌为《秋兴》。另外被替换的李杜诗歌是我国其他著名诗人的作品，体裁、题材、风格和流派也愈加丰富。选入的中国作品部分属于越南语文的“文学”分科，主要以唐代作品（唐诗）和现代作品（鲁迅作品）为重点，对于唐诗的学习，越南中学的教学目标是让学生感受唐诗在内容和艺术方面的特色，理解越南唐律诗歌的特点等。

越南人读唐诗时，使用汉越音。汉越音是越南的一种读书音，它是唐代安南地区学校授课时使用的一种汉语，其主要成分是当时中国的北方方言，尤其是唐代长安话。越南独立之后，汉越音仍是作为越南的宫廷语言，为越南王室所用，直到越南黎朝末期。现在越南人在读汉语书时仍然使用汉越音朗读。

第四节　李杜诗歌在越南的传播特点

在中国经济、文化都飞速发展的当下，许多境外机构和研究中心都把唐诗作为研究中国古典文化的重要内容，以越南为代表的东南亚国家虽然对李白杜甫的诗歌研究并没有北美、西欧和东亚那样盛行，但它却因为独特的地理位置和历史条件拥有自己的特点。李白、杜甫诗歌在越南的传播研究呈现出“文学再创作”和“翻译”为主的文学传播研究特点，在对李杜诗歌本身的“审美特征”和“诗歌主题”层面的深层次传播研究则很少涉及。

一、翻译和文学创作研究

越南 20 世纪初新闻权威杂志《南风杂志》，专门设立古文栏目并刊登古文作品与用越南文翻译的唐诗作品，掀起翻译唐诗的浪潮。《南风杂志》主编阮敦复在翻译的过程中十分细致，并在译文的后边写有自己的注释与评语，越南本土学者陈庭史甚至认为“越南历代诗人几乎没有一个不受李、杜为代表的唐代大诗人的影响”①。

早在 19 世纪初，阮朝诗人阮攸根据清代青心才人的近 14 万字的章回体小说《金云翘传》，于 1816 年写成 3254 行的越南六八体喃字长篇叙事诗《金云翘传》，杜甫诗歌作为典故进入越南国语律诗，使诗意更加含蓄、优美。在 20 世纪以后的越南，这类型的国语诗还突破了杜甫诗歌的影响，在形式、内容上都有革新。

二、李杜诗歌文化层面的研究

李杜诗歌在越南的传播从封建社会时期就已经开始，并伴随着儒家思想的文化理念而在越南本土化下逐渐发展。其中儒家思想中较为显著的如“爱仁义、重孝道、乐观知命、崇尚天然”元素，在越南诗歌中也有所体现。

对于李白、杜甫诗歌的研究，越南的学者们主要是侧重于教育意义上的研究，体现在教材、参考资料、课程以及学位论文中等，相对于李杜诗歌背后的文化意义和文化逻辑的研究，仅聚焦在一般的儒家思想层面上，没有对其深刻的传播文化内核做学术意义上的探讨。

小　结

总而言之，关于李杜诗歌在越南的传播研究，偏向于文学翻译和文学传

① 陈庭史，张叉．陶潜、李白、杜甫与越南文学——陈庭史教授访谈［J］．杜甫研究学刊，2019（3）．

播教育上的研究，更高层次上的文化传播研究是缺乏的。越南处于东南亚这个独特地理位置上，研究越南诗歌对东南亚的唐诗传播研究是有帮助的。当今时代是文化交相融合的时代，站位于东南亚这个点位上，如果可以更好地以越南在内的多个国家的李杜诗歌的传播议题为出发点，透过文化层面上的传播来探析李杜诗歌的传播情况，对我国传统文化的有效输出和发展研究大有裨益，在国家形象的文化传播上会诠释出更多的多元性。

本章参考文献

[1] 饶芃子．中国文学在东南亚［M］．广州：暨南大学出版社，1999.

[2] 陈庭史，张叉．陶潜、李白、杜甫与越南文学——陈庭史教授访谈［J］．杜甫研究学刊，2019（3）：95－100.

[3] 陈庭史．中国文学对越南文学发展进程的历史意义［J］．文化艺术杂志，1993（5）：61－63.

[4] 张海宁．李白诗歌在越南的接受研究［J］．红河学院学报，2018（16）：27－32.

[5] 黎文诗．儒家思想在19世纪越南诗歌中的表现［J］．古籍研究，2017（2）：57－66.

[6] 黎文亩．杜甫诗歌在越南的接受与传播［J］．广东农工商职业技术学院学报，2013（3）：66－71.

[7] 黄强．论杜诗在越南的译介［J］．杜甫研究学刊，2011（4）：73－78.

[8] 于在照．越南汉诗与中国古典诗歌之比较研究［D］．北京：中国人民解放军外国语学院，2007.

[9] 孙琳．越南华文教育发展历史与现状研究［D］．郑州：郑州大学，2020.

[10] 王泽凤．越南汉诗流变述论［D］．上海：上海师范大学，2016.

[11] 陈传俊．越南本土汉语教材研究［D］．北京：中央民族大学，2016.

[12] 黎氏玄莊．唐诗翻译与越南诗歌体裁之形成及发展［D］．上海：华东师范大学，2014.

[13] 陶铜殿．越南新诗与中国唐诗［D］．长沙：湖南师范大学，2014.

[14] 段明海．越南中学语文教科书中的中国作品选编及教学研究［D］．南

京：南京师范大学，2008.

[15] 阮福心．唐诗对越南李陈汉诗的影响研究［D］．上海：上海师范大学，2019.

[16] 高烈．唐代安南文学研究［D］．杭州：浙江大学，2014.

[17] 裴辉壁．历朝诗抄［A］．Tìm hiểu kho sách Hán Nôm. tr. 45.

[18] 张洁弘．杜诗在东南亚的传播概论［A］//中国杜甫研究会，重庆市文化委员会，西南大学．中国杜甫研究会第七届年会暨杜甫与重庆学术研讨会论文集．2015.

[19] 李谟润．越南使臣的北使诗路［N］．光明日报，2021－03－29.

第三章　李白诗歌在越南的传播与接受

当今时代，随着转型期世界文化多元格局的形成，横向拓展和互相参照成为这个时期的明显特点。在交流渠道日益增多的情况下，各种文化都有可能相遇相识，而不同文化相遇，最为关键的问题是要相互理解，寻求“认同”。这种“认同”不是要同化，而是要“共存”。因此，如何总结以往各种不同文化相遇后得以沟通和理解的经验，以促进世界各民族文化的“对话”，就成为一个很有意义的现实问题。文化如此，其中的文学交往就更不例外。在世界各国特别是东南亚国家文坛“飘香”的中国文学也有一方风景，而且具有它独特的内涵和发展路径，比如中国古代文学中的唐诗。

早在公元10世纪左右，处于中国古典诗歌顶峰的唐诗就已经传入越南，受到越南人民的普遍喜爱，成为越南文学的重要组成部分，再加上越南朝廷科举考试把唐诗作为考题，唐诗就成为士人学习必不可少的内容。所以，唐诗对越南文人的影响可以说是深刻全面的，无论越南古典诗歌还是新诗，在文字、体裁形式、思想内容等各方面对中国唐诗都有所借鉴。而在群星璀璨的盛唐诗坛，李白与杜甫是最耀眼的巨星，他们的艺术成就与人生思想在越南文坛上产生了深远的影响，始终在越南诗人心中占据崇高地位。越南历代诗人或多或少都从李白、杜甫诗歌中吸取滋养，在李白、杜甫诗作全方位、大范围的影响下，他们按照民族感情及作家的个性化，创作出具有独特艺术风格和思想情感的作品，在越南文坛呈现了收录近千首诗歌的《皇越诗选》《越音诗集》《全越诗录》《摘艳集》《皇越文集》等优秀汉文诗集，产生了陈昑、阮万行、莫挺之、阮廌、程清、阮保、蔡顺等一批优秀诗人。这些诗人诗作从语言到内容、题材、情感、艺术手法、风格无不受到李白、杜甫诗歌的深刻影响。

2013 年 9 月和 10 月，中国国家主席习近平在出访中亚和东南亚国家期间，先后提出了共建“丝绸之路经济带”和“21 世纪海上丝绸之路”的重大倡议，得到国际社会高度关注与认同。在 2017 年中国共产党第十九次全国代表大会上，习近平总书记更是在报告中先后五次提到“一带一路”坚持引进来和走出去并重，加强创新能力开放合作，形成与东南亚地区陆海内外联动、东西双向互济的开放格局。2022 年 10 月，在中国共产党第二十次全国代表大会上，习近平总书记在报告中再次提到要推动共建“一带一路”高质量发展的对外开放格局，同时，要增强中华文明传播力和影响力，坚守中华文化立场，提炼展示中华文明的精神标识和文化精髓，加快构建中国话语和中国叙事体系，讲好中国故事，传播好中国声音，展现可信、可爱、可敬的中国形象，加强国际传播能力建设，全面提升国际传播效能，深化文明交流互鉴，推动中华文化更好走向世界。因此，在“一带一路”倡议背景下，研究李白诗歌在越南的传播与接受不仅具有很高的理论价值与文化价值，而且具有极强的现实意义。

第一节　从文献看李白诗歌在越南传播的成果与局限

在“一带一路”倡议背景下，从传播学角度研究李白诗歌在越南的传播情况，探索域外文学的传播与接受机制，审视文学传播现象，考察文学传播过程，进一步建构和丰富文学传播学理论，就必须梳理清楚唐诗特别是李白诗歌在越南传播与接受的文献资料。

综合考察中国古代文学在国外的传播情况，从研究对象看主要集中在小说和诗歌；从研究区域看主要集中在韩国、朝鲜、日本，以及俄国和英语世界；从研究者看，国内外学者皆有。其中，对于唐诗在国外的传播研究成果较少，传播区域零散。而据黄山书社 1998 出版的方亚光的《唐代对外开放初探》一书统计：东南亚地区主动派使节来唐很频繁，如林邑、盘盘国、真腊国、诃陵、堕和罗、室利佛逝、骠国等派使节先后来唐 100 多次。可见唐朝与东南亚地区来往频繁，关系密切。但学界对唐诗包括李白诗歌在国外特别是东南亚国家的传播研究甚少，缺失较多。

“东南亚”是第二次世界大战后期出现的一个新的地区名称，包括越、老、柬、泰、缅、马、新、菲、印尼、文莱、东帝汶 11 个国家。由于特殊的地理位置，以及历史上不同种群、语言、宗教、政治、经济形态交汇碰撞，形成这一地区多文化圈交叠的景象。同时，这一地区又是全球华侨华人最多最集中之地。目前，东南亚的唐诗研究已受到主流学术统计的关注。其特点可归结为：第一，受地缘政治和文化传统影响，对中国古典文学感兴趣的学者主要是华裔或与中国有密切联系如曾留学中国者，很少有当地人研究和译介唐诗宋词；第二，这一领域的诗歌研究主要是将汉语翻译成英语或母语，以便被当地学术界接受或应用。

20 世纪 80 年代初，随着西学东渐，我国学者尝试运用传播学理论进行文学批评，而从传播学角度广泛研究文学则始于 20 世纪 90 年代。期间，一批研究成果及硕士学位论文陆续呈现，如王兆鹏、马承五、郭英德、曹卫东、饶芃子、叶美奴等均对唐代文学特别是诗歌传播展开研究，研究对象是从某一传播学理论角度研究文学传播，或是断代文学的传播研究。因此 20 世纪的文学传播学发端于中国古代文学的传播研究。进入 21 世纪后，文学传播学研究开始向系统化和领域化发展。这一时期，硕博论文及研究成果更加丰盛，比如《文学评论》2001 年第 3 期发表的王玫的《建安文学在唐代的传播与接受》，《河南教育学院学报》2002 年第 4 期发表的童岳敏、罗时进的《唐诗的传播媒介及其范式》，《沈阳师范大学学报》2004 年第 5 期发表的张次第、曹萌的《文学传播学的创建与中国古代文学传播研究》，《唐都学刊》2004 年第 6 期发表的史卫的《唐诗传播初探》，《甘肃社会科学》2004 年第 5 期发表的邱昌员、曾光敏的《论唐诗与唐代文言小说的传播》，《文学遗产》2006 年第 3 期发表的王兆鹏的《中国古代文学传播方式研究思考》，以及陕西师范大学 2006 年柯卓英的学位论文《唐代的文学传播研究》，广西师范大学 2006 年陶涛的学位论文《唐代诗歌传播方式初探》等；著作如武汉大学出版社 2010 年出版的尚永亮等的《中唐元和诗歌传播接受史的文化学考察》，中华书局 2013 年出版的吴淑玲的《唐诗传播与唐诗发展之关系》，现代出版社 2014 年出版的沈文凡的《唐诗接受史论稿》，浙江大学出版社 2018 年出版的朱文斌的《东南亚华文诗歌及其中国性研究》等。这些成果一方面继承 20 世纪 90 年代以来断代文学的传播研究，或从新闻传播角度研究中国古代文学，逐步构建古代文学传播理论体系的方法；另一方面，又有新发展。

关于越南诗歌方面的研究，1959 年广东师范学院中文系编的黄轶球的《越南汉诗略》、2004 年暨南大学出版社出版的陈文玾著、黄轶球译的《越南典籍考》等书，对越南古典诗词作了深入研究；北京大学东语系的颜保教授可以说是中国研究越南文学以及中越两国比较文学的开拓者，他最早开设了越南文学史课程，还在《国外文学》1983 年第 1 期发表了《越南文学与中国文化》一文，这是我国最早系统概述中越文学关系的论文，较为全面地论述了越南三个不同历史阶段的文学——汉语文学、字喃文学和文字拉丁化以后的文学与中国文学的密切关联；此外，吉林大学出版社 1996 年出版的孟昭毅的《东方文化文学姻缘》、天津人民出版社 2001 年出版的《东方文学交流史》两部东方比较文学研究专著中，均论述了越南诗歌与中国文化、文学之关系以及唐诗在越南的流传情况；《中国人民大学学报》2007 年第 3 期发表阮玉英的《唐诗对越南诗歌的影响》，文中指出：越南诗歌主要有两种体裁，一种是模仿唐诗格律来创作的唐律诗，一种是越南人创作造出来的六八诗体；《东南亚纵横》1987 年第 1 期发表黄国安的《唐诗对越南诗歌发展的影响》一文，文中指出：汉诗传入越南后，成为越南文学的一个重要部分，中国唐诗对越南诗歌的影响是中国文化传入越南产生的重要成果之一；于在照在《解放军外国语学院报》1999 年第 5 期发表《论越南汉诗的产生及演变》一文，认为越南诗歌是越南文学的重要组成部分，越南汉诗创作历经 1000 余年，产生了众多的诗人和大量的诗作，取得了辉煌的诗歌艺术成就，从它的起源、发展到内容与形式，无不受到中国汉文化的长期滋润和中国古典诗歌尤其是唐诗的深刻影响；2017 年，中国人民解放军外国语学院于在照的博士学位论文《越南汉律诗与中国古典诗歌之比较研究》，深入论述了中国古典诗歌与越南汉诗的关系，指出越南诗歌的内容、体裁、艺术手法、语言及风格等，在全面接受中国古典诗歌巨大影响的同时，还深受本国民族文化与文学影响，体现出丰厚的民族文化内涵及民族文学特质。

李祥在四川省人文社科重点研究基地项目“李白诗歌在东亚汉字文化圈国家的传播”的系列研究成果《唐诗在东亚汉字文化圈国家受容比较研究》《浅谈李白诗歌在汉字文化圈国家的译介——以李白诗歌〈赠汪伦〉为例》《李白诗歌在东亚汉字文化圈国家的传播》中都指出：在古代越南，李白诗歌深受国王文人和百姓的喜爱。黎圣宗时期对李白诗歌尤为推崇，黎圣宗洪德六年科举考试规定“诗用唐律，赋用李白”。对于越南文人来说，若要通过科举考试，必须熟读李白的诗歌。越南诗人最为欣赏李白的为人及诗作风格。自李白诗歌传入越南等东亚汉字文化圈国家后，涌现出一批杰出诗人，他们不同程度地受李白诗作影响，所创作的诗歌里都流露出李白诗歌的痕迹。

对越南文学及中越比较文学方面进行过论述的还有：卢蔚秋和赵玉兰债在《国外文学》1984 年第 1 期发表的《越南文学介绍》，颜庆云在《亚非》1985 年第 1 期发表的《试论越南文学的渊源》，《福建师范大学学报》1989 年第 4 期发表的温组荫的《越南诗歌与中国文化》，《文史知识》1992 年第 2 期发表的胡文彬的《中国文学名著在越南的流传》，广东经济出版社 1997 年出版的《东方语言文化论丛》收录了林明华《中国文学在越南的传播》一文，《东南亚研究》1998 年第 3 期发表的林明华的《越南古典名著征妇吟曲评说兼谈汉文化对征妇吟曲的影响》，昆企出版社 2006 年出版的梁志明的《古代东南亚历史与文化研究》，以及于在照 2014 年在世界图书出版公司出版的《越南文学与中国文学之比较研究》等。

唐朝盛行的儒、释、道三教思想对越南诗歌的发展产生过重要影响，是越南文化本色的最重要组成部分。昆仑出版社 2003 年出版的陈炎、李红春的《儒释道背景下的唐代诗歌》一书，以初、盛、中、晚“四唐”为经，以儒、释、道“三教”为纬，在时代与信仰的双重视野下展示了唐代诗歌的复杂性与丰富性，并论述了儒、释、道三家大体在经过初唐的并行、盛唐的融合、中唐的摩擦和晚唐的蜕变过程中对越南诗歌所产生的影响。对“三教”与唐诗在越南的传播与影响进行过研究的还有：《解放军外国语学院学报》2003 年第 4 期发表的唐桓的《道教与越南古代文学》，《学术论坛》2005 年第 5 期发表的李未醉、余罗玉、程继红的《儒学在古代越南的传播与发展》等，这些文章论述了中国“三教”在越南的广泛接受情况，为中国唐诗在越南的传播与影响起到了铺垫的作用，同时还论述了“三教”中的一些思想对越南诗歌的题材、创作方法以及越南文人思想的重要影响及表现。

总体来看，唐诗在越南传播的研究已取得了可喜成就。但更多的是从宏观方面进行综合梳理研究，对李白这样的伟大诗人诗作在越南的传播与影响的个案研究还显得十分薄弱。随着唐诗研究从宏观走向微观、单一走向多元、域内走向域外的发展趋势，特别是中越关系在国际交流背景中不断加深，研究两国文化和文学交流，不仅能够完善唐诗研究系统，扩展研究角度，还能进一步拓宽视野，为唐诗研究寻找新的角度和参照系。

第二节　李白诗歌在越南的广泛传播与影响

中越两国山水相连，历史相融，文化相通，有着最为深厚的渊源，政治、经济、文化往来紧密。越南最早期的历史是和中国融为一体的，在两千多年中，越南大约有1000多年一直是中国的藩属国，汉字到20世纪初期还是越南官方正式文字，越南王朝各个时期的体制大体都模拟中国，加之唐朝于公元678年在河内设立“安南都护府”后，唐诗特别是李白、杜甫诗歌通过汉文字或口耳相传，或通过手抄本等不断流传于越南各个阶层，因此，中国文化对越南的国家体制、意识形态、伦理道德、文化教育和文学艺术的构建与发展都有不可磨灭的影响，越南也因此成为东亚、东南亚文化圈中最早接受中国文化影响的国家。在文学方面尤其是对越南诗歌创作产生深远影响的就是唐诗。唐诗的传入极大地影响了越南诗歌的形成与发展，诗歌也成为越南发展较快且成果较为繁荣的文学体裁。考察《全越诗录》《皇越诗选》等诗集，不难看出中国唐诗对越南诗歌影响的踪迹，尤以李白、杜甫诗歌影响最为突出。

自公元十世纪始近一千年的发展历史中，越南文学创作中数量最多、成就最高的首推诗歌，取得突破性进展的诗体是越南唐律诗。唐律诗是越南人模仿中国律诗的音韵、格律而创作的诗，基本遵循着中国唐代发展成熟的格律规定。越南诗歌在前黎朝、李朝、陈朝、后黎朝、阮朝等朝代都吸收了中国唐诗的精华，尽管结构工整、浓缩简洁要有高智慧才能创作，而且还需要遵循各种严谨的格律规定，但是越南诗人仍接受、热爱唐诗，并借鉴唐诗创作了丰富多彩的唐律诗，大部分题材和体裁都采用了唐诗的结构和诗料，将当时中华民族的文化推至鼎盛，使东方艺术特点在唐律诗中得到结晶，充分体现出越南的民族文化和心灵品质，民族意识得以高度升华。阮保就是在以推行汉文化为实质的科举制度下成长起来的一位具有重要个案意义的越南诗人。他留下了越南创作时代最早的应制组诗和七言应制排律诗，其应制组诗风格清婉、用典丰富，具有声格流丽、从容颂美的台阁风范。他的创作深受中国古典诗学传统的影响，或直接将唐诗移植到自己的诗中、化用和借鉴唐诗名句、以唐人名句为诗题和主题进行吟咏，或沿袭中国诗歌的结构模式，或根据中国古典诗歌的阅读体验和生活想象进行虚拟化创作。诗人蔡顺出版有《吕塘遗稿诗集》，从数量上看，全书 264 首诗作中有七律 166 首，五律 18 首，七绝 78 首，七言排律 2 首；从主题和题材上看，大多是吟咏田园山水、述怀言志之作，其中也不乏唱酬赠答、奉和应制诗，普遍表现出中国式的人生理想、精神情操、审美趣味以及生活风度和处事姿态；在体裁上全部为近体格律诗，韵律和谐优美，可见蔡顺诗歌创作受唐风情韵特别是李白诗歌影响的程度。越南汉诗对中国古典诗歌体裁、诗体运用、艺术手法借鉴，以及对李白、杜甫和白居易等中国古代诗人诗作模仿的痕迹极其明显，这在风行越南的《全越诗录》《皇越诗选》等一些诗歌的标题、题词、内容中足以验证。

20 世纪上半叶，越南现代报刊、出版业的兴起与发展，为中国文学准备了良好的翻译、出版园地，许多中国文学作品先在阮文水（1882—1936）、范琼（1892—1945）等人于 1913 年、1915 年、1917 年先后创刊的《东洋杂志》《中北新闻》《南风杂志》上连载，然后交给出版社出版发行。这一时期，除了伞沱阮克孝（1888—1939）与人合译《诗经》，吴必素（1892—1945）、陈重金（1887—1953）各自翻译《唐诗》，黄范珍（1897—1948）翻译《离骚》等中国古典诗词外，阮政瑟、阮杜牧、潘继柄、阮莲锋、阮安居、阮文水、丁嘉欣等人还翻译了《西游记》《西厢记》《三国演义》等中国古典小说和《风尘剑客》《红衣女侠》《包公奇案》等武侠、公案小说。越南学者邓台梅在其《越南文学与中国文学之间的悠久、密切关系》一文中说："自第一次世界大战爆发至第二次世界大战结束的30年间，在我国的各种报刊上，许多作家翻译了相当数量的中国古典文学作品。人们翻译了'五经''四书'和部分'诸子'著作；翻译《楚辞》、古诗、唐诗、汉赋、宋词；翻译论说文，特别是《三国》《水浒》《说唐》《五虎》和蒲松龄的小说，甚至连徐枕亚的作品也被翻译过来了！"20世纪下半叶，中国古典文学名著的译介、修订再版或新译在越南有计划地进行，除中国古典小说、武侠、公案小说外，由著名翻译家南珍（1907—1967年）等人翻译的唐诗、宋词、《诗经》、《楚辞》，以及李白、杜甫、陆游等诗人的译本纷纷问世。纵观越南历史，在整个中国古代文学遗产当中，从古至今，完全可以这样说：越南人最喜爱的是唐诗，李杜诗歌的艺术成就与人生思想在越南文坛上产生了深远影响，始终在越南诗人心中占据崇高地位。越南近现代以来的文学著作中大量收录李白、杜甫诗歌，如阮宪黎于1954年出版了三卷本《中国文学史大纲》，这是越南人写的第一部中国文学史，在卷二《唐代文学》中，重点谈论了唐诗发展进程、唐代格律诗及三位大诗人李白、杜甫、白居易的生平、思想、诗歌内容及艺术成就；文学出版社在1958年出版的杜朋团、裴庆诞的《唐诗摘译》共收503首，其中李白的诗歌60首、杜甫的诗歌46首；岘港出版社1996年出版的姜有用的《唐诗》共收206首，其中李白的诗歌39首、杜甫的诗歌30首；河内文学出版社1962年初版、1987第二次印刷的南珍主编的《唐诗》二辑，第一辑选各时期的诗人202首作品，第二辑选李白、杜甫、白居易的诗歌共154首；岘港出版社1990年出版的潘玉的《黎元的诗人杜甫》出版了二辑；胡志明市文艺出版社1989年出版的阮克孝的《唐诗》共有84首，其中李白诗有14首，杜甫诗有4首；开智出版社1942年初版、1961年第二次印刷的吴必素的《唐诗》共有53首，选入最多的是李杜诗歌；河内文化出版社1962年出版的张正主编的《杜甫诗》共收126首作品；文学出版社1963年出版的竹溪的《李白诗》共收90首；此外，河内出版社1968年还出版过《杜甫诗》、1970年出版过《李白诗》等等。由此可见，李白、杜甫诗歌在越南文学中的重要地位。

明人严从简在中华书局 1993 年出版的《殊域周咨录》里，清楚地记载了以李白诗歌为代表的唐朝诗歌传播到越南的一些方式：“本国（指安南）自初开学校以来，都用中夏汉字，并不习夷字。及其黎氏诸王，自奉天朝正朔，本国递年差使臣往来，常有文学之人，则往来学艺，遍买经传诸书，并抄取礼仪官制、内外文武等职与其刑律制度，将回本国，一一仿行。因此，风俗文章、字样书写、衣裳制度并科举学校、官制朝仪、礼乐教化，翕然可观。”分析其影响如此之大的原因，有以下几点：

一是中越两国山水相邻，一直以来就有着紧密的政治、经济、文化往来。在两千多年历史中，越南大约有一千多年是中国的藩属国。其间，越南不断地派使臣到中国进行学习、进贡、谢祭等，汉字也就在这一过程中传播到了越南。加之唐朝于 678 年在河内设立了“安南都护府”后，汉语字词就更进一步地渗透到了越南的日常生活之中，并且成为书面交流、学校教育及政治领域的唯一文字。李白等唐人诗歌也通过汉文字或口耳相传或通过手抄本流传于越南各阶层。应该说，汉字的传入是唐诗对越南诗歌产生影响的基础条件。

二是唐朝君主为了政治稳定，也会派遣使臣到越南进行文化交流。唐朝众多具备深厚文学素养的文人、士大夫作为使臣去往越南的同时，也把包括唐诗在内的唐朝文化一同带到越南，这一行为对越南文化特别是越南诗歌形成了巨大推动力。公元 678 年，唐朝设立安南都护府，这是当时在边远地区设置的六个都护府之一。朝廷从内地选派往安南的官吏，有的本身就是有很高文学造诣的人，如都护高骈在安南任职期间常与爱好中国儒学的人交游，写下了许多诗文，《全唐诗》（卷 598）收有他在此地作的诗《南海神祠》《南征叙怀》《叹征人》《赴安南却寄台司》《安南送曹别敕归朝》等；有的则大力提倡文教，如元和四年（809 年），马总出任安南都护，在职期间“清廉不挠”“用儒术教其俗”，从而使“夷獠安之”。中越两国遣使往来，曾留下不少对吟、赠别作品。据吴士连等人的《大越史记全书》记载，早在公元 987 年，宋使李觉入越，曾赋诗一首赠顺法师：“幸遇明时赞盛猷，一身二度使交州。东都两别心尤恋，南越千重望未休。马踏烟云穿浪石，车辞青嶂泛长流。天外有天应远照，溪潭波静见蟾秋”。临别前，前黎朝匡越大师应诏“制曲以饯”，其辞曰：“祥光风好锦帆张，遥望神仙复帝乡，万重山水涉沧浪，九天归路长。情惨切，对离觞，攀恋使星郎。愿将深意为边疆，分明奏我皇”；1369 年，明使牛谅奉使陈朝，恰逢陈裕宗宴驾，牛谅遂赋挽诗，待牛谅回国时，陈朝宰相陈暊作饯别诗；1513 年，明朝遣正使湛若水、副使潘希曾前往越南，册封后黎襄翼帝为安南国王，在明使北返前，双方赋诗饯别、和韵酬答，其中包括黎襄翼帝饯湛若水、潘希曾诗作和湛若水、潘希曾次韵答诗作共 8 首。在唐代，内地人坐罪或贬官，也常常被流放至安南，其中就有不少是文人学士。这些文人、名士在安南著书立说、讲学兴教，对唐文化在该地区的传播起到了极大的推动作用，使安南地区出现了文风兴盛的局面。就这样，随着唐朝使臣的进入，李白诗歌的体制以及文学精髓亦渐渐渗透至越南，使臣的交往或赠答之作也成为李白诗歌传入越南的重要方式之一。

三是唐朝的诗人与越南僧人的唱和交往。隋唐以来，越南仍然是中国佛教以及海外佛教交往的主要场所，唐朝设立的鸿胪寺就是用来招待各国来往的使臣与宾客的场所。越南的一些著名僧人如封定法师等曾经受到唐朝君王的邀请到中国讲经说文，他们将李白、贾岛以及张籍等人的诗篇赠送给越南僧人，交流禅道，并用诗歌相互馈赠对方，这也成为重要的传播途径之一。而且，唐朝时期有很多越南人到中国留学或做官。如爱州人姜公辅和他的弟弟姜公复在唐德宗朝先后考取进士。公辅入朝，官至同中书门下平章事，做到了唐德宗的宰相，其弟也官至太守；又有以诗文为名、十分仰慕李白诗文的越南交州诗人廖有方也曾考取进士及第，柳宗元曾在《送诗人廖有方序》中称其“诗文有大雅之道”。唐代的一些著名诗人如初唐杜审言、沈愃期，晚唐许浑、高骈等也曾寓居安南，著书立说，写诗作文，广泛传播。这些僧人名士对唐诗灿烂文化在越南的传播均作出了贡献。

总之，李白的诗歌就是通过这些渠道传播到越南，并且赢得了越南人民以及官员的喜爱与模仿。随着中越两国的交往交流密切，无形之中影响了越南文化，对越南文风起到了推动性作用，也为李白诗歌对越南的影响奠定了深厚基础。无论从地域、政治还是教育领域来说，唐诗的引入对越南诗歌的影响可以说是广泛而全面的，而李白诗歌对越南诗歌的影响也具有广泛性和普遍性，越南诗人诗作从语言到内容、题材、情感、艺术手法和风格等，无不受到李白诗歌的深度影响与浸润。

第三节 越南诗歌对李白诗歌的模仿与借鉴

一、对李白诗歌体裁的运用

古体诗格律自由，韵律宽广，不受对仗、平仄等限制，主要是承袭前人的创作方法。唐朝早期出现了许多古体诗，等到近体诗格律产生之后，古体诗的创作才逐渐减少，但依旧有李贺、李白等一部分诗人进行古体诗的创作，而传承前朝诗歌载体的古体诗在李白诗歌中占据一定比重，如《古风五十九首》《秋夕旅怀》《春日行》《白纻辞三首》等都是古体诗的代表作品。因为古体诗相对简单，容易学习模仿，适应当时越南诗歌的发展情况，所以越南诗歌在体裁上受李白古体诗的影响比较大。当时越南出现创作高潮的大量古体诗与李白古体诗一样，包含杂言、七言等。如李朝阮万行的《大山》："大山龙头起，虫尾隐朱明。十八子定成，绵树现龙形。兔鸡属月内，定见日出清。"此诗就是模仿李白的五言诗而创作的。

李白的杂言古体诗十分多，越南的许多杂言诗与其也有异曲同工之妙。所谓杂言诗，就是诗中每一句的字数长短不同。李白的《梦游天姥吟留别》就是杂言诗的经典之作，全诗共有四十五句，其中有三字句、八字句，也有四言句、六言句等。越南李陈时期的杂言诗内容比较丰富，阮一山的《言志》就是采用四言句与六言句相搭配的句式："钓名嗜利，皆如水上浮鸥。植福种缘，尽是胸中怀宝。"而无名氏的《日月》是用前两句五言，后两句七言的句式："但知今日月，谁识旧春秋。翠竹黄花非外景，白云明月露全真。"阮智宝的《谢道惠禅师》则是前两句七言，后两句五言："不因风卷浮云尽，争见青天万里秋。相识满天下，知音能几人。"这几首诗的格式颇有李白《梦游天姥吟留别》的影子，诗中三字句、八字句、四言句及六言句、七言句等多种句式相间。当时越南也有篇幅比较长的古体诗，虽不如李白的诗歌那样气势恢宏，可也借鉴和模仿了李白的古体诗。如段阮俊的《谅山恶行》："嘘吁嗟乎，谅山之恶，恶于坠深渊。珥河北渡百余里，去路渐穷稀人烟……"此诗模仿的就是李白《蜀道难》中的"噫吁嚱，危乎高哉！蜀道之难，难于上青天！蚕丛及鱼凫，开国何茫然！尔来四万八千岁，不与秦塞通人烟……"

相较于近体诗，越南古体汉文诗创作中模仿李白诗歌格式的情况更具普遍性，模仿痕迹也更加明显，众多成就较高的越南古体诗作也都是模仿的产物。因此，李白的古体诗作在其诗歌中数量虽不是最多，但却是对越南诗歌的发展和创作影响最深的。

二、对李白诗歌题材的使用

在越南历史中，曾经历了成千上万次的战争，特别是在陈末和后黎晚期，战乱不断，百姓生活困苦，国家分裂，形成南北对峙的局面。其间，在李白怀古诗的影响下，大批越南诗人模仿李白，通过祭奠故去的人或事，以及面对凋敝的建筑物等产生的遐想与想象，引发感慨，进而抒发自身的情感与抱负，涌现出了许多优秀的怀古诗作。李白曾有较具典型性的怀古诗《登金陵凤凰台》："凤凰台上凤凰游，凤去台空江自流。吴宫花草埋幽径，晋代衣冠成古丘。三山半落青天外，二水中分白鹭洲。总为浮云能蔽日，长安不见使人愁。"诗歌将历史典故与眼前景物以及诗人的内心体验联系在一起，抒发了忧国忧民的感伤悲怆之情。而越南的怀古诗也是数不胜数。如陈光朝的《长安怀古》："河岳终存故国非，数行陵柏背抖晖。旧时王气埋秋草，暮雨萧萧野蝶飞。"此诗亦将河山环绕、翠柏成行的旧时盛世美景与此时国破君亡、枯草丛生的感伤之情相互融合，表现了对故国的留恋之情，情与景的融合颇有李白诗歌情中有景、景中有情的独特韵味。从内容上看也不只是对今昔之景的简单对比，而是通过今衰昔胜的景色对比，突出诗人对昔日美好生活的怀念之情，通过景象的描绘来婉转抒发自己的美好情感，具有强烈的浪漫主义色彩。

除了怀古诗，李白将酒与诗相结合向来是其诗歌的主要表现题材，他大部分的不朽名篇都是在半醉半梦中写就的。他借酒助兴，酒中作诗，诗中有酒，将人生况味诉诸酒，由酒激发，以诗张扬，颇具深意。将酒与诗完美结合的李白，把整个盛唐带上了浪漫主义的巅峰，无论是对后世还是越南诗歌都产生了深远影响，如《把酒问月・故人贾淳令予问之》："青天有月来几时，我今停杯一问之。人攀明月不可得，月行却与人相随。皎如飞镜临丹阙，绿烟灭尽清辉发。但见宵从海上来，宁知晓向云间没……" 李白从写酒到写月亮，从写月亮再到写酒，全诗无论是景的描绘，还是情的抒发都离不开酒这个载体。受李白影响，越南诗人也创作了很多关于酒的诗歌。女诗人春香最善于借酒抒情，其《抒怀》云："长夜沉沉更敲脆，红颜裸露对山河。香酒一杯醉犹醒，月影斜倾缺未圆。横穿地面苔成簇，刺破云脚石几团。烦煞春去春复返，柔情分切细如丝。" 诗歌将女子在春色满园的深夜时分，孤身一人，独对漫漫长夜，把盏倾诉为情所困的心境与场景描写得惟妙惟肖，写景与抒情都极富浪漫诗意，长夜的无尽，月影的婆娑，春酒的醉人等，都无不充斥着爱情的浪漫色彩，一杯薄酒可谓寄托了女子对爱人的无尽相思；又如其《琉香记》："十九年间一缕情，情缘今日岂搓成。鬓丝裁半发肤誓，血滴两杯生死盟。即使一生偕白首，百身不负少年春。言行他日有相悖，万剐千刀任宰惩。" 诗人历经数年的情感波折与起伏，终于有了可以相伴一生的爱人，于是滴饮血酒，立生死盟，但即便如此仍无法表达作者心中渴望相伴终生的执念，甚至立下他日若有悖誓言，甘受惩罚的壮言。为得到忠贞不渝的爱情，一个柔弱的普通女子竟变得如此刚烈与坚强，诗中的薄酒又显出几分悲壮。这与李白在表达不愿与世俗同流合污的悲壮情感有几分异曲同工之妙。可见越南诗歌中的内容和李白诗歌的题材极具相似性。

三、对李白诗歌词语、诗句的吸收与化用

对他人诗作的吸收、化用似乎是大多数诗人创作的重要方式。即便李白也不例外，其《古风》第十五首中的"珠玉买歌笑，糟糠养贤才"，就是学习了阮籍《咏怀》中的"战士食糟糠，贤者处蒿莱"；《赠孟浩然》中的"高山安可仰，徒此揖清芬"，也是学习模仿《诗经・小雅》中的"高山仰止，景行行止"而得。

再来看越南的诗歌，很多诗句也吸收与化用了李白的诗歌。邓陈琨的《征妇吟曲》大量摘取包括王翰的《凉州曲》、王昌龄的《闺怨》、白居易的《长恨歌》等唐诗旧语，拼联成篇，但袭用最多的是李白的诗句，如《征妇吟曲》中“燕草披青水，秦桑染绿云”，学习模仿李白《春思》中的“燕草如碧丝，秦桑低绿枝”；“归来倘佩黄金印，肯学当年不下机”，化用的是李白《别内赴征》中的“归时倘佩黄金印，莫学苏秦不下机”；“今朝汉下白登城，明日胡窥青海曲”，化用的是李白《关山月》里的“汉下白登道，胡窥青海湾”；“昔年寄信劝君回，今年寄信劝君来。信来人不来，杨花零落委苍苔”，化用的则是李白《久别离》里的“去年寄书报阳台，今年寄书重相催……待来竟不来，落花寂寂委青苔”；“指下惊停鸾凤柱，曲中愁歇鸳鸯弦。此意春风若肯传，千金借力寄燕然”，化用的是李白《长相思》里的“赵瑟初停凤凰柱，蜀琴欲奏鸳鸯弦。此曲有意无人传，愿随春风寄燕然”等等。特别是李白的《塞下曲》对邓陈琨《征妇吟曲》的影响最为突出。《征妇吟曲》从内容到形式都对《塞下曲》进行了模仿与借鉴。以具体诗句为例，《塞下曲》有“烽火动沙漠，连照甘泉云。汉皇按剑起，还召李将军”，《征妇吟曲》则有“鼓鼙声动长城月，烽火影照甘泉云，九重按剑起当席，半夜飞檄传将军”；《塞下曲》有“鸣鞭出渭桥”，《征妇吟曲》中则将其改为“西风鸣鞭出渭桥”；《塞下曲》有“晓战随金鼓，宵眠抱玉鞍”“将军分虎竹，战士卧龙沙”，《征妇吟曲》中则将其改为“戎夫枕鼓卧龙沙，战士抱鞍眠虎陆”等等。尽管《征妇吟曲》通篇运用的都是中国典故和诗歌陈言，但它通过巧妙的拼联，形象地反映了17、18世纪的越南社会战乱及其给人民带来的深重灾难，吟出了一曲悠扬委婉、缠绵悱恻、催人泪下的反战哀歌，是18世纪越南最负盛名的两部作品之一。从思想性和艺术性两方面所达到的成就来看，它对中国文学材料特别是李白诗歌的袭用与借鉴是成功的，说明李白诗歌对越诗的创作和发展产生了重要影响，大量越诗作品都模仿借鉴或直接吸收化用了李白作品的优秀诗句。

四、对李白个性精神的崇拜

李白是盛唐文化影响下产生的伟大诗人，他性格狂放洒脱，具有过人的自信及极富创造力的情感，表现了盛唐时期人们的精神风貌。他所创作的诗歌，充分表现了神奇的想象力以及豪爽的情感，不但气势浩荡，而且景象壮美，给人以美不胜收之感。李白的魅力就是盛唐的魅力，所以当时很多越南诗人都十分崇拜李白。

在当时的社会环境中，许多越南新诗的诗人通过李白找到了自己的信仰与人生感受。他们将李白称为“李谪仙”，认为李白的人生观、世界观以及精神思想都十分完美。李白离开政坛后，追求豪放的生活，追求一种自然美，这样的诗人获得了当时越南新诗诗人的膜拜与敬仰。如著名的《征妇吟曲》的作者邓陈琨平生豪放不羁、嗜酒善诗，唐代边塞诗人尤其是李白及其诗歌对他的影响极深。诗人阮攸创作《北行杂录》，主要择取优秀文人名士及事迹进行吟咏，阮攸一句“天子呼来犹烂醉，薄视荣名同鄙履”，就将李白无意关心政治，宁愿“烂醉”也不愿流入争名夺利之中的态度以及将功名利禄视如“鄙履”的追求表达得淋漓尽致，恰到好处的比喻表现了诗人对李白鄙视功名富贵、蔑视权贵人生态度的追慕之情；后来阮攸又因与李白不同代而生惆怅：“惆怅斯人不复见，远来使我心茫然。”同时，李白擅于用歌行体来抒发感情。与其相似，阮攸《桃花潭李青莲旧迹》咏李白之时就采用了歌行体来抒情，诗中既赞扬了李白无心追逐功名利禄、醉酒人生的洒脱品格与人生态度，又表达了因不与李白同世而满心惆怅。以李白擅长的歌行体来写作，既表现其对李白优秀创作才能的崇拜，又极其巧妙地表达了心中的无限感怀。

我们从众多越南诗人对李白诗歌体裁、格式、内容的模仿，以及对其诗作的广泛吸收化用中，可以一览无余地窥见他们对李白的喜爱及崇拜之情。

第四节　越诗接受李白诗歌内容的具体表现

一、抒写壮美意象

《周易·系辞上》说：“子曰：圣人立象以尽意。”意思是古代圣人创制物的卦象和记录语言的文辞，都是为了穷尽表达人的思想意义。这是我国关于意象最早的解释。意象作为一个文学理论术语，第一次提出来的是刘勰，《文心雕龙》中的“意象”指的是一切悟彻人生的艺术家能运用笔墨描写想象中的景象。

李白众多的诗歌作品中包含许多给人以气吐山河、包孕日月之感的壮美意象，这与其宏大的气魄和丰富的想象力有密切关系。李白对体积巨大的壮美景物似乎尤为喜好，大鹏、江河、沧海、雪山等，都是他喜欢吟咏的对象，并将它们置身于广袤的空间背景下加以极富夸张色彩的描绘，构成雄奇壮伟的诗歌意象，如《渡荆门送别》中“平野”“大荒”这些意象都十分辽阔，既使诗歌所描之景气势显得极为阔大壮观，也将李白奇特的想象、洒脱的人生态度表现得淋漓尽致。

越南诗人武皇章生前特别敬仰和喜欢李白，他将李白看作是自己的知己，其诗歌深受李白诗歌的影响，例如其《醉诗》诗集中《一起喝醉吧你》《辞别的酒杯》《醉的火车》《没有你了我和谁醉?》《醉后狂吟》《狂歌》等诗作，都对壮美的景色进行了描写，抒发出了如同李白一般飘逸洒脱、狂傲不羁的性情。

二、抒发主观情感

在越南新诗里，把描写离愁别绪的诗歌叫做离别诗。这一部分诗歌，从形式要素来看都有一些效仿学习李白诗歌之处。越南诗人在离别诗里喜欢使用送和别对诗歌进行取名。如陈玄珍的《留别》《饯别》、潘文溢的《送行》、玄骄的《相别夜》、深心的《送别行》、恒芳的《饯别》等等。“送”与“别”全部为汉越词，玄骄创作的《相别夜》甚至全部使用汉越词，让人一看便以为这是一首律诗，实际上这是七言新体。新诗人如此爱用汉越词，是因为受到了李白诗歌的影响，这种标题也起到了一种渲染离别气氛、铺垫主观情感的作用，从而引发诗人与读者的共鸣。

李白诗歌中的送别空间、时间、背景和人也被引用到了越南诗歌中。一般古人选择送别的地点都是江边，而且会选择在傍晚进行送别。在李白的诗歌中，并没有离开这几个要素，如李白《金陵酒肆留别》等。和其相似，越南诗人陈霆书在其所写的《送别》中表现了古诗中山水、炊烟等离别的色彩。陈霆书在诗中借鉴学习了唐诗表达情感的方法，如“牵手了也不知道该说些什么，流水与情谊哪一个更加长久”这两句诗歌的意思模仿的是李白在《金陵酒肆离别》中“请君试问东流水，别意与之谁短长”。李白的送别诗大部分包含着阳刚之气，体现一种悲壮与高尚的情感，这种用悲壮营造美感也是唐诗美的表现方法之一。唐朝诗人司空图的《二十四诗品·悲慨》“壮大拂剑，浩然弥哀”一句将悲凉作为基础，也对李白这一特点进行了充分肯定。

三、宣扬道家思想

李白年少时，正处于我国道教的繁荣发展期，因此他也深受道教影响。四川蜀地是道教影响十分深厚的地方之一，李白所住的青城山与云山相依，是道教圣地。环境对他的神仙道教信仰影响重大，从小就受到道教文化熏陶的李白到了青少年时期，就开始隐居、漫游且信仰道教，这样的生活经历让李白在其后的创作中形成了独特的艺术风格。追求灵动的创作灵感和道家的思想不谋而合，同时道家思想和道教信仰为李白追求自由、性格豪放打下了坚实基础。他的许多诗歌表现了人生短暂，要及时享乐的思想，实际上是追求自然、融入自然、向往自由的表现。“李白捉月”也被后人看成是一种入道行为，是人和自然相结合的最高表现。

道教在越南的发展过程中，并没有出现过诸如儒家学派的朱文安及佛教的陈仁宗这样比较有名望的人，也没有出现全部学习道教思想的诗歌和诗人。但是道教对越南诗人的影响仍然存在。诗人武皇章就将李白的境界当做榜样，李白不受约束的性格特点也对越南诗歌的影响比较深，这从他们的诗歌中也有所体现。比如，慧中上士陈篙创作的《放狂吟》就包含了道教思想以及佛教思想，诗中写道“天地眺望兮何茫茫，杖策优游兮方外方或高高兮云之山，或深深兮水之洋饥则食兮和罗饭，困则眠兮何有乡兴时吹兮无孔笛，静处焚兮解脱香倦刁、憩兮欢喜地，渴饱喂兮逍遥汤伪山作邻兮木水枯……”诗歌用词豪放，体现了豪放洒脱的情怀和人生追求，以及飘逸、洒脱的道家思想和对老庄思想的追求与憧憬。陈篙的这首诗和李白《梦游天姥吟留别》的诗风有几分相似。

当越南诗人还有士大夫对现实生活失去希望，感觉自己无能为力的时候，就会在道家的思想中寻求突破口。他们的诗歌也表现出道家清静无为、追求本真的思想，表达了超乎外物、寻求安静自由的思想情感。朱文安的《次韵赠水云道人》写道："平生胆气鸽横秋，翰墨场中一战收。茅屋玉堂皆有命，浊泾清渭不同流。老逢昭代知何补，身落穷山笑拙谋。检点年年贫伙计，茶欧诗卷伴汤休。"诗中体现了诗人不抱怨人生中的一切好与坏，将其看作是"茅屋玉堂皆有命，浊泾清渭不同流"的命运安排，坦然接受，表现了豁达、超然的道家精神以及庄子所推崇的安闲、顺从的人生道理。

除了上述表现形式外，越南诗歌对李白诗歌在五七言句式、音韵与节奏规律、平仄对仗等方面都进行了改革与创新。总体来说，越南诗歌虽然学习接受了唐诗的浪漫色彩，但内容还较为单一，涉及的题材和范围相对狭窄，而且接受范围中越诗也没有达到更深层次的要求。越南诗歌特别是新诗本身具有它的独特价值，把不同时期、不同国家、不同种类的文学思想价值进行比较，我们不难看出越南诗歌接受李白诗歌影响是具备主动性与选取性的，这可在更广范围内对唐诗进行全面观照，进一步拓宽李白诗歌研究的视野，为李白诗歌研究寻找新的角度和参照系。

事实上，当越南作家们在创作中不断援引中国古人、古事、古言，因袭中国作品题材、语句、命意时，他们实际上已经同时采用了包括李白在内的中国作家惯用的引经据典、托物寓意、脱胎换骨等表达方式，并通过比喻、夸张、对偶、排比、重叠、回环等具体修辞手法加以表现。我们可以从中窥见越南文学对中国文学的吸取、借鉴与表达方式的引进是交叉进行的。美国比较文学家约瑟夫. T. 肖曾在其《文学借鉴与比较文学研究》一文中指出："借用是作家取用现成的素材或方法，特别是格言、意象、比喻、主题、情节成分等"，而"仿效"则是指"出于某种艺术目的，作家的风格和内容表现出别的作家、别的作品，甚或某一时期的风格特征"。由于越南作家们大量借用中国古代文学材料、广泛吸收中国古代文学的表现手法，所以，越南的许多汉文文学作品，其风格和内容乃至表现形式都与中国作品雷同或近似。又由于越南作家仿效的主要对象是李白、杜甫、苏轼等唐宋作家作品，因而他们创作的诗歌内容与形式更多类似于唐宋作品，其风格也更多地带有中国唐宋文学的风格特征。

本章参考文献

[1] 严从简．殊域周咨录［M］．北京：中华书局，1993.

[2] 裴辉璧．皇越诗选六卷［M］．河内：越南范晞文刻印，1825.

[3] 李长路，赵威．李太白全集［M］．北京：中华书局，1984.

[4] 饶芃子．中国文学在东南亚［M］．广州：暨南大学出版社，1999.

[5] 方亚光．唐诗对外开放初探［M］．合肥：黄山书社，1998.

[6] 林庚．唐诗综论［M］．北京：清华大学出版社，2006.

[7] 陈炎，李红春．儒释道背景下的唐代诗歌［M］．北京：解放军文艺出版社，2003.

[8] 郭振铎，张笑梅．越南通史［M］．北京：中国人民大学出版社，2001.

[9] 王运熙，顾易生．中国文学批评史新编［M］．上海：复旦大学出版社，2001.

[10] 严明．东亚汉诗研究［M］．北京：中国书籍出版社，2013.

[11] 刘玉珺．越南使臣与中越文学交流［J］．学术研究，2007（1）：141－146.

[12] 何仟年．越中典籍中的两国诗人交往［J］．扬州大学学报（人文社会科学版），2006（1）：49－53.

[13] 李未醉，余罗玉，程继红．儒学在古代越南的传播与发展［J］．学术论坛，2005（5）：39－41.

[14] 陈正宏．域外汉籍及其版本鉴定概说［J］．中国典籍与文化，2005（1）：14－19.

[15] 李未醉，余罗玉．略论古代中越文学作品交流及其影响［J］．鞍山师范学院学报，2004（3）：61－64.

[16] 唐桓．道教与越南古代文学［J］．解放军外国语学院学报，2003（4）：107－110.

[17] 陈尚君．范摅《云溪友议》：唐诗民间传播的特殊记录［J］．文学遗

产，2014（4）：48－52.
［18］田恩铭．唐诗接受史研究的三维空间建构与拓展［J］．古籍整理研究学刊，2016（3）：110－112.
［19］李佳．盛唐诗歌的传播模式［D］．保定：河北大学，2010.
［20］王文杰．清代唐诗文献学研究［D］．郑州：河南大学，2015.
［21］贠晓娜．辽金元唐诗文献学研究［D］．郑州：河南大学，2015.
［22］曲静．唐代唐诗文献学研究［D］．郑州：河南大学，2013.
［23］李小燕．初唐诗中的治国思想研究［D］．漳州：闽南师范大学，2013.

第四章　杜甫诗歌对越南唐律诗的影响

唐代是中国古典诗歌发展的黄金时代。唐诗在中国文学史上具有举足轻重的地位，打开了中国格律诗之先河。杜甫是唐代的伟大诗人和律诗创作的集大成者，其诗歌达到了中国古典现实主义诗歌的发展高峰。他的诗歌不仅对此后中国各个朝代，而且对邻国如日本、韩国、朝鲜及越南都有巨大的影响，特别是对同属于汉文化圈之内的越南律诗影响最甚。越南历代诗人几乎都受到以杜甫为代表的唐代大诗人的影响。越南人喜欢诵读唐诗，也善于模仿唐律诗。经过模仿或直接采用唐代诗人的诗句、词语、风格、手法等，逐渐掌握唐律诗的创作规则，并按照其民族情感和个性化处理，创造出具有独特艺术风格和思想情感的作品。越南唐律诗因此成为中国古典文学在域外延伸发展的一个重要分支。

第一节　越南唐律诗概述

越南唐律诗是源于中国的外来诗体，唐律诗的五言格律诗体和七言格律诗体出现于中国唐代。就唐律诗而言，滥觞于初唐，成熟于盛唐。初唐诗人，在齐梁以来的五、七言诗基础上，采用沈约的理论，使五、七言诗的声调、协韵、对偶逐渐规律化，从而创造了“律诗”。律诗是唐代的新诗，唐人称为“近体诗”。而在越南人的观念里，凡是遵守对偶、和声、协韵三条规则，不管是唐诗之古体诗还是近体诗，都统称为“唐律诗”。越南唐律诗有汉字唐律诗、喃字唐律诗、国语字（拉丁字）唐律诗之分，我们主要从汉字唐律诗的角度进行研究。越南诗人广泛接受、热爱包括杜甫诗歌在内的唐诗，并借鉴唐诗的格律来创作，将唐诗及杜甫诗歌视为学习的模范，使唐律诗成为越南古代诗歌的主要体裁。

一、越南唐律诗的基本含义

所谓“唐律”，即在唐代定型、成熟的近体格律诗。越南唐律诗是越南诗人按照中国唐律诗的格式要求而创作出来的诗歌，基本上也包括中国唐诗的各种诗体，也遵守严格工整的格律。

越南传统文学形式主要有韩律诗、六八体与诗传等，其中韩律诗、六八体都受到中国诗歌形式的影响。所谓韩律诗，又称作唐律诗，与中国唐诗有着密切的关系。越南正史《大越史记全书》记载：陈仁宗绍宝四年（1282年），“时有鳄鱼至泸江，帝命刑部尚书阮诠为文投之江中，鳄鱼自去。帝以其事类韩愈，赐姓韩。诠又能国语赋咏，我国赋诗多用国语，实自此始”。阮诠因此成为传说中第一个以越南“国语”（即“字喃”）赋诗的喃文作家，而越南诗人“赋诗多用国语”的局面也由此开始。刑部尚书阮诠以字喃写文投给江中鳄鱼之事，与中国唐朝文学家韩愈写《祭鳄鱼文》相类似，所以陈仁宗赏赐阮诠与韩愈同姓，而改姓后的阮诠（韩诠）则创造出一种喃文律诗体，因此这种诗体即被称为韩律诗。实际上韩律诗并非如传说般为阮诠所独创，而是越南诗人仿效中国唐诗格律而成的。越南学术界一般认为，今日仍被称为韩律（唐律）的喃文诗体，首先是由黎朝末期至阮朝初期著名的女诗人胡春香所创，后经与她同时代的女诗人清关夫人进一步发展完善。由于这种诗体在长期使用越南本民族语言创作的过程中最终得到了彻底的越化，所以一直为越南人民所乐于接受，并被视为本民族传统诗歌的主要体裁之一。有学者把胡春香的喃文七言韩律（唐律）诗《游看春台》与中国唐朝诗人李商隐的七言唐律诗《无题》进行比较，发现二者从结构形式到主体格律都是相一致的，因此越南人在把这种诗体称为韩律诗的同时，又注称之为唐律诗。有越南文学评论家曾言：“在越南从李朝（1010—1225）起，我们祖先对唐诗就接受了很多。不论作汉诗还是喃诗，我们古代诗人都用唐律诗。唐诗一旦在我国生根发芽，就茁壮成长与发展，并且取得很大的成就，胡春香、秀昌、阮劝等人的诗就是例证。”[1]

越南诗歌经过近千年的发展，出现了很多经典诗作，即使是喃字文学时期和拉丁化国语文学时期，越南文人也善于作律诗，律诗成为越南文学的重要组成部分。古代越南人创作诗歌的主要形式是古风（五言、七言古诗）、近体诗（五律、七律、五绝、七绝）、排律（五言、七言排律）等，并将这些体裁统称为“唐律诗”。越南唐律诗是越南文人在不断学习和模仿中国唐律诗的基础上发展起来的。在长期的发展中，越南唐律诗出现了许多能与中国唐诗相媲美的诗作，为了符合民族诗歌发展的要求和民族审美的需求，越南律诗也将创作植根于民族文学的沃土之中，通过借鉴吸取唐诗精华进行“中为越用”的加工和处理，实现了最大限度的民族化。

二、越南唐律诗的主要特点

中国古典诗歌常用的体裁是绝句、七言八句等，各种诗体发展到唐朝时已定型为格律诗体，诗歌因有格律而变得有规律。依据严谨的格律要求，提取出诗句的精华，使诗歌变得更加简洁和充满韵律美。唐律诗有三条严格的特点要求：律、黏和韵。律分成平仄律和对偶律。唐诗的平仄律分成两个声调：“平声”和“仄声”。每首律诗有八个句子，每个句子可有四个词或者五个词。其中连在一起的两个句子（双句）要对仗，第二句、第四句、第六句、第八句要押韵，第一句可押或不押韵。律诗通常分为五言或七言的两种，偶尔有六言，具有十句以上的叫排律。

中越两国长期的文化交流使唐律诗逐渐成为越南独具特色的诗歌体裁。越南唐律诗除遵守中国唐朝和宋朝时期的诗体和格律规定外，对唐诗的粘、律、韵、节奏和布局等方面都有了自己的创新，尤其是被越南科举考试时使用的唐律诗，其要求更加严谨。从10世纪至20世纪初，越南唐律诗采用多种诗体，如律诗（八句）、律绝（四绝）和排律等，其中律诗和律绝是采用得最多的两种诗体。另外，越南诗人还补充了“一、三、五、不律，二、四、六、分明”之律。

---

① 颜保．越南文学与中国文化［J］．国外文学，1983（1）：149－168.

第二节　杜甫诗歌在越南的传播与接受

唐诗在中国本土以外的传播历史可以追溯到初唐、盛唐时期，唐代国力强盛、经济发达、政治统一促进了中国与外部世界的交流，也促进了与诗歌密切相关的音乐、绘画、书法、舞蹈等各种艺术门类的传播与发展。杜甫作为中国古代诗歌的集大成者，其诗歌跨越国界影响了周围诸多国家。日本、韩国、朝鲜和越南由于受历史和地理条件的影响，较早地接受了中国文化。唐诗在越南日益发扬光大要归根于中越两国之间文人、官吏、百姓的互相往来，双方的交流无形中加深了中国文化对越南文化的影响，为唐诗在越南的传播打下了基础。

一、杜甫诗歌在越南的传播背景

从语言文化来看，越南与朝鲜、日本及韩国一样同属于汉文化圈，在越南文化的汉字时期，中国古典文学、诗赋等在越南广泛流传，几乎没有语言上的障碍。大约 1 世纪左右，汉字就开始在越南传播，7 到 11 世纪左右，汉字在越南被广泛使用，虽然 10 世纪后，越南已经脱离中国的管辖取得了独立，但汉语依然是越南人使用最普遍的语言。直到 13 世纪，汉字还成为越南政府和民间的正式文字，即使这一时期越南已经产生了他们的民族文字“字喃”，但两者并行不悖，无损汉字在政府和民众心中的重要地位。汉字的传播，使得越南人在接受中国唐诗时解决了语言上的障碍，开始接受和喜爱中国诗歌并模仿中国诗人进行诗歌创作。随着历史的发展，汉语在越南慢慢被本土化，后来的面貌虽然与原来汉语以及同时期在中国继续发展的汉文有很大的区别，但并没有影响中国诗歌在越南的传播与发展。

综观历史，汉文化以及中国古典诗歌是越南古典诗歌产生的基础和动力，也是推动越南汉文诗歌产生与发展的基本前提。中越两国由于特殊的历史地理原因，中国文化起初以一种最自然的方式在越南传播。历史上，秦始皇统一六国后出兵征伐岭南，于公元前 214 年兼并岭南并在今越南北部、中部地区设立郡县，到公元939年吴权称王，建立吴朝，算是越南脱离中国的开始，但还是没能实现越南北部的有效统治，直到公元968年丁朝建立，越南才正式独立。在此期间越南一直作为中国的郡县而存在。从公元968年至1885年沦为法国殖民地，中国和越南之间一直保持着宗主国和藩属国的密切关系。丁朝的建立使越南和中国的关系由中国的属地变成了藩属国和宗主国的关系。这种与中国的藩属国和宗主国的关系，一直保持到1885年越南沦为法国殖民地时为止，历时达9个多世纪的这种特殊关系，在客观上为包括唐诗及杜甫诗歌在内的中国文学在越南的传播发挥着积极的促进作用。中越邦交的外在形式主要表现为朝贡和册封，作为藩属国的越南，虽然是一个独立的国家，但还得向宗主国的中国朝贡并请求册封，以得到中国的承认。几乎每一个越南封建王朝在建国伊始都主动向“天朝”进贡方物和请求册封，如丁部首领于968年自立为帝，970年正月即“遣使如宋结好”；1009年10月，李公蕴登极，1010年春便派遣使臣“如宋结好”；1428年正月，黎利已“混一天下”，国权在握，3月“遣使如明”，4月才正式即位；西山义军首领阮文惠于1788年12月在富春（今顺化）称帝，1789年正月挥师北上，击退入越扶黎清军，3月就主动遣使入关请和、“求封于清”；1802年7月，阮福映即皇帝位，建立阮朝，当年12月便派遣使臣入清朝贡，请求册封。这种遣使入贡、请求册封的现象，除胡朝（1400—1407）外，其他越南封建王朝均无例外。据我国学者陈玉龙的《中国和越南、柬埔寨、老挝文化交流》一文统计，“终宋之世，交趾的朝贡次数在五十次以上”；又据越南人吴士连等编纂的《大越史记全书》本纪卷五《陈记》载，从公元1262年至1334年的70年间，越南“向中国的元朝进贡达四十七次”；而越南《文学杂志》1983年第1期刊载的陈儒辰的《十八世纪上半叶至十九世纪上半叶文雅喃传中的故事梗概借取现象》统计：“有明一代，从1368年（洪武元年）到1637年（崇祯十年），越南遣使入贡达七十九次之多”；清朝时期，越南后黎、莫、西山、阮朝遣使入贡的次数，较前几代更为频繁。历史上这种连续不断的朝贡和册封维系着古代越南和中国的关系，也在某种程度上促进了中越两国的交往，唐诗及杜甫诗歌在这种频繁的交往中便很自然地在越南得以传播。

在朝贡和册封的藩宗关系之下，越南和中国使臣来往，保持了政治、经济和文化等各个领域全方位、密切的联系和交流，这既存有政治、贸易上的意义，也带有文化、文学上的浓厚色彩。从中国传入越南的文学作品和其他图书，有很大一部分就是历代越南王朝遣使北上，请求“天朝”颁赠或“乞市书籍”、自购带回国内的。1007、1018、1034、1295 等年，越南前黎、李、陈朝曾多次遣使如宋，求颁赠《大藏经》《道藏经》等佛教典籍。1107 年，李仁宗朝派遣使臣向北宋“乞市书籍”，宋廷决定特为越南开放书禁，除禁书、卜筮、阴阳、历算、兵书、敕令等书籍外，“余书许买”。明代中叶以后，书禁较驰，越南使臣来华购买各种书籍者当比以前增多，据中华书局 1993 出版的明人严从简的《殊域周咨录》卷六《安南》记载：“及其黎氏诸王，自奉天朝正朔，本国递年差使臣往来，常有文学之人，则往习学艺，遍买经传诸书，……将回本国。”另据《明英宗实录》卷二一七《景泰附录》三五载：“天顺元年（1457 年）六月甲午，安南国王陪臣黎文牢奏：‘诗书所以淑人心，药石所以寿人命，本国自古以来每资中国书籍、药材以明道义，以跻寿域。今乞循归习，以带来土特产香味等物易其所无，回国资用’”。明廷准其所奏，允许越使购置所需书籍物品带回，其中自然包括了唐诗宋词以及杜甫诗歌等。清雍正三年（1725 年），越南使臣入贡，清帝以安南国王“好学重儒”为由，特赏以《佩文韵府》《渊鉴类函》《顾问渊鉴》等书三部。现在越南所藏中文图书，大多属明清两朝刊本，其中有不少包括唐诗宋词在内的文学作品。此外，中越两国遣使往来，还曾留下不少对吟、唱和、赠别的诗歌作品，中国使者的赋诗饯别、和韵酬答之作被载入越史流传于世；而越南历代赴华使者多由文学之士组成，他们使华期间，也写下了不少纪行抒怀、吟咏景物之作，如陈朝名士阮忠彦 1314 年出使中国，赋就《北行杂录》诗集；后黎朝文臣冯克宽 1597 年如明，创作《梅岭使华诗集》；著名文学家黎贵惇 1760 年使华曾购回一批包括唐诗宋词及杜甫诗歌在内的中国文学书籍，并著有《潇湘百咏》诗集；西山朝名儒潘辉益 1790 年奉使如清，写下《星槎纪行》诗集；阮朝大诗人阮攸 1813 年出使中国，著有《北行杂录》诗集，特别是他在华期间阅读了明末清初作家青心才人的章回小说《金云翘传》，回国后便创作出著名的喃文六八体长诗《金云翘传》，被誉为古代越南文学的顶峰之作，等等。中越两国这种特殊的历史关系使中国文化不断地渗入到越南文化中，深深烙上了受汉文化和中国文学特别是唐宋诗词影响的印记。在长期的文化交流中，越南文学主动接受包括杜甫诗歌在内的中国文化便成为自然而然、顺理成章的事。

二、杜甫诗歌在越南的传播途径

唐代越南还不是一个独立的国家，今天的越南中北部地区在当时只是中国版图范围内的一个郡县。唐代长期在该地区设置安南督护府进行封建统治。唐代，政治统一，经济繁荣，交通发达，社会安定，儒释道三教并行，科学、艺术、文学、思想各方面均繁荣发展，引起东亚各国如日、韩和越南的仰慕，他们纷纷派遣僧徒学子到中国留学，唐诗因此大量外传。朝廷为方便对越南的管理选派贤能良史赴越治理，如赵昌、王式、高骈等，当时也有一些中国名士不得志避难安南，他们设立学校，教授文字，鼓励百姓研读四书五经。这些官员、文人学士寓居安南，促进了文化的传播和交流，安南人到中国求学、做官的人也比以前增多。安南文人到中原求学、任职，从事诗歌创作活动，对于杜甫诗歌传入安南起到了媒介作用。总的来说，杜甫诗歌在越南的传播主要通过两个途径，即中国人的积极对外传播和越南人的主动接受。

（一）中国文人前往越南

唐代安南地区与中原交往十分密切，公元678年，唐设立安南都护府，这是当时在边远地区设置的六个都护府之一。内地人坐罪或贬官，常常被流放至此，其中有不少是文人学士。安南都护府的官吏一般都是朝廷从内地选派的。这些派往安南的官吏，有的本身就是有很高文学造诣的文人，有的则大力提倡文教，这些文人、名士们在安南赋诗唱怀，著书立说，讲学传经，兴办教育，对唐文化在该地区的传播起到了极大的推动作用，使安南地区出现了文风兴盛的良好局面。例如，唐代安南都护高骈，在安南任职期间常与爱好中国儒学的人交游，写下了许多诗文，《全唐诗》（卷598）收有他在此地作的诗《南海神祠》《南征叙怀》《叹征人》《赴安南却寄台司》《安南送曹别敕归朝》等。元和四年（809年），马总出任安南都护，本管经略使兼御史中丞。马总在职期间"清廉不挠""用儒术教其俗"，从而使"夷獠安之"。据《旧唐书》卷11《代宗纪》记载，大历二年（767年）七月以杭州刺史张伯仪为安南都护，大历十二年（777年）四月，以前商州刺史乌崇福为安南都护，本管经略使；又据《旧唐书》卷13《德宗纪》记载，贞观四年（788年）四月，以吉州刺史张庭为安南都护，贞观五年三月，以资州刺史庞复为安南都护等。此外，宋使李觉、明使牛谅、湛若水、潘希曾等人在奉使入越期间也与越南文人赋诗饯别、和韵酬答，留下了不少流传广泛的优秀诗篇。

除了这些官吏在此地任职期间大力提倡文教之外，唐代安南地区的文化出现繁荣景象的另一个原因是受南下文人墨客的影响。唐代不少知识分子流居安南，如著名诗人刘禹锡805年被贬流落安南，他在安南期间写下了《经伏波神祠》等诗作。越南知识分子也爱好写诗，唐代内地与安南的文化交流，特别是诗歌方面的交流，对越南律诗的兴起与发展，起到了有力的推动作用。

（二）越南人到中国

唐朝安南地区实行与中原相同的科举制度和人才选拔政策。据《新唐书·姜公辅传》记载，爱州日南人姜公辅应举中进士，在德宗年间官至丞相。安南人廖有方于唐宪宗时考上进士，官至京兆府云阳县令、朝廷校书郎等，在任职期间曾经写下不少诗篇，《全唐诗·卷490》收录他的《题旅榇》七言绝句一首。唐武宗会昌五年（845）明确规定，安南和岭南、福建等地一样，每年选送进士和明经到中央。唐中央政府在安南地区开办学校，发展文化教育，唐高宗上元三年（676）还专门设置南选使，挑选安南人在当地或入朝做官。越南人裴挥璧编纂的《皇越诗选》一书，便收录了一些越南使臣在中国邂逅朝鲜使臣而作的酬唱诗，分别为冯克宽诗1首，阮公沆1首，段阮俶1首，胡士栋1首，共5首。虽然越南和朝鲜这些会面都是在第三国的中国进行的短期不完整的交流，但通过他们的酬唱诗和问答也可以掌握两国的文化和信息，这些作品充满了同在一个汉字文化圈中的同文同轨意识。

对中国古典诗歌在安南传播做出了重要贡献的，还有当时前来内地求法并与唐人进行文学交流的安南僧人。他们是安南最早接触汉文化的人群之一，他们精通汉文，学识渊博，他们不只与唐朝的佛教名士交流，还与唐朝诗人交游。他们返回安南临别之时，唐人吟诗相赠。贾岛曾赠诗于惟鉴法师，题为《送安南惟鉴法师》："讲经春殿里，花绕御床飞。南海几回渡，旧山临老归。潮摇蛮草落，月湿岛松微。空水既如彼，往来消息稀。"杨巨源在奉定法师归安南时有诗相赠，题为《供奉定法师归安南》："故乡南越外，万里白云峰。经论辞天去，香花入海逢。鹭涛清梵彻，蜃阁化城重。心到长安陌，交州后夜钟。"通过与唐人的交流，安南僧人了解了当时盛唐的诗歌艺术特点。以安南僧人为桥梁，唐诗艺术不断传播到安南。在频繁的政治活动和文化交流中，唐诗潜移默化地影响着越南诗人的创作，他们的作品，一方面反映了中越两国特殊的历史文化关系，另一方面到中国做官、游历的人生经历和中国古典文化的影响，也给越南诗歌的创作注入了新的活力。

三、杜甫诗歌在越南的传播方式

杜甫作为唐代伟大诗人和律诗的集大成者，其诗歌达到了中国古典现实主义诗歌的发展高峰，对后世的文学创作有着广泛而深远的影响。20 世纪以来，越南学者开始注重对杜甫及其诗歌的研究。总的来说，杜诗在越南的传播，主要通过以下两个方式实现：文本翻译、学校教育。

（一）文本翻译

据越南翻译历史记载，15 世纪越南文人开始用喃字进行文学翻译及创作。据《亚非》杂志 1990 年第 1 期刊载的黄来苏的《越南文字发展史概述》一文不完全统计，公元 15 世纪至 19 世纪间，越南被翻译成喃文的中国文学作品，仅诗赋类就有《毛诗吟咏实录》《诗经解音》《归去来辞》《将进酒》《琵琶行》《长恨歌》《赤壁赋》《正气歌》及《唐诗国音》《唐诗摘译》《唐诗绝句演歌》等等。自 15 世纪以后，越南文人和喜爱唐诗的人开始把杜诗不断翻译成喃字和国语字诗，杜甫诗歌在越南的流传就更加广泛。如陈济昌翻译的杜甫诗歌，就有《野望》《登岳阳楼》《对雪》《晚晴》《春夜喜雨》《萤火》《洞房》《琴台》等共 21 首。此外，越南文人还用喃字详解唐诗。其中杜甫的诗被详解的就有76首，比较熟悉的如《望岳》《野望》《登岳阳楼》《秋兴八首》《咏怀古迹二首》《登高》《石壕吏》《新婚别》等。唐诗尤其是杜诗受到历代越南文人的推崇和喜爱，据越南《文学杂志》刊文记载，越南作家裴辉壁（1744—1818）曾断言：“夫诗者，唯《诗三百》最是典型。”越南儒生吴时任（1746—1873）也指出：“继《诗经．小雅》《大雅》之后，古今南北（南即越南，北指中国），凡言涉诗，人多推重魏之曹植，唐之李杜。”越南著名诗人阮攸最仰慕屈原、杜甫及唐宋八大家，他在《北行杂录》诗集之《湘潭吊三闾大夫》中颂扬屈原“楚辞顽固擅文章”“何有离骚继国风”，又在《来阳杜少陵墓》中盛赞杜甫“千古文章千古师，平生肺腑未尝离”，还在《欧阳文忠公墓》缅怀欧阳修“千古重泉尚有香”。至于中国唐诗宋词对《狱中日记》汉文诗集作者胡志明主席的影响更是众所周知。而20世纪30年代以突破旧诗传统、创造新的诗歌内容与形式的越南“诗界革命”的“新诗运动”，虽然一方面借鉴法国“印象派”的手法，一方面从民族歌谣中汲取养料，但同样避免不了容摄中国古典诗歌特别是唐诗宋词的影响，比如“新诗”代表人物辉瑾《长江》中的诗句“相思悠悠随水去，无烟黄昏恋家园”，就被越南《文艺报》刊载的文章认为“仿佛唐诗韵味”，能令人马上联想到《黄鹤楼》中“日暮乡关何处是？烟波江上使人愁”的情怀。20世纪以后，越南学者开始注重杜甫诗歌的拉丁化国语翻译以及诗歌内容、思想方面的研究，出现了许多研究杜甫及其诗歌的论文，如黎文亩的《杜甫诗歌在越南的接受与传播》等。还有一些唐诗的研究论文也间接涉及杜诗的研究，例如范氏义云的《越南唐律诗题材研究》、黎氏玄莊的《唐诗翻译与越南诗歌体裁之形成及发展》等。这些对杜诗的译介和研究活动的学者也推动着杜诗在越南的持续传播和发展。

（二）学校教育

越南是东亚汉字文化圈中较早接受中国封建制度的国家，也是在各方面受中国思想文化影响最深的国家。在中越两国的历史交往中，中国书籍通过各种形式源源不断地流向越南，极大地促进了汉文化、汉文学以丰富的内涵在越南的广泛传播和更新，正是丰富的中国书籍成为越南吸收中国文化永不枯竭的源泉。在越南的汉文教育中，越南使用的教科书一直是中国的原版图书。黄强在《论杜诗在越南的译介》一文中指出："几乎古代所有学生的教科书都是中国的书籍。极少数启蒙、小学阶段的学生的教科书是越南人自己编写的""自968年丁朝建立后，越南统治阶级继承了中国封建王朝的统治方式，仿照中国政治体制及科举制度。1304年，陈英宗设定科举考试形式为四期：第一场考暗写，第二场考经义、诗，第三场考诏、制、表，第四场考文策"。诗赋在越南科举考试中占有十分重要的地位。科举以诗赋为内容，诗歌创作以唐律为体裁，刺激了越南汉文诗赋的持续创作，丰富了越南汉文诗赋创作的宝库。更重要的是，随着创作技巧的成熟，越南辞赋逐渐由模拟走向自立，形成民族特色。科举考试对当时越南汉律诗的发展有普及作用，提高了诗歌创作的水平，同时也是文人入仕为官的唯一出路，律诗创作就此成为读书人追求仕途的必备技能。

1975年，越南脱离殖民统治后，越南高等院校对杜甫诗歌的接受更加深广，越南河内综合大学、师范大学等许多高等院校的外国文学教研室，都设有中国文学专业，开设专门讲授杜甫诗歌的课程，向文学专业学生系统传播中国文学知识。为了培养高层次的文学人才，1965年和1986年，经越南政府总理批准，越南文学院还先后举办过两期三年制的汉喃学专修班和研究生班，有著名学者主讲包括杜甫诗歌在内的儒佛道家学说和中国古典文学。而越南普通中学的《文学选读》课本中，也选入了杜甫诗歌。可见，汉诗依然是越南主要的文学形式，甚至有一些越南爱国志士如潘佩珠、胡志明等都以汉诗来抒发爱国情怀或者服务革新国家民族的事业。不管是古代还是现当代，学校的教育教学始终是文化传播与发展的一个重要方式，随着科技的进步和教育的发展，杜甫诗歌乃至中国文化将在域外大放异彩，继续散发其独特的魅力。

第三节 越南唐律诗受杜甫诗歌影响的表现

在整个中国古代文学中，越南人最喜爱的还是唐诗，特别是唐律诗。杜甫一生命运坎坷，仕途不顺，怀才不遇，诗作中常常情不自禁地流露出人生无常、壮志未酬的感慨。他的律诗不管是在格律上还是在内容上都堪称中国古典诗歌的典范，越南诗人敬佩其才华，同情其遭遇，在自己的诗作中常引用杜甫的词语和诗句。例如诗人陈仁宗《览神光寺》中的“俗多变化云苍狗，松不知年僧白头”、阮飞卿《山村感兴》中的“梦中往事攘蕉鹿，世上浮云任狗衣”、阮劝《偶成》中的“天外云衣多化狗，窗前竹影每疑人”等都化用了杜甫《可叹》诗中的“天上浮云如白衣，斯须改变如苍狗”。阮飞卿的《客舍》“浅把鹅儿独自斟”化用了杜甫《舟前小鹅儿》的前两句“鹅儿黄似酒，对酒爱新鹅”，《避寇山中》“夜依牛斗望中原”模仿杜甫《秋兴八首·其二》中的“每依北斗望京华”，表达了自己对故国的思念之情。他在《奉赓冰壶相公寄赠杜中高韵》诗中说：“独树孤村子美堂”。阮忠彦在《即事》一诗中“舍南舍北竹边离”化用杜甫《客至》中的“舍南舍北皆春水”。潘佩珠《新年辞》中的“惊心应鸟友，溅泪酬花儿”，是根据杜甫《春望》“感时花溅泪，恨别鸟惊心”点化而来。阮攸在《耒阳杜少陵墓》中的“秋浦鱼龙有所思”化用了杜甫《秋兴·闻道长安似弈棋》的“鱼龙寂寞秋江冷，故国平居有所思”，并推举杜甫为“千古文章千古师”。阮廌非常崇拜杜甫，其汉律诗中的许多诗作歌颂了杜甫的忠君爱国精神以及儒士的作风，并创作了《乱后感作》和《漫兴·其四》两首来赞扬杜甫的忠贞品德。此外，阮廌也特别欣赏杜甫诗中的那种忠君爱国和怜悯黎民的巧妙结合笔法，《乱后感作》中的“杜甫孤忠唐日月”以及“何曾一饭忍忘君”，这些诗句在很大程度上说明了阮廌的忧国忧民思想与杜甫有着深切的联系。

一、对杜甫诗歌体裁的采用

从诗歌体裁看，杜甫是众体兼长的诗人，五言、七言、律诗、绝句他都能运用自如，尤其是律诗。杜甫的律诗大概有七百多首，其中五言律诗有六百多首，七言律诗有一百多首。杜甫在七言律诗创作上有卓越的贡献。五律盛行的年代，七律还没有引起诗人的足够重视，杜甫可以称得上是写七律的第一个大家，他的七律诗的数量超过盛唐初期诗人创作七律的总和。杜甫不仅用七律诗来描绘自然风景或是用来赠答酬唱，还用七律这种形式来表现时事政治，揭露社会现实，抒发忧国忧民的思想，创造出了沉郁顿挫的诗歌风格，把七律诗的创作推向了发展高峰。因此，越南文人便直接采用或模仿杜甫诗歌体裁进行创作。

（一）五律

五律自初唐以来逐渐成熟，成为盛唐时期最流行的一种诗歌体裁。杜甫深受其祖父杜审言的影响，在律诗创作上造诣极深。明代胡应麟在《诗薮》中说："唯工部诸作，气象巍峨，规模巨远，当其神来境诣，错综幻化，千古以还，一人而已。"这个评价之高已达到了极点。杜甫作诗"语不惊人死不休"，《全唐诗》中收录了杜甫诗十九卷共1300余首，其中多数为近体诗，近体诗中律诗占多数。其中我们较为熟悉的五律名篇有：《登岳阳楼》《春望》《旅夜书怀》《月夜》《春夜喜雨》等。

在此，我们以越南诗人阮攸《登岳阳楼》为例：

危楼峙高岸，登临何壮哉。
浮云三楚尽，秋水九江来。
往事传三醉，故乡空一涯。
西风倚孤槛，鸿雁有余哀。

律诗在格律上的要求比较精准，押韵上偶句句尾押韵，一韵到底，押韵的字必须是平声，不押韵句子末尾字必须是仄声。中间两联要对仗，即词性相对，词组结构类型相对，内容意义也相对。阮攸的《登岳阳楼》是仿杜甫《登岳阳楼》所写，两者比较，同一篇名，同是五言律诗，内容相似。杜甫和阮攸一样登楼凭栏远眺，把洞庭湖雄伟而绮丽景色尽收眼底，诗人用"孤""浮""病""涕""浮云""秋水""哀""空"等字眼来暗喻世间的复杂黑暗，倾吐自身命运的坎坷。颔联、颈联："浮云三楚尽，秋水九江来。往事传三醉，故乡空一雁"对仗工整，"浮云"对"秋水"，"三楚"对"九江"，"尽"对"来"；"往事"对"故乡"，"传"对"空"，"三醉"对"一雁"。偶句"哉""来""哀"押平声韵。杜甫写《登岳阳楼》时，正值大历三年冬，因兵乱漂泊到岳阳，登岳阳楼后被浩瀚无垠的洞庭湖所震撼，发出由衷的赞叹，但他又想到自己晚年漂泊不定，国家多灾多难，不免触景生情，以诗倾诉心中苦闷。阮攸的"往事传三醉，故乡空一涯。西风倚孤槛，鸿雁有余哀”，与杜甫的“亲朋无一字，老病有孤舟。戎马关山北，凭轩涕泗流”几句有相似的情思，同是描写高楼远眺追忆往事、感时伤世。阮攸的《登岳阳楼》与杜甫的《登岳阳楼》无论是在格律上还是在内容情感上都如出一辙。这首五律从体裁上看已完全成熟，足见其受杜甫律诗诗格的影响之深。

诗人阮忠彦的五言律诗《湘江秋怀》“草木已凋零，他乡尚客程。晚山吟骨瘦，秋水道心清。落雁冲烟下，归舟背月撑。枕边重掩耳，二十四滩声”以及阮昶的五言绝句《江行》“岸转树斜出，溪深花倒开。晚霞孤鸟没，春雨片帆来”这两首诗都是采用杜甫诗歌体裁的优秀诗作，其体制都是从唐诗特别是从杜甫诗歌借鉴而来的，句式、行数、平仄、押韵、对仗等皆与杜甫诗歌无异。越南著名诗人黎贵惇在编辑《全越诗录》时，有一段编辑体例的说明文字：“汉魏齐梁，四言五言六言七言，歌行乐府，谓之古体。唐以来，五言七言律绝，谓之近体。古取流动，律取偶对。古贵高峭而畅达，近贵清远而秀丽，格局态度，迥而不同。昔人云，律可杂古，古不可杂律。今依《全唐诗》，分古近二欵，以便观览。其近体先七言排律，次五言排律，次六言律，次七言绝句，次五言绝句。”这段说明可以说是对越诗仿汉体的最好注脚。

（二）七律

七律到初唐时还只是处于萌芽阶段，作家作品甚少。直到杜甫时代七律才逐渐完备。袁行霈先生在其主编的《中国文学史》中认为：“杜甫的律诗第一个成就是扩大了律诗的表现范围，不但写羁旅、山水等，而且用律诗写时事。”越南汉诗在古代越南长期流行并达到了较高的创作水平，其中七律水平最高，呈现出了极高的格律结构及修辞表现技巧。越南七律诗繁盛的原因之一就是受以杜甫为代表的唐代律诗创作大师的影响。蔡顺的《吕塘遗稿诗集》所收的264首诗歌有七言律诗166首、七言绝句78首、五言律诗18首、七言排律2首。从中可以清晰地看出蔡顺在体裁上的选择，七言律诗是最主要的创作体裁。《渔笛》是蔡顺七言律诗受到杜甫律诗影响的代表作之一，全诗如下：

浮世功名绝意求，只凭一笛伴孤舟。
白苹江上数声晓，红蓼滩前三声晓。
离浦雁回明月塞，怀乡人倚夕阳楼。
不知兴尽归何处，山自青青水自流。

蔡顺的这首《渔笛》，无论在体裁上还是内容上，都体现出对七言律诗的模仿和借鉴。首先，《渔笛》完全符合七言律诗在体式和声律上的基本要求，全诗共八句组成，两句为一联，中间两联对仗工整，颔联“白苹”对“红蓼”，“江上”对“滩前”，“数声”对“三声”。颈联“离浦雁”对“怀乡人”，“明月”对“夕阳”。偶句的末字分别为舟、秋、楼、流，押平声韵，符合七言律诗在押韵上的要求。其次，从章法上看，《渔笛》严格遵守了唐七言格律诗起、承、转、合的章法要求。这首诗开头就入笔擒题，开章明义“浮世功名绝意求”交代诗意，“只凭一笛伴孤舟”点题，突出诗歌的主旨，颔联承接首联而写江上闻笛的场景，颈联由颔联的景转入情，通过虚实相生的手法营造出江上闻笛思乡的情境，尾联描绘诗人在一个秋天破晓时分，停舟于江岸边，听着声声渔笛，放眼望去产生了思乡之情。以“山自青青水自流”结尾，可谓是言已尽而意无穷，给人留下无限想象，扩大了诗歌的意蕴。

诗人阮忠彦1314年出使中国到岳阳楼游玩后写下的《岳阳楼》，后黎朝诗人胡士栋1778年使华后写下的《登岳阳楼》，阮攸1813年奉使如清经黄鹤楼登高远眺、浮想联翩赋就的《黄鹤楼》等诗作，均为采用杜甫诗歌体裁的优秀七律诗作。

二、对杜甫诗歌意象的模仿

什么是意象？意象就是熔铸了诗人主观情感的事物，也就是说，凡是被诗人所思、所触、所观、所感的才能称为意象。意象显示了唐诗对越南诗歌影响的一个重要层面。越南诗中的意象有许多是唐诗中常用的意象，如菊花、桃花、莲花、落花、杨柳、梧桐、东风、春风、月亮、烟波等都被越南诗人们借用。越南律诗在意象的选取和情境的营造上也深得唐诗之妙，我们以“笛”意象为例进行分析。《风俗通》说：“笛，涤也，所以涤邪秽，纳之雅正也。”在漫长的历史长河中，笛声意象成为独具特色的审美物象。笛声一方面是诗人情感升华的催化剂，另一方面又是诗人情感的附着物，实现了“意”与“象”的和谐统一。在唐诗中，笛有着广泛的表情达意的作用，最常见的是牵引羁旅怀乡的情愫。笛声被赋予了感时伤怀、征塞思乡、田园情趣等丰富的情感内涵。

唐诗中边塞诗的创作往往离不开笛声的塑造，借笛声寄托将士戍边思乡念亲之情。飒飒秋风传来的凄凉笛声总使人备感战争之残酷，身处他乡，凄婉的笛声总唤起人们绵延不绝的情思。杜甫的《秋笛》诗云：“清商欲尽奏，奏苦血沾衣。他日伤心极，征人白骨归。相逢恐恨过，故作发声微。不见秋云动，悲风稍稍飞”；《秦州杂诗二十首·其八》云：“东征健儿尽，羌笛暮吹哀”；《吹笛》诗亦云：“吹笛秋山风月清，谁家巧作断肠声”。诗人塞上闻笛，听到笛声引发感怀，借他人之笛声抒发情感。越南诗人也有许多以笛声感兴的诗作，蔡顺在《老雁旅夕》中说：“遥岸更闻何处笛，声声吹彻水晶宫”，陈善正在《独夜偶成》中云：“鼓点高楼新落月，笛吹孤馆早残梅”，阮忠彦亦在《长安城怀古》中感怀：“古寺僧钟敲落日，断溪牛笛弄斜晖”，这些诗句均描绘了将士戍守边塞，悠扬的笛声飘荡在荒凉广阔的边塞的场景，将征人苦于战争之残酷、思乡之心切的情愫全部勾起，这无限的思乡愁绪与笛声交织在一起更显悠长凄凉。

唐代诗歌中的笛声除了表达思乡感怀的情感内涵外，还被赋予田园情趣，比如韦庄在《村笛》中说：“却见孤村明月夜，一声牛笛断人肠”，罗隐在《江边有寄》里云：“狂折野梅山店暖，醉吹村笛酒楼寒”，韩偓在《汉江行次》中亦云：“牧笛自由随草远，渔歌得意扣舷归”……声声清脆悠扬的笛声，总能唤起人们无限的哀思或流露出归隐山林之志，清脆悦耳的村笛也使田园风光充满情趣。越南诗人蔡顺在《黄江即景》里说：“莩葭影里孤舟月，鸥鹭沙边一笛风”，又在《香山临洮社即事》中云：“日暮一声何处笛，碧山云尽路崔嵬”，还在《顺化城闲望》和《渔村》中描绘“前村蚕妇携筐去，隔浦渔翁把笛腔”“清冷水边横短笛，扶疏树底系轻舟”等等，在这些诗句中笛声是田园情趣的一种象征，那一阵阵清扬的笛声吹起的是田园的闲情逸致，流露出诗人乐在山水林园的志趣。尤其是“清冷水边横短笛，扶疏树底系轻舟”一联，还化用了韦应物《滁州西涧》中“野渡无人舟自横”的意境。

宋玉曾在《九辩》中慨叹：“悲哉！秋之为气也。”“悲秋”是中国古代诗歌尤其是唐诗宋词创作的母体之一，杜甫亦不乏“悲秋”之作。受这一文学传统的影响，越南诗人笔下也常常有“悲秋”的意象呈现，在阮飞卿的《中秋感事》、阮攸的《初秋感兴》、阮秉谦的《秋思》、范贵适的《秋郊杂咏》等优秀诗作中，诗人们感慨身事、忧国伤时与归隐田园、独善其身的情怀揉成一体，借助秋之悲气的意象宣泄出来，发出“悲秋”之思，足以说明越诗是深受唐诗宋词和杜甫诗歌的感染使然。

三、对杜甫诗歌词语、典故的借用

（一）对词语的借用

越南诗人借用杜甫诗歌词语，有时直取其词纳入自己的诗中。如：

阮攸《秋夜·其二》

白露为霜秋气深，江城草木共萧森。
剪灯独照初长夜，握髪经怀末人心。
千里江山频怅望，四时烟景独沉吟。
早寒已觉无衣苦，何处空闺催暮砧。

杜甫《秋兴八首·其一》

玉露凋伤枫树林，巫山巫峡气萧森。
江间波浪兼天涌，塞上风云接地阴。
丛菊两开他日泪，孤舟一系故园心。
寒衣处处催刀尺，白帝城高急暮砧。

两诗对比可以发现，“白露”“萧森”“早寒已觉无衣苦”“暮砧”明显是直接从杜甫诗中借用的，并且在诗意上也无明显差别。

（二）整句借用

潘辉益《奉召赴城感故京风景作》

闻道长安似弈棋，徘桐人事忆唐诗。
三年府座频更换，半世尘襟几乱离。

师律开张新鼓角，坤灵调落旧城池。
可怜王谢庭前燕，犹觅芳春饮瀼时。

杜甫《秋兴八首·其四》

闻道长安似弈棋，百年世事不胜悲。
王侯第宅皆新主，文武衣冠异昔时。
直北关山金鼓振，征西车马羽书驰。
鱼龙寂寞秋江冷，故国平居有所思。

将这两首诗作对比可以发现，《奉召赴城感故京风景作》的用词、构思等方面明显地继承了杜甫的《秋兴八首·其四》诗作。开篇就直接用上杜诗“闻道长安似弈棋”整句；颔联和颈联是写升龙兵荒马乱的实景，改朝换代的凄惨景象，与杜甫颔联、颈联非常相似；结联“可怜王谢庭前燕，犹觅芳春饮隊时”表达诗人对世事变化、人事升沉的感慨，此意是化用了刘禹锡《乌衣巷》中“旧时王谢堂前燕，飞入寻常百姓家”的诗句。

（三）拼联成篇

除了模仿、化用、借取等外，越南诗人还将包括杜甫诗句在内的中国古代诗句“拼联成篇”。诗人黎贵惇于1760年出使中国，在途经永州时写下了《永州初秋闲望集古》的组诗，全部为原封不动、直接摘取唐人诗句“拼联成篇”。比如：

黎贵惇《永州初秋闲望集古·其一》

秋宜何处看（司空曙），平楚正苍然（谢玄晖）。
野戍荒烟断（陈子昂），长河落日圆（王　维）。
白云生远岫（焦　郁），明月满前川（杨　炯）。
骚客吟无尽（沈佺期），依沙宿舸船（杜　甫）。

黎贵惇《永州初秋闲望集古·其二》

何处秋风至（刘禹锡），村墟乃尔凉（陆　游）。
生烟纷漠漠（谢　眺），山树郁苍苍（曹　植）。
久露晴初湿（杜　甫），沙溪晚更光（寇　准）。
启途情已缅（陶　潜），远思满潇湘（司空曙）。

（四）对杜甫诗中典故的借用

用典是古典诗歌写作的重要技巧之一，它能够使诗歌在有限的文字中，包含更丰富、更深刻的内涵。诗文中用历史典籍中的名人旧事、神话传说或借用现成流传下来的成语，来表达自己想说或不便说的情感或事理，欲求仕进的人，不仅通晓诗律，而且能背诵中国典籍，深通群经要义。越南臣民讽谏君王和文人诗作时多出现引用中国典故的现象，可以更加清楚地阐明自己的观点。越南诗人创作引用中国成语、典故已非常自由熟练，当时诗人都比较认同作诗时引用中国典故，认为其不仅可以丰富诗歌内容，使诗歌的意境更加含蓄，而且能使诗歌的形式增色不少。杜甫诗歌好用典，宋代黄庭坚说杜诗“无一字无来处”，杜甫学识渊博，用典时信手拈来，运用自如，手法多样。越南诗人在学习创作汉字律诗时，经常借用中国唐诗的词语和典故。例如潘佩珠的《游大惠山》“我未登山时，众山与我齐。我既登山时，我视众山低”可以明显感觉到是受杜甫“会当凌绝顶，一览众山小”的启发。杜甫《望岳》直接化用的是《孟子·尽心上》中的“孔子登东山而小鲁，登泰山而小天下”。还有越南陈朝法名为慧忠上士的《访僧田大师》：“不要朱门不要林，到头何处不安心。人间尽见千山晓，谁听孤猿啼处深。”“朱门”一词借用了杜甫《自京赴奉先县咏怀五百字》诗中的“朱门酒肉臭，路有冻死骨”，表达对封建统治阶级的不满和对处于水深火热的百姓的同情。这两首诗所表达的意思都点化自《孟子·梁惠王上》中的“狗彘食人食而不知检，途有饿殍而不知发”。

越南诗人阮忠彦有两首诗也借用了杜诗中的典故：

《洞庭湖》

云涛雪浪四漫漫，砥柱中流屹一山。
鹤迹不来松岁老，妃魂犹在竹痕班。
乾坤卵破洪蒙后，日月萍浮浩渺间。
岸芷汀兰无限兴，片心空羡白鸥闲。

《潭州熊相驿》

乱山北去水东流，景物推人不自由。
涯口秋声来半枕，衡阳月色上孤舟。

满江烟浪湘妃恨，两鬓风霜宋玉愁。

试摘黄花吟楚些，一杯聊为醉南楼。

《洞庭湖》一诗中的“妃”（湘妃）、“斑竹”，《潭州熊相驿》中“湘妃”的典故均出自晋张华《博物志》：“尧之二女，舜之二妃，曰湘夫人，舜崩，二妃啼，以涕挥竹，竹尽斑。”后人用“湘妃斑竹”“湘妃竹”等来写忧愁悲伤的相思之情。杜甫诗中也有对此典故的引用，例如《奉和刘少府新画山水障歌》中的“不见湘妃鼓瑟时，至今斑竹临江活”，《渼陂行》中的“湘妃汉女出歌舞，金支翠旗光有无”，《苏大侍御访江浦赋八韵记异》中的“昨夜舟火灭，湘娥帘外悲”等。

四、对杜甫诗歌风格的效仿

杜甫生活在唐朝由盛转衰的时期，其诗多表现社会黑暗、百姓疾苦，反映当时社会矛盾的尖锐和人民生活的疾苦，记录了唐代由盛转衰的历史，因而被誉为“诗史”。

越南诗人阮攸汉诗创作颇丰，诗集有《清轩诗集》（78 首）、《南中杂吟》（40 首））和《北行杂录》（131 首），其中《北行杂录》是他 1813 年、1814 年出使中国期间所写，记录沿途所见的风景及凭吊怀古之作。阮攸行至耒阳杜甫墓时，作《耒阳杜少陵墓》一诗凭吊杜甫：“千古文章千古师，平生佩服未常离。耒阳松柏不知处，秋浦鱼龙有所思。异代相怜空洒泪，一穷至此岂工诗。掉头旧症医痊未，地下无令鬼辈嗤。”该诗第一句，化用杜甫《偶题》中的诗句“文章千古事，得失寸心知”。“千古文章千古师”是阮攸对杜甫的最高评价，表达了他对杜甫的崇敬之情。“耒阳松柏不知处，秋浦鱼龙有所思”，化用杜甫《秋兴八首・其四》中的“鱼龙寂寞秋江冷，故国平居有所思”的意境，既描写出杜甫羁旅之哀思，又表达出诗人远离故乡的孤独寂寞之感。

阮廌吸收杜甫“先天下之忧而忧，后天下之乐而乐”的精神，一生致力于民族解放事业，他的《乱后感作》《漫兴・其四》等即反映这些内容：

阮廌《乱后感作》

神州一自起干戈，万姓嗷傲可奈何。

子美孤忠唐日月，伯仁双泪晋山河。
年来变故侵人老，秋越他乡感客多。
卅载虚名安用处，回头万事付南柯。

阮廌《漫兴·其四》

朴散淳漓圣道真，吾儒事业杳无闻。
逢辰不作商岩雨，退老思耕谷口云。
每叹百年同过客，何曾一饭忍忘君。
人生识字多忧患，坡老曾云我亦云。

阮廌在《乱后感作》里反映当时的民生疾苦和政治动乱，揭露统治者的丑恶行径，可以说同杜甫晚年有着相同的境遇，第二句高度赞扬了杜甫对唐王朝的忠心，与尾句“卅载虚名安用处，回头万事付南柯”形成鲜明的对比，这是阮廌对自己功业未就的叹息。阮廌是黎朝的开国功臣，本该受到统治者的赏识，但是他始终未能实现政治抱负。阮廌和杜甫有着相同的政治理想，而“回头万事付南柯”则是对自己一生壮志未酬的惋惜。他敬仰杜甫，极力赞扬杜甫对国家的忠贞，“子美孤忠唐日月”。在《漫兴·其四》中，写出了民族解放事业的艰辛与迷茫，但自己将不忘初心、坚持到底的决心。杜甫曾在《奉赠韦左丞丈二十二韵》也写过“常拟报一饭，况怀辞大臣”。说明阮廌忧国忧民、忠君爱国的思想在很大程度上受杜甫的影响。

阮廌《海口夜泊有感（二）》

一别江湖数十年，海门今夕系吟船。
波心浩渺沧州月，树影参差浦淑烟。
往事难寻时易过，国恩未报老堪怜。
平生独抱先忧念，坐拥寒衾夜不眠。

邓容《感怀》

世事悠悠奈老何，无穷天地入酣歌。
时来屠钓成功易，远去英雄饮恨多。
致主有怀扶地轴，洗兵无路挽天河。
国仇未报头先白，几度龙泉戴月磨。

阮廌的“往事难寻时易过，国恩未报老堪怜”，邓容的“国仇未报头先白，几度龙泉戴月磨”与杜甫的“出师未捷身先死，长使英雄泪满襟”一样，都有一种壮志未酬身先死的悲壮和遗憾。

小 结

越南律诗在越南古典文学中具有重要的地位，其产生和发展是中国古典诗歌在越南广泛传播的结果。越南文人尊敬和崇拜杜甫，认同其政治理念和诗歌创作成就。他们在不同的个性、境遇及审美趣味上灵活借用杜诗纳入己诗，使其诗增添了独特的艺术魅力，促进了越南古代诗歌的发展。越南唐律诗之美在于它的简单纯朴但不乏微妙，体现了越南独特的民族文化和心灵品质。唐律诗中的越南民族诗带有阶级和宗教思想，以及民间创作的痕迹，由于受到中国唐诗的影响，更加激发起越南诗人的创作激情、爱国情感和民族意识。越南唐律诗也成为中国古典诗歌传播到域外最繁盛的一支，充分显示了中国古典文学尤其是包括杜甫诗歌在内的古典诗歌强大的辐射力与影响力。

本章参考文献

[1] 曹寅．全唐诗［M］．北京：中华书局，1992.
[2] 饶芃子．中国文学在东南亚［M］．广州：暨南大学出版社，1999.
[3] 郭慧芬．中外文学交流史：中国－东南亚卷［M］．济南：山东教育出版社，2015.
[4] 严从简．殊域周咨录［M］．北京：中华书局，1993.
[5] 吴士连，等．大越史记全书［M］．越南内阁官版重印本，1697.
[6] 陈文呷．越南作家传略［M］．河内：河内社会科学出版社，1971.
[7] 黄国安，杨万秀，杨立冰，等．中越关系史简编［M］．南宁：广西人民出版社，1986.
[8] 袁行霈．中国文学史［M］．北京：高等教育出版社，2005.
[9] 中国社会科学院历史研究所．古代中越关系史资料选编［M］．北京：中国社会科学出版社，1982.

[10] 黄强. 论杜诗在越南的译介 [J]. 杜甫研究学刊, 2011 (4): 73－78.
[11] 于在照. 论越南汉诗的产生及演变 [J]. 解放军外国语学院报, 1999 (5): 90－93.
[12] 刘玉珺. 越南诗人蔡顺及《吕塘遗稿诗集》考论 [J]. 外国文学评论, 2013 (4): 26－39.
[13] 汪超. 论唐诗中的笛声意象 [J]. 安徽教育学院学报, 2009 (5): 76－79.
[14] 张娇, 刘玉珺. 越南诗人蔡顺的七言律诗 [J]. 古典文学知识, 2013 (2): 104－112.
[15] 邓台梅. 越南文学与中国文学之间的悠久、密切关系 [M]. 河内: 河内文学出版社, 1969.
[16] 阮文环. 越南古典文学中最伟大的诗人——阮攸 [J]. 文学评论, 1964 (6): 72－83.
[17] 右玉. 遥远的迴声 [N]. (越) 文艺报, 1992－01－04.
[18] 张苗苗. 唐诗与越南李陈朝诗歌 [D]. 杭州: 浙江工业大学, 2008.
[19] 范氏义云. 越南唐律诗题材研究 [D]. 长春: 吉林大学, 2013.
[20] 陶铜殿. 越南新诗与中国唐诗 [D]. 长沙: 湖南师范大学, 2014.
[21] 黎氏玄莊. 唐诗翻译与越南诗歌体裁之形成及发展 [D]. 上海: 华东师范大学, 2014.

第五章　李杜诗歌等唐诗在越南传播的效果

中越两国山水相连，独特的地理和历史关系，使得两国早在秦汉时期就有了密切的联系。从公元前214年秦始皇设置桂林、南海、象郡起，北部越南就逐渐接受了汉文化和儒学的影响。在中越关系的“郡县时代”，中国中央王朝的政治制度、语言文字、思想意识、风俗习惯、生产技术等都逐渐南传，中越两个文化体形成了初步的文化碰撞，越南对中国的文化基本上处于主动接受与吸收的状态。中越关系进入“藩属时代”后，越南的民族独立意识开始增强，在积极吸收汉文化的同时，还注重保持本土特点，在学习汉字的同时，结合本国实际创制了喃字，在其他层面亦是如此，但汉文化依旧在越南占有绝对统治的地位。

我们完全可以这样说，越南是受汉文化浸润最深厚的国家之一。从文学史上看，诗歌是中越文学交流最重要的文学体裁。考察李杜诗歌等唐诗在越南的广泛传播情况，不难发现中国古典诗歌对推动越南汉学的形成与兴起、汉语教育教学的研究与推广、促进文学事业的蓬勃发展，乃至文化观念的积极嬗变等，都起到了实实在在的作用，效果显著。

第一节　推动汉学的形成与兴起

千百年来，包括唐诗宋词在内的中国典籍，荷载着优秀的中华文明，几乎传遍了世界各个角落，其美质殊姿、神韵妙趣和宏旨精蕴已被越来越多的海外读者喜爱和欣赏。在世界文化交流史上，中华文明播扬于异国的历程曲折而又漫长，诸如滋蔓东亚的文化圈，风靡欧西的中华风，以及无数文化名人与中华文明的接触，都组成了一幅幅波澜壮阔又斑斓多姿的画卷，并因生生不息的中华悠久文明而续写新的篇章。其中就包括了辛勤的中华文明的优秀传播者——海外汉学家，是他们驰而不息地译介论说与传播传承，从而培育出了独特的学术——汉学。

中国地理版图的中心，北依秦岭、南坪巴山的汉中，既是汉江的发源地，也是汉文化的发祥地。其间的褒斜道见证了楚汉相争的“明修栈道，暗度陈仓”，古汉台奠定了汉室四百多年的辉煌基业。历经秦风汉雨，又见三国传奇，不论是金戈铁马的运筹帷幄，还是碧血丹心的江湖驰骋，日夜东流的汉水是无数历史变迁的见证。我们既可以从汉中的博物馆展品来了解其历史文化，也可以在那里观汉风遗韵，品汉字风骨。行走于汉中，犹如在史书里穿行，俯仰之间皆能与历史相遇。高台里不断透射出的汉风告诉我们，那里是大名鼎鼎的汉代使者张骞的故里，凿空西域，他“持汉节不失”，在丝路长卷中写下浓墨重彩的一笔；那里也是魏蜀两国兵戎相见的主战场，黄忠在定军山下刀劈夏侯渊，赵云在汉水之滨大败曹军，诸葛亮为“兴复汉室”率军北驻汉中 8 年，“出师未捷身先死，长使英雄泪满襟”。我们把时间的卷轴再向前翻一翻便能知道，公元前 206 年的“鸿门宴”后，沛公刘邦被项羽分封为汉王，兵出陈仓道，平定三秦，逐鹿中原，十面埋伏，困楚霸王于垓下，终于一统天下，定国号为“汉”。因此，我们可以从汉中之“汉”说开去，体悟历史文脉的生生不息与汉学研究的绵延不断。

“赤帝龙兴事已陈，层台巩固尚如新”①，古汉台历来被认作是汉代基业的象征。1958 年，汉中市政府将古汉台遗址改建为汉中市博物馆，置身其中，厚重古朴，时至今日，依然能在深幽的思绪中追溯千年前的汉风汉韵；“却顾所来径，苍苍横翠微”，汉中北部的秦岭是“中华民族的祖脉和中华文化的重要象征”。2023 年 7 月 29 日，习近平总书记在考察陕西汉中时指出：“我们从哪里来？我们走向何方？中国到了今天，我无时无刻不提醒自己，要有这样一种历史感。”带着这样的“历史感”凝视这片“生于斯、长于斯”的土地，更能感知文化源头之所系、革命力量之所在、文脉传承之

---

① 陈毓彩．汉台．从汉中之“汉”看文脉传承［OL］，人民日报客户端，2023－7－30.

所依。汉中的七条古栈道，记录着争霸称雄的沧桑往事，也流淌着且歌且行的万丈才情。这里有唐代元稹经傥骆道的“骆谷春深未有春”，也有宋代陆游过金牛道的“细雨骑驴入剑门”。朝朝暮暮又岁岁年年，阵阵锤声与声声吟诵遥相呼应，在高山流水间留下处处摩崖题刻，把汉字里的雅量高致封存于千年不朽的石壁之上。东汉永平年间，褒斜道开凿了石门隧道，历代文人墨客在石门附近留下摩崖石刻、碑碣 178 种，以“石门十三品”最负盛名，堪称我国书法演变史的形象资料。从东汉时期的“汉隶之极作”《石门颂》，到南北朝时期具有典型魏碑特色的《石门铭》，提笔是文心隽永，落笔为传世风骨，把汉字之美寄寓锦绣山河，本身就是一种“中国式浪漫”。汉字孕育文化基因，书法传承文化自信，横平竖直寓意顶天立地，腾挪变化展现包容并蓄，从一撇一捺到一平一仄，都凝结着中华文明的悠久记忆。面对信息时代的冲击与挑战，汉字激光照排技术系统“告别铅与火，迈入光与电”，中华精品字库工程为书法类文物的“活化”与“数字化”提供新尝试，推动中华优秀传统文化创造性转化、创新性发展，离不开一代代人的守正创新。2014 年 5 月习近平总书记在北京海淀区对正在练习书法的民族小学的学生说：“中国字是中国文化传承的标志。殷墟甲骨文距离现在 3000 多年，3000 多年来，汉字结构没有变，这种传承是真正的中华基因。”2022 年 10 月，习近平总书记又在河南殷墟遗址考察时指出：“中国的汉字非常了不起，中华民族的形成和发展离不开汉文字的维系。”上承千年文脉，下启千秋伟业，古老的汉字正为中华民族续写新的时代华章。

就越南而言，中国古籍很早就有关于远古时代越南的记载，如中华书局 2001 年出版的孙怡让的《新编诸子集成》（上）中的《墨子·节用》一文提及“古者尧治天下，南抚交阯”之事，其中的“交阯”就是现在的越南北部。商务印书馆 1937 年出版的伏胜的《尚书大传》还记载“交阯之南，有越裳国”“周公居政六年，越裳以三象重译而献白雉”。越南历史典籍《大越史记全书》也有尧命羲氏“定南方交趾之地”的记载，并提及大禹时期“百越为扬州域，交趾属焉”，以及成周时“始称越裳氏，越之名肇于此”等。到秦始皇时代，越南北部和中部成为秦朝的郡县之一——象郡，并直接归属中央政权管辖。可以说，中华民族的汉文化，自秦汉时代就已远及越南。据史料记载，越南华人学者、教育家、堤岸知用中学已故校长唐富言所撰校歌的开头就有“澜沧远爽，湄公之源。越南文化，实始嬴秦”的句子。秦朝灭亡后，来自中原地区的统治者和地方长官不仅对越南实行政治统治和行政管辖，而且开始推行以儒学教育为中心的教化，中国汉文化也因此在越南得到传播和推广。到唐代，在河内设置“安南都护府”，确立了当时越南的藩属性，中土释、儒、道学的输入，越南留学生连年负笈长安等地求学，汉文化可以说已经广泛渗透普及于越南思想学术界中了。由元至清，中土的宋、明不贰之臣和遗老，大批流亡越南，又形成另一层次的汉文化南移。而明代遗老的后代与当地人通婚所生子女，自称为“明乡人”，这在当时的越南是相当普遍的事情。越南人的婚丧大礼，祭祖和所供奉的神灵，大致与汉人相同，所过节日如春节、清明、盂兰、重阳等等与汉人并无二致。中国的唐诗宋词特别是李白的《静夜思》、杜甫的《望岳》、张继的《枫桥夜泊》、苏轼的《水调歌头》等不仅在越南官方上层人士和知识分子中广泛流行传诵，甚至一些民间妇孺也能吟诵一二；几部古典名著如《三国演义》《西游记》《水浒传》中的人物与现代武侠小说如金庸和梁羽生作品中的人物，在越南几乎是家喻户晓。汉字在越南无论官方还是民间，皆有深厚广泛的基础，越南学者创造的“喃字”本身就是脱胎换骨于汉字，在越南语文之中，保留着大量的汉语词汇，语音非常接近，如祖先、国家、政府、军队、革命等。在第二次世界大战之前，越南采用了不少以法语为主的外来语，但第二次世界大战之后，民族思想抬头，越南知识分子纷纷抛弃外来语，转而求助于汉语词汇，如直升机、潜意识、计算机（电脑）、俱乐部等。解放后，越南人运用汉语词汇的程度，更是比之前增加了几十倍。这一切，都对推动越南汉学的兴起、普及、推广、研究和汉文化的浸润奠定了良好基础。

另据越南人黎嵩的《越鉴统考总论》和越南内阁官版正和十八年（1697）重印本吴士连的《大越史记全书》）卷首记载，公元前207年，南海郡尉赵佗自立为南越武王，为了教化南越国的民众，遂“以诗书而化训国俗，以仁义固结人心”；中华书局1965年出版的南朝宋范晔撰、唐李贤等注的《后汉书》卷八十六亦载，汉元鼎六年（前111年），在伏波将军路博德平定南越后，设交趾、九真、日南等九部，“颇徙中国罪人，使杂居其间，仍稍知言语，渐见礼化”；该书同时载说在光武中兴时期，“锡光为交趾，任延守九真，于是教其耕嫁；制为冠履，初设媒娉，始知姻娶；建立学校，导之经义”，说明锡光、任延在分别担任交趾和九真太守时，都有意识地注重推广中华农耕知识；三国时代的交趾太守吴士燮亦在当地开办教育，“教取中夏经传”，使人民“始知习学之业”。东汉末年，中原地区动乱频仍，吴士燮治理下的交趾地区相对安定，数以百计的中原士大夫和文人南下交趾避乱，其中有汉代经学大师刘熙及儒林名士许靖、许慈、邓子孝、袁沛、牟博等，他们有的开课授徒，有的专心治学，促进了汉文化在越南的推广与传播。由此可见，在地方行政长官的主导下，以儒学为主体的汉文化教育在越南得到了广泛推广，汉文化也随即成为越南的官方正统文化。从这个角度也可以看出，包括诗词歌赋在内的文学作品实际上表现出了汉文化传统在越南的深厚积淀，而李杜诗歌在内的中国古代文学在越南的广泛流传，无疑是中国古代文学作品传播发展的一个区域现象。越南汉诗就是在中国古典诗歌的影响下发展繁荣起来的，它既是中国古典诗歌在域外的一种延伸，也是汉文化不可分割的一个重要部分。越南的华文文学，本身就是由两部分组成的，一是由越南的民族作家们用汉文写成的作品，比如在越南文学史上占有重要地位的伞陀的汉诗，尤其是他翻译的《唐诗》一书，已成为历代越南知识分子的必读之书，他先把汉文的越南读音注了出来，又用越南诗句译出全诗，读音正确，释义贴切，对汉文学精华有极高的修养，如他翻译释义的张继《枫桥夜泊》一诗就深受欢迎；此外，用汉文写作受到全民尊崇的作家阮豸，他的《平吴大诰》被列为文科大专课程的必读课文；而我们更加熟悉的越南状元阮佑所写的《金云翅传》，被誉为越南的《红楼梦》，那是他根据我国宋代的一部传奇评话，用诗体写成的长篇小说；越南王孙贵胄阮鼎元在亡国之后逃亡中、日、朝途中写的七绝也见诸越南报章的国语版；越南独立之父胡志明主席也是一个汉学深厚的革命家，他写下了载于《狱中日记》的《新出狱学登山》等脍炙人口的七绝：“云拥重山山推云，江心如镜净无尘。徘徊独步西峰岭，遥望南天忆故人。”而胡志明主席的老战友、越南解放战争功臣之一的老革命家黄文欢也用汉文写诗，他写有载于

《革命回忆录》的《沧海一滴》等五绝。

越南华文文学的另一组成部分就是由华侨用汉文写成的作品，这主要集中在有“小巴黎”到“第五郡”之称的西贡（今胡志明市）与堤岸市等华人聚居地，那里曾经产生过华人文艺社团、古典诗词社、书画社、摄影俱乐部、美术俱乐部等文艺组织，曾出现过华人文化复苏与繁华的现象，这也是越南汉文化不可分割的一个重要部分。

第二节　汉语教育教学的研究与推广

越南的汉语教学有着悠久的历史，一直没有中断过。从中国的秦朝开始，越南人就开始学习汉语，公元前秦朝设立象郡管理越南，到公元938年越南独立，在这一千多年间，交趾（后称交州、安南）地区的郡县官吏都由中国封建王朝派遣。这些官吏大力推行汉字，实行汉文化教育，推动交趾地区从愚昧走向《大越史记全书》记载的“通诗书，识礼乐”的封建社会。西汉末年至东汉初年，锡光、任延担任交趾、久真太守，期间大力推广中国的先进生产技术与文化，建立学校，传播礼仪文化，推行一夫一妻制等。这期间，中国先后经历几次战乱，很多文人和名士为躲避战乱移居到交趾地区，他们在交趾期间讲学办教育，传授儒学经典，著书立说，这些学术活动对汉文化在这一地区的传播起到了有益的作用，促进了当地人民群众思想文化水平的提高。到了唐代，中央政府派往越南的官员大多重视文教、爱好诗文，如初唐著名诗人王勃的父亲王福畤任交趾令时就在当地大兴文教。而一些熟谙汉文化的安南儒士和僧侣也北上与中原文人互相交流，如交州进士廖有方与唐朝诗人柳宗元、韩愈交往密切，赴内地研习佛法的安南僧侣与杨巨源、张籍、贾岛、皮日休等诗人也有交往。此外，据暨南大学出版社1999年出版的饶芃子主编的《中国文学在东南亚》，以及中华书局2007年出版的刘玉珺的《越南汉喃古籍的文献学研究》均记载，古代越南地处南陲，路艰途远，因而成为中国皇朝流放罪人的重要地区。许多遭到流放的罪人都具有较高的文化素养，如三国时期的顾谭、虞翻，唐代的褚遂良、杜审言、李友益、沈佺期、卢藏用等人，他们有的在当地发奋著述，吟诗抒怀，留下名篇佳作；有的授徒讲学，振兴文教，由此推进了汉文化及传统文学在越南的传播和发展。这说明安南地区研究和学习汉文化已蔚然成风。有些越南士大夫还纷纷前往中国参加科举考试，不少人还在当时的中国王朝担任官职，比较有名的有姜公辅、姜公复、廖有方等。

公元 939 年，吴权称王，结束了北属中国的时期，越南建立了自主的封建国家。但越南独立后相当一段时期内，历代君主仍以儒学作为统治的精神支柱，举凡一切政令、建制、律典均效法中国，各种公私文牍皆依据中国文体。他们大力推广汉字并规定其为全国通用文字，汉字也由此被长期借用为越南官方文字。据经济日报出版社 2000 年出版的梁立基、李谋主编的《世界四大文化与东南亚文学》记载，越南统治者建文庙，塑周公、孔子及四配像，兴建国子监、国子院，诏天下学子入院学习四书五经，还仿照中国科举形式开科取士，其科目用中国唐诗、古体赋、汉体诏、四六体制、表等。越南历代科举推崇经义，讲究诗赋，其诗赋试法严格规定必须采用“唐律”“汉体”、《骚》《选》体或“李白体”等。这种自上而下的全面推行方式，也为中国汉文化在越南的传播创造了有利条件。汉语文字不但没有减弱，而且在历代统治者的提倡和鼓励下，在越南得到了大力发展。到了公元 1009—1225 的李朝时期，社会趋于稳定，人民对文化知识的需求不断提高，在没有民族文字的情况下，只好借助于汉语文字。李朝采取了很多文化措施，为汉语文学的发展繁荣创造了条件。据《大越史记全书》记载，1018 年派遣道清和尚到中国讲授《三藏经》；1031 年在全国修建很多寺庙，把佛教定为国教；1070 年在京都“修文庙，塑孔子、周公及四配像，画七十二贤像，四时享祀，皇太子监学焉”；1075 年，李仁宗第一次开设科举考试，选拔人才。同时，李朝统治时期建设国子监，重视人才的教育培养。此外，李朝还对从王室子弟到乡村儿童的教育都制订了统一的学规、教材等，规定凡人民子第，七八岁就要上学，先读《忠经》《孝经》《小学》《四书》，再读《五经》，并大量印行儒家经典著作，供全国百姓学习。这一切制度的推行，使汉语教学真正成为国学，历代朝政及其相关机构还累计培养出了 2906 名汉学进士，其中有名的状元就有 56 名。

另一方面，从公元前 3 世纪末开始，汉文书籍就通过汉文化教育的方式传入越南。汉文书籍的输入主要有以下几种方式：一是政府委派官员到中国采购书籍，二是中国文士的赠予，三是作为宗主国的中国政府颁赐书籍等。据刘玉珺的《越南汉喃古籍的文献学研究》记载，有学者查找到至今尚存的514种安南本中国书籍，计有经部39种、史部18种、子部406种、集部51种，包括四书五经、医家数术、宗教经书、诗文小说等。其中文学书籍有诗集《楚辞》和《唐诗合选详解》，章回小说《雷峰塔》（《新编雷峰塔奇传》），传奇《金云翘传》，笔记小说《世说新语补》等。另外，上海世纪出版股份有限公司、上海古籍出版社2010年出版的任明华的《越南汉文小说研究》也记载，输入越南的文学书籍还有文言小说《山海经》《搜神记》《幽怪录》《太平广记》《剪灯新话》《剪灯余话》《聊斋志异》《亦复如是》《听雨纪谈》《群谈采余》《坚瓠集》等，通俗小说《三国演义》《西游记》《包龙图判百家公案》《杏花天》《桃花影》《二度梅传》《玉娇梨》《平山冷燕》等。这类汉文学书籍受到越南读者的喜爱，也引起越南士人的模仿兴趣，并对越南汉喃文学的发展产生了重要影响。

20世纪50年代，越南的华人人口已突破百万，位于越南南方的堤岸更是享誉东南亚一带的著名华埠。越南的华文教育自近代以来得到蓬勃发展，尤其是南部华人众多的西堤一带更为出众，而北部的河内、海防等华人众多的城市中华文教育也比较兴旺。1907年，由闽籍人士谢妈延等创办的越南第一所华文学校——闽漳学校诞生于堤岸。之后数十年间，越南从南到北兴起多所华校，广肇、潮州、福建、客家和海南等各支华侨人士和帮会都大力参与对华校的资助与支持。20世纪30年代，西堤的暨南中学、海防的华侨中学、河内的中华中学等相继创办，又标志着越南华文中学教育的兴起。这一时期越南华文教育面向的对象主要是华侨子弟，并且和当时的中国教育部门有着比较密切的联系，其主要目的也是旨在陶冶华侨子弟对中华文化的认同及对祖国的热爱，希冀满足祖祖辈辈“心系故土，落叶归根”的心理夙愿。

1990年，越中关系正常化，随着汉语教学的复苏，汉语热又在越南不断蓬勃兴起。早在2009年越南河内大学中文系举办的“五十年汉语教学与研究国际研讨会”上，软世事的论文《汉语在全球化之传播与越南汉语教学现状》便指出："目前，越南全国开设中文系或汉语专业的高校共40多所，主要培养汉语本科生。具有汉语硕士学位授予权的只有河内大学、国家大学外语学院和胡志明市师范大学。全国至今没有汉语相关专业博士点。近几年来，由于经济社会各领域对汉语人才需求与日俱增，所以各高校都扩大招生，各校中文系或汉语专业招收汉语本科生少则30，多则200不等。估计我国各高校中文系或汉语专业每年招收2000人左右。此外，大多数没有开设汉语专业的高校一般也开设了汉语选修课。"面对全国拥有百万华人，其中约80万人生活在越南南部各省的现实，越南政府部长会议于1986年规定："在华人集中的地区，华人子弟可以学习华文，可以成立用汉语表达的文化文艺组织。"据此，华文被正式列入中小学课文之中，华文教育逐渐复苏，为日后的显著复苏奠定了坚实的基础。越南人民长期使用和学习汉字、汉语，使得越南在语言文字、宗教、饮食、服饰、建筑、文学作品等各方面都深深打上了汉文化的烙印，这为当今的越南汉语教育教学提供了有利条件，也使得越南汉语学习者具备了较为扎实的中国文化知识基础。

第三节　促进本国文学事业的发展

越南自古以来就与中国有着深厚的民族、政治和文化渊源。特别是从文化渊源方面来看，越南长期处于东亚汉文化圈内，两千多年来深受中国传统文化的浸濡与影响。从秦汉开始，越南使用汉字的历史就长达两千多年，其间创作的文学作品大部分也以汉字作为书写文字。从13世纪开始，越南出现以本民族文字字喃创作的文学作品。到了19世纪，法国在对越南进行军事侵略和殖民统治时期，开始逐步推动越南文字拉丁化的进程。1865年，法国殖民者创办的第一张用越南国语（拉丁化越南语）印刷出版的报纸《嘉定报》在西贡问世，此后不少拉丁化越南文报刊陆续出版，不少越南作家也开始用越南拉丁化国语进行创作。从19世纪下半叶开始至20世纪初，越南字喃文学逐渐被拉丁化越南语文学所取代。

对于当时的越南人而言，拉丁化越南语是一种新兴的越南文字，虽然比汉字和字喃易学易懂，但缺乏大量可供阅读的以拉丁化越南语书写的作品，因此当越南拉丁化国语被普遍推广之后，越南学者认识到应该把中国作品大量翻译成越南文的必要性，这就出现了 20 世纪上半叶纷纷译介中国小说和诗文的热潮。纵观越南汉喃文学发展的历史，中国汉文化一直是一股重要的影响力量，越南汉喃文学的出现与发展，离不开包括中国传统文学在内的汉文化在当地的传播与影响，并有力地促进了越南文学的蓬勃发展和繁荣。这主要表现在两方面：

一方面是中国传统文学对越南汉文文学的影响。在中国汉文化的传播与影响下，越南汉文文学也应运而生。越南汉文作者大多是具有汉文化知识背景的官员、文人和僧侣，以及喜爱汉文文学的越南君主。据越南社会科学出版社 1971 年出版的越南学者陈文理的《越南作家传略》统计，从公元 10 世纪至 1945 年，共有 850 名作家见于越南的历史记载，其中汉文作家 735 名，占作家总数的 86.5%。由此可见汉文作家及汉文文学在越南文学史上的重要地位，以及中国汉文化对越南汉文文学的重大影响。

早在公元前 207 年赵佗建立南越割据政权时，中原儒家文化思想已被推广到当时的象郡，中国诗书典籍《诗经》和《尚书》等也随着儒家文化的传播而输入越南，并且发挥着“化训国俗”的教化作用。至汉代三国时期，交趾太守锡光和吴士燮在当地建立学校，教导儒家经义，可以推测当时一部分越南人通过学习掌握了包括《诗经》在内的汉文化知识，并且能够以汉字作为书写工具，甚至能够从事汉文文学的创作。在越南北属时期，中越实际上融为一体，两地人员也互有往来，而且是在一个国家内部迁徙和流动，因此汉唐时期中原士大夫或文人在越南当地创作的文学作品，如三国时期被流放到交州并卒于当地的顾谭，其在交州发奋著述的《新言》20 篇，以及唐朝诗人杜审言、沈佺期等人在寓居越南期间创作的诗歌《初达瓘州》《雕州南亭夜望》《度安海入龙编》《旅寓安南》《题椰子树》《九真山净居寺谒无碍上人》《三日独坐雕州思忆归游》等，一方面无可置疑地归属于中国文学，另一方面也可以视为越南早期汉文文学。

有唐一代，唐王朝专门设置“南选使”，越南每年可以选送进士和明经到唐朝中央任职。唐朝在推崇经学的同时，也很讲究诗歌辞赋，科举考试中进士科还得考诗、赋各一篇，这种文教和科举制度有利于培养越南的文学人才。被称为“安南三贤”的爱州日南（今越南清化省安定县）士子姜公辅、姜公复兄弟和交州名士廖有方都到中原学习并举进士，姜公辅官至唐朝宰相，姜公复任唐朝太守，廖有方任唐朝校书郎。姜公辅能文善诗，其代表作《白云照春海赋》以细腻流利的文笔极力铺陈白云映照春海的美景，将诗赋的特色发挥得淋漓尽致，而且极富音律之美，另一篇《对直言极谏策》也曾名噪一时，享有盛誉。据暨南大学出版社 1999 年出版的饶芃子主编的《中国文学在东南亚》一书记载：廖有方与著名诗人柳宗元唱和诗篇，其创作的唐诗被柳宗元在《送诗人廖有方序》中赞誉为“有大雅之道”和“世之所罕见”，今存《题旅榇》一首七言绝句，收于《全唐诗》内。姜公辅、廖有方等人的汉文诗赋本身就是汉文学直接影响的产物，他们创作的诗文也同样具有双重属性，即一方面归属于唐朝文学，另一方面属于早期越南汉文文学。

据刘玉珺的《越南汉喃古籍的文献学研究》和天津人民出版社 2001 年出版的孟昭毅的《东方文学交流史》记载，越南于公元 10 世纪结束北属时期，此后中越建立起近千年的宗藩关系。伴随着中越之间政治关系的改变，以及越南政府以藩属国的身份连续不断地派遣使臣到中国求封、进贡、谢察、告哀等，越南汉文文学出现了一种新的文学现象和新的作品，即越南的“北使诗文”与“燕行记”。“北”和“燕”为越南人用来指代中国的两个词语，“北使”指出使到中国，“燕行”则意为中国之行，“北使诗文”指的是越南使臣在出访中国过程中所作的各体诗文。从丁部领遣使入宋以求结好开始，至越南沦为法国殖民地之前，每一朝越南君主都曾频繁地遣使燕行。由于越南的最高统治者对诗赋外交极为重视，将吟诗作赋与事关国体的政治事件等而视之，很多帝王甚至亲自参与外交的诗文唱和，因而派遣的使臣都是越南国内最优秀的学者和诗人，也由此产生了一大批北使诗文和燕行记。据山东教育出版社 2015 年出版的钱宁森、周宁主编的《中外文学交流史》之郭慧芬的《中国 – 东南亚卷》不完全统计，在越南现存的北使诗文中，有 82 种北使诗文，8 种燕行记，其中如：

（1）阮忠彦（1289—1370）《介轩诗稿》等；

（2）冯克宽（1528—1623）《冯使臣诗集》《梅岭使华诗集》《使臣华

笔手泽诗》等；

(3) 阮公基《湘山行军草录》《使臣日录》等；

(4) 黎贵惇《北使通录》《赏心雅集》等；

(5) 李文馥（1785—1849）《闽行杂咏草》《粤行吟草》《三之粤杂草》《镜海续吟》等；

(6) 阮述《往津日记》《每怀吟章》等；

(7) 潘清简（1796—1867）《使臣诗集》等；

(8) 阮宗奎《使华丛咏》等。

阮忠彦的《介轩诗稿》为现存最早的北使诗文专集，收录作者北使中国时所作的81首诗；冯克宽的《使华手泽诗集》等收录作者北使途中所作的咏物诗与唱和诗等，其《冯使臣诗集》广为流传；阮公基的《湘山行军草录》收录作者于1715—1716年北使时与友人的赠答诗，以及行经广西、江西、河北等地所作的歌咏风景名胜、历史事件的诗作324首；黎贵惇的《北使通录》写于1780年，此本燕行记记录作者于1760年北使的行程、使团成员、所携贡品、朝见礼仪、与清臣的交往、清朝官员的诗文等，《赏心雅集》则收录作者与清朝文士的唱和诗；李文馥共有8种北使诗文传世，为个人创作北使诗文集最多者，其中《闽行杂咏草》《粤行吟草》《镜海续吟》等收录作者于1831—1839年出使中国福建、广东、澳门等地时所作诗文；阮述的《往津日记》收录作者于1882年前往天津公干时所写日记，《每怀吟草》为其使华过程中所作的诗歌；潘清简的先祖为中国人，《使臣诗集》收录作者于1832年北使时题咏、即景、自叙、怀古、唱和等各类诗147首；阮宗奎的《使华丛咏》写于1742年，书中有中越两国文人的序言，诗歌内容包括伐送使团宴席上的应酬诗、北使途中题咏名胜古迹之诗，以及与正使阮翘的唱和诗等。在现存使节文献中，阮宗奎的北使诗文集版本最多，流传最广。

与越南其他汉文作者不同的是，越南使臣在北使过程中还与中国有着地理、文化和社会等方面的近距离接触，因而北使诗文除了在文化内涵上深受汉文化的影响，在时空上也常常与中国的自然山水和人文景观紧密相连。如阮忠彦《介轩诗稿》中的《岳阳楼》在抒写作者登临岳阳楼的感古怀今之情时，就化用了北宋文人范仲淹的名篇《岳阳楼记》中“先天下之忧而忧，后天下之乐而乐”的语句和寓意：“猛拍栏杆一朗吟，凄然感古又怀今。上浮鳌背蓬宫杳，水接龙堆海藏深。景物莫穷千变态，人生能得几登临。江湖满目孤舟在，独报先忧后乐心。”越南使臣在北使期间往往与中国士大夫和文人有着直接的交往，其大部分北使诗文集收录的不仅是越南使臣的作品，还有不少中国官员或文人的诗文，应该说是中越两国诗人共同创造的成果。越南流传最广的北使诗文集《使华丛咏》收录了不少阮宗奎与中国士人的唱和诗，如作者与淮阴文人李半村在金陵聚晤时相与酬唱的诗歌。越南汝伯仕与李文馥、黄健齐等人出使广东时，与当地名流唱酬属和，由此产生了北使诗集《粤行杂草》。而唱和诗也成为北使诗文中最主要的部分，并受到中国文人的关注，如武林人缪良编辑的《中外群英会录》主要收录中国文人与李文馥、汝伯仕、阮文章等越南使臣的唱和诗。中越士人也往往在赠答唱和中同气相投，结下深厚情谊，如中国文人盛庆线在给越南使臣裴文祺的信中赋诗道：“诗先客到情无尽，我后归春感不禁。此去长沙试垂听，汨罗激激咽寒音。”

越南使臣还通过请序题词、鉴赏评点和书信笔谈等方式与中国官员或文人进行文学方面的交流。据学者初步统计，至少有 16 种越南诗文集载有中国官员所作之序，如清朝使臣劳崇光为越南诗集《南国风雅统编》所作的序文，就被越南各种诗集反复刊载，流传颇广，以至于越南从善王阮绵审特意请人将自己的《仓山诗钞》送往广西，请已经任广西巡抚的劳崇光作序。劳崇光在《南国风雅统编序》中认为越南汉文诗歌“清奇浓淡，不拘一格。或抒写性灵，或流连景物，或模山范海，论古怀人，佳句好篇，美不胜收”，并认为其中杰出的作品已“登中华作者之一，而浸浸入于古”。不过，由于汉文在越南只是官方正式文字，并非越南人的母语和日常生活用语，尽管越南使臣具有高度的汉文化素养和文言书写能力，但大多数越南文人无法用日常汉语与中国官员直接交流，因此两国使臣和官员在进行文学交流时往往借助书面笔谈，如越南使臣裴文禩与中国官员杨恩寿于重阳节前夕在停泊的船上相见时，两人以笔谈的形式互诉友情，裴文禩还请杨恩寿为其诗集作序，临别时“命酒痛饮，即席成长歌，泪潸之随笔下”。由于中越两国使臣对汉文诗歌的共同爱好，因而双方能够超越国界而成为文学知音，并结下深厚的跨国情谊，而越南使臣在与中国士大夫和文人的交往中，也进一步受到中国传统文学的浸濡和影响。

从总体上来看，越南汉文文学的形成和发展与中国汉文化和传统文学的影响密不可分，其表现主要体现在：其一是仿效与借鉴包括李杜诗歌等中国传统文学的体裁形式，特别是“韵文类”中的诗、词、赋的体制基本上是从中国借鉴而来，如黎贵惇在编排《全越诗录》时，即根据中国“古体诗”与“近体诗”的划分方法，并模仿《全唐诗》的体例来编排该书。而越南汉文小说几乎全部采用典雅精致、富有韵味的文言，即使是章回体的历史演义，也是采用传统的文人话语；其二是接受与秉承中国文学“文以载道”和“诗言志”的传统观念。中国传统文学的“文以载道”和“诗言志”这两个重要的文学观念很早就传入越南，并受到越南文人的高度重视。越南文学研究者陈义在《越南古代文学中的文以载道观念揉说》中指出：“回顾古代越南文学批评史，我们看到存在着两个主要的文学观念：‘文以载道’即著文以传播道义和‘诗言志’即赋诗以表达自己的志向”。特别是“诗言志”的文学观念被越南文人视为作诗的重要准则，如越南15世纪文史家潘孚先在《新刊〈越音诗集〉序》中写道：“心有所之必形于言，故诗以言志。”越南历代汉文诗人也往往将诗歌作为寄托个人情志的表现方式。越南名将范伍老在《述怀》中借用武侯诸葛亮来表达自己渴望建功立业的壮志：“横槊江山恰几秋，三军貔虎气吞牛。男儿未了功名债，羞听人间说武侯。”直至近代以来，越南著名的文学家、政治活动家潘佩珠（1867—1940）、潘周桢（1872—1926）等人，也以汉文诗表达自己反抗法国殖民统治的民族主义精神，如潘周桢的诗：“累累枷锁出都门，慷慨悲歌舌尚存。国土沉沦民族悴，男儿何必怕昆仑。”越南国父胡志明（1890—1969）主席的《狱中日记》收录了他在1942—1943年被国民党关押在广西监狱时创作的100首汉文诗，其中《秋感》一诗抒写了作者为民族解放事业而不惜牺牲个人自由的崇高精神：“去岁秋初我自由，今年秋首我居囚。倘能裨益吾民族，可说今秋值去秋”；其三是广泛吸收与借鉴中国传统文学的材料、内容、表现形式和艺术手法。在儒家学说和中国文学传统浸润下走上创作道路的越南作家，由于本国可征历史尚短，民族书面文学及雅文化传统又正在生成之中，因此许多汉文作家在创作过程中常常自觉或不自觉地摄取和袭用中国传统文学的内容和材料。越南国土大部分处于热带，没有明显的春夏秋冬四季循环，有些汉文诗摄取中国传统文学中常见的意象或景物入诗，如黎圣宗（1442—1497）的《平滩夜泊》中“红叶山林龙雨霁”的“红叶”，阮廌的《题黄御史梅雪轩》中的“梅”与“雪”等。而邓陈琨（1710—1745）那首被誉为“千古绝唱”的长篇七言乐府诗《征妇吟曲》，则被认为是全部采用“中国典故”以及拣摘中国“古典诗文”以拼联成曲的“集古”之作，如诗句“妾有汉宫钗”“妾有秦楼镜”“何啻姮娥妇，凄凉坐广寒”“回首长堤杨柳色，悔教夫婿觅封侯”等，其中袭用最多的就是李白的诗句，如“今朝汉下白登城，明日胡窥青海曲”就来源于李白的“汉下白登道，胡窥青海湾”。可见中国传统文学对越南汉文文学的影响十分广泛而深远。即使20世纪初以后汉字不再成为越南的官方文字，但越南爱国志士和革命家潘佩珠、阮尚贤、潘周桢、黄叔抗（1876—1947）等人仍然以汉文创作了一批投枪、匕首式的作品，越南国父胡志明主席也于20世纪40年代创作了汉文诗集《狱中日记》。正如越南学者所指出的那样，在越南民族还没有自己的文字（或者说还没有自己的正式文字）时，越南人用汉字表达自己的思想感情，其中大部分对民族意识、国计民生、文学发展有影响的重要文学作品都是用汉字写成的。可以说，在越南汉文文学产生和发展的过程中，中国汉文化和传统文学发挥了巨大的作用。

另一方面，是中国传统文学对越南喃文文学的影响。汉字在越南是传播儒学的最本质的工具，所以汉字又被称为“儒字”“圣贤的字”。但汉字毕竟是外来语言文字，与越南人的语言不相一致，这就导致越南人的书写文字和语言与现实生活和日常用语产生严重脱节的现象。随着越南社会的发展，尤其到13世纪越南陈朝时，由于政治上取得巨大成就，越南人民的民族意识大大增强，人们迫切要求用适合自己民族语言的工具来记录语言，以便流畅地表达自己的思想感情，在这样的历史条件下，越南渐渐形成了自己的民族文字——字喃（或称“喃字”）。

字喃是在汉字的基础上，运用形声、会意、假借等方式形成的越南民族语言文字。它是一种复合体的方块字，每个字的组成都需要一个或几个汉字，其中一部分表音，另一部分表意，如汉字的“天”字，字喃里上半部的“天”是表意部分，下半部的“上”是表音部分。还有些字喃是借音字，只借用汉字的音，不用其意，如汉字的“塘”字被字喃借用来表示“路”的意思，已失去汉字原本的意义。字喃是越南人民对汉字的一种改造和利用，它虽然已经成为越南的民族语言文字，但与汉字还是有密切的关系，因为如果不先懂得汉字，就无法认识字喃。与汉字相比，字喃显得笔画繁多、组合繁复、结构复杂，唯一的优点就在于它能够与越南的民族语音相契合。

越南喃文文学的创作主要兴起于易于口头记诵的韵文体裁即诗歌当中。越南正史中关于喃文文学创作的最早记载，当属《大越史记全书》中所载的陈仁宗绍宝四年（1282 年），“时有鳄鱼至泸江，帝命刑部尚书阮诠为文投之江中，鳄鱼自去。帝以其事类韩愈，赐姓韩。诠又能国语赋咏，我国赋诗多用国语，实自此始”。因此阮诠成为传说中第一个以越南“国语”（即“字喃”）赋诗的喃文作家，而越南诗人“赋诗多用国语”的局面也由此开始。

从 13 世纪末以后的数百年间，越南出现大量以字喃进行创作的作家及其作品。13 世纪末期，喃文文学的代表作家和作品有阮诠的《飞砂集》、陈光启的《卖炭翁》、阮士固的《国音诗集》等；15 世纪有《苏公奉使传》、《白猿孙恪传》（又名《林泉奇遇》）、《鲶鱼与蛤蚂》《贞鼠》等，其中《白猿孙恪传》是一部由 150 首共 1200 句国音诗组成的长篇叙事诗，写一位被贬谪到凡间的仙女与书生孙恪结为夫妇的传奇故事；16 世纪有阮秉谦的《白云国语诗》，其中收录 100 首七言八句国音律诗，其诗作多抨击道德败坏、趋炎附势的利禄小人，感叹社会的炎凉世态，其中也渗透着儒家与道庄思想。

18—19 世纪是喃文文学的全盛时期。西山王朝时期（1778—1802），阮惠钦定字喃为越南全国通用文字，诏书、敕令全用字喃书写，科举考试也改用字喃，因而促进了字喃的推广和应用，也促进喃文文学的进一步发展。这时期出现许多喃文作家和作品，除了黎贵惇、阮嘉韶、阮辉似、阮攸、阮廷熠、胡春香、清关夫人等代表作家及其作品外，还出现许多无名氏的作品，如《石生》《范公菊花》《宋珍和菊花》《贫女叹》《女秀才》《观音氏敬》《潘陈》《二度梅》《芳华》等。这些作品歌颂真善美，抨击假丑恶，具有强烈的现实性和浓厚的生活气息，有些还取材于中国小说或民间说唱文学，如《潘陈》和《二度梅》分别出自中国明代传奇《玉簪记》和清代章回小说《忠孝节义二度梅全传》。阮嘉韶（1742—1798）的代表作是《宫怨吟曲》，作者在这首长达356句的六八体长诗中，通过一位宫中美人的倾诉，哀婉缠绵地表达出深宫中的女子因色衰爱弛而遭到君王冷落的酸楚与痛苦，颇为动人心弦，被称为是“继《征妇吟曲》之后道出这个时期妇女痛苦的第二部作品”，在越南文学史上占有一席之地。阮辉似（1743—1790）的著作很多，但流传至今的作品只有一篇以六八体创作的长篇叙事诗《花笺传》。该诗取材于中国明代小说《花笺记》，内容叙述宰相之子梁芳洲与武将女儿杨瑶仙的爱情故事，在越南成书时只有1500余行的诗句，后经阮善、武大问先后修改润饰，成为1800行的长诗。作品中人物形象鲜明，情节曲折复杂，结构起伏有致，读来引人入胜。虽然由于作品中引用过多的汉音和典故影响了它的传播范围，但在越南的文学史上仍占有一定的地位。阮攸是越南最有代表性的古典诗人，其最负盛名的是《金云翘传》。《金云翘传》又名《断肠新声》或《金云翘新传》，俗称《翠翘传》《翘传》或《翘》，长达3254句，为作者取材于中国明末清初青心才人的同名小说而创作的一部六八体长诗，书名从三位主人公金重、王翠云、王翠翘的姓名中各取一字连缀而成。长诗围绕主人公王翠翘15年的坎坷命运和流离生活展开故事情节，表面上叙述的是发生在中国明朝嘉靖年间的爱情故事，实际上反映了越南封建社会走向衰败而面临变革的时代历史和各种社会力量之间的矛盾与冲突。阮廷熠（1822—1888）的代表作是六八体长诗《蓼云仙传》。这部长达2076句的诗传深受越南南方人民的喜爱，其地位影响堪比越南北方的《金云翘传》。《蓼云仙传》讲述青年学子蓼云仙的传奇经历以及他和乔月娥的爱情故事，其主题是歌颂正义和真挚的爱情，揭露社会的衰败和人性的沦丧。在法国殖民统治期间，这部长诗因为歌颂“正义”的主题被赋予新意，因而深受人们的喜爱并广为传诵。

这一时期出现了两位著名的女诗人胡春香和清关夫人，她们都是推动中国唐律诗体成功越化的主要贡献者。胡春香被尊称为“女诗圣”，著有《荡秋千》《菠萝蜜》《元宵》《咏扇》《夜织》等喃文诗，诗人将越南民间成语和歌谣运用到唐律诗中，对虚伪的封建礼教和道德加以揭露和嘲讽，取得强烈的艺术效果，广受越南人民的喜爱和欢迎，并受到越南学术界的充分肯定和高度评价。清关夫人原名阮氏馨，现存10多首诗歌，多为字喃唐律诗，最著名的诗作有《升龙城怀古》《访镇国寺》《过横山》《日暮思家》等。她的诗反映了社会变革时期贵族阶层中某些人依然思念故国的怀旧心理和思想感情，因而她被称为“怀古诗人”。清关夫人的喃文诗具有较高的艺术性和鲜明的民族特色，对促进字喃唐律诗体民族化的形成和发展做出了历史性的特殊贡献。

从总体上看，越南喃文文学的发展与中国传统文学的影响有着密切的关系，其表现主要为：其一是越南喃文诗学习与借鉴包括李杜诗歌在内的中国诗歌的格律形式。越南传统文学形式主要有韩律诗、六八体与诗传等，其中韩律诗、六八体都受到中国诗歌形式的影响。韩律诗又称唐律诗，是越南诗人仿效中国唐诗格律而成的。越南学术界一般认为，今日仍被称为韩律（唐律）的喃文诗体，首先是由黎朝末期至阮朝初期著名的女诗人胡春香所创，后经与她同时代的女诗人清关夫人进一步发展完善。由于这种诗体在长期使用越南本民族语言创作的过程中最终得到了彻底的越化，所以一直为越南人民所乐于接受，并被视为本民族传统诗歌的主要体裁之一。有学者把胡春香的喃文七言韩律（唐律）诗《游看春台》与中国唐朝诗人李商隐的七言唐律诗《无题》进行比较，发现二者从结构形式到主体格律都是相一致的，因此越南人在把这种诗体称为韩律诗的同时，又称之为唐律诗。有越南文学评论家曾言：“在越南从李朝（1010—1225）起，我们祖先对唐诗就接受了很多。不论作汉诗还是喃诗，我们古代诗人都用唐律诗。唐诗一旦在我国生根发芽，就茁壮成长与发展，并且取得很大的成就，胡春香、秀昌、阮劝等人的诗就是例证。”[①] 而六八体喃文诗则是越南民族文学韵文文体的典型代表，也是越南民间流传最为广泛的一种文学体裁。六八体以六言八言相

① 颜保．越南文学与中国文化［J］．国外文学，1983（1）：149－168．

间为主要句式，讲究平仄声更换，采用腰韵和随韵相结合的押韵方式。这种诗体也是在汉语七言诗的影响下产生的。越南乔莹懋（1854—1911）在《琵琶国音新传》的序言中指出：“我国国音诗始于陈朝韩诠，继乃变七七为六八，而传体兴焉。”六八体不仅在越南古典抒情叙事诗中常见，在传统民歌中也被广泛采用，是最能体现越南民族诗歌语言韵律特点的主要诗体之一。据越南国家人文社会科学中心阮春径的《歌谣作诗法》统计，在越南民间文学中，有90%的歌谣作品是用六八体创作的。这种诗体形式还被应用于越南汉语文学创作之中，如潘佩珠的汉文诗《思友吟山意卫寒欲放梅》就是采用双七六八体的诗歌形式创作的：“梅花早春来不再，酌三杯静待君候。云山一枕床头，归来蝶梦相求相游。徘徊月夜同孤，三更想象江湖散人”；其二是越南部分诗传（喃传）摄取与袭用中国传统文学的题材和内容。诗传是具有越南本土传统的叙事文体，它往往以人物的传奇经历为叙述单元，因此也被称为“事迹传”，其最主要的形式是六八体喃诗传，因此又被称为“喃传”，是一种适合于口头传播的讲唱文体，不少诗传演绎的内容就是中国明清以来的戏曲小说。

这里特别值得一提的是，毋庸置疑，在中越文学交流传播的过程中，不仅大大推动和促进了越南文学特别是传统文学和汉喃文学的蓬勃发展，中国文学同样在相互传播交流背景下取得了新的景观，丰富并拓展了自身的内涵和外延。

唐代是中国诗歌高度发展的时代，唐朝诗人杜审言、沈佺期等人在流放越南期间，以自己的文学创作或文学活动促进了汉文学在当地的传播和发展，同时由于不同的情感体验和审美感受创作出反映旅居生活的新诗篇，而这些诗作也成为中国文学的组成部分，如杜审言的《旅寓安南》、沈佺期的《初达驩州》《度安海入龙编》《题椰子树》等均被收入《全唐诗》，由此丰富了唐代诗歌的社会和文化内涵。不仅如此，在19世纪末至20世纪上半叶，黄遵宪、康有为、邱菽园、郁达夫等文人在新马一带创作的诗文作品，也以其独特的主题、内容和题材拓展了中国传统文学的内涵和外延。

中国与越南两国使臣间的文学交流活动，不仅推动了越南汉文文学的发展，为其保存了丰厚的文学遗产，同时也为中国留下了不少的使交诗文集。

从宋代开始，中国即派遣使臣出使越南，宋朝官员李度出使越南时著有《奉使南游集》，可惜未编撰成书。宋朝之后的历代中国使交诗文集有：元朝张立道的《安南录》、李克忠的《移安南书》、徐明善的《安南纪行》、陈孚的《交州稿》、萧泰登的《使交录》、文矩的《安南行纪》、智熙善的《越南行稿》、傅与砺的《南征稿》等；明朝张以宁的《安南纪行集》、王廉的《南征录》、林弼的《使安南集》、吴柏宗的《使交集》、任亨泰的《使交稿》、黄福的《奉使安南水程日记》、黄谏的《使南稿》、钱溥的《使交录》、吕献的《使交稿》张弘至的《使交录》、鲁铎的《使交稿》、孙承恩的《使交纪行》、徐孚远的《教行摘稿》等；清代吴光的《奉使安南日记》、李仙根的《安南使事纪要》和《安南杂记》、杨兆杰的《日南记事》、周灿的《使交纪事》和《使交吟》、邓延喆的《皇华诗草》、丐香的《越南竹枝词》、宝清的《越南纪略》、劳崇光的《奉使安南诗稿》等。这些记录中国使臣在越南的政治、社会和文学活动的诗文集，以及越南“北使诗文”和“燕行记”中所保留的中国士大夫和文人的诗文等，共同构筑起了一道亮丽的中国文学新景观。

第四节　推动本国文化观念的嬗变

中国思想文化在域外的传播与影响，如果从东亚算起已有千年之久。早在越南的书面文学肇端之前，中国“文以载道”和“诗言志”的传统文学观念便已传入越南，为越南文人所接受。诚如越南学者陈义在《越南古代文学中的文以载道观念揉说》一文中所言：“回顾古代越南文学批评史，我们看到存在着两个主要的文学观念：‘文以载道’即著文以传播道义和‘诗言志’即赋诗以表达自己的志向”。这种观念曾在越南文学史上发挥了积极的历史作用，产生了深刻的影响。中国传统文学所传承的忧患意识与爱国精神，以及“文以载道”“诗言志”的文学观念，不断指导越南作家们在创作实践中取得了丰硕成果，使其作品不时展现出强烈的伤时忧国的色彩。这在此不赘述，我们拟从另一个角度来探索阐发越南文学观念的变迁。

20 世纪上半叶，中越文学交流的文字载体发生了改变，中国文学在越南的传播出现了一些新的内容和特点，中国文学的越南语译本逐渐成为维系这一交流的主要形式。中国文学在越南的传播状况体现了越南国语文字推广的内在需求，因而融入了越南文字改革的历程。这一特殊语境下的中越文学交流案例，表明了对于越南文化现代“西方化”阐释的局限性。20 世纪初，随着汉字在越南文学创作中地位的下降，中国文学开始以一种全新的外国文学身份出现。出于对这一转变的考虑，学界对于 20 世纪初中国文学在越南的传播主要有两种不同的观点：一是以越南学者黎辉萧为代表，认为 20 世纪一二十年代是中越文学交流的空白期。这一结论应该是从汉语文学传播视角出发的；二是从文学接受的视角出发，探讨 20 世纪初出现的中国小说翻译热潮，认为这一时期中国文学对越南文化有非常大的影响。这两种不同的观点其实折射出了这样一个事实：即越南文字的改革对中越文学交流有着深刻的影响。20 世纪上半叶是越南文字改革的关键期，基于此，我们应力争将这一时段独立出来，认真梳理这一时期中国文学在越南的传播状况，并剖析其与越南国语文字改革的交集。

19 世纪末至 20 世纪初，越南教育制度发生了改变，新式学校代替了传统私塾，科举考试在越南各地陆续被取消，儒学经典在越南教育中的主体地位被打破，汉语文本在越南的传播受到了较大的限制，汉语文学的传播失去了一个重要的渠道。但是，中国文学并没有因此在越南绝迹。20 世纪上半叶是越南国语文字得以推广和普及的关键期，随着这一新文字使用的逐渐增多，中国文学越南语译本的传播逐渐成为中国文学在越南传播的主要形式，比如，除通俗小说、历史小说、才子佳人小说、武侠小说、鸳鸯蝴蝶派小说、抒情小说，以及《三国志演义》《水浒传》《儒林外史》《红楼梦》《聊斋志异》等中国古典名著均被翻译成越南文外，由著名翻译家南珍等人翻译的《诗经》《楚辞》《唐诗》《宋词》，以及李白、杜甫、陆游等人的诗歌译本也纷纷出版。这一新文学传播方式不仅维系了原本可能日趋微弱的中越文学交流，而且一定程度上建立了中越文学交流的新起点。在越南文字改革这一特殊语境下，中国文学在越南的译介传播依然取得了新的成就。

20 世纪前后，除了李杜诗歌在内的中国古典诗词外，一些中国古典通俗小说开始受到越来越多越南读者的青睐。17—19 世纪末，约有 500 本中国古典通俗小说在越南印刷出版，如《三国演义》《隋唐演义》《王昭君》等。20 世纪初，这些古典通俗小说开始陆续被翻译为越南语出版发行。这一时期的译作多是言情、武侠、传奇等题材的通俗小说。1907—1930 年，100 多种中国通俗小说被翻译过来，如《封神演义》《五虎平西》《西厢记》《双凤奇缘》《东周列国》《三国演义》《雪鸿泪史》等，它们除了以单行本的形式发行，也常通过报刊连载和选登。阮文永主编的《东洋杂志》连载了诸多娱乐性较强的通俗小说译文，如阮杜牡翻译的《西厢记》《再生缘》，潘继秉翻译的《三国演义》，以及阮橙铁翻译的《西汉》《东汉》等，都颇受越南读者欢迎。潘继秉在其 1909 年河内出版的《三国演义》译本序言中曾写到，我们安南人现在已经有很多学习国语了……不仅男子，就连妇女甚至年轻的姑娘和天真儿童也都能捧起书来读了。范琼主编的《南风杂志》上所选取的中国古典文学文本则多出自《隋唐演义》等传奇类小说，常带有一些猎奇和夸张的色彩，如《吴宝安弃家赎友》《卖酒者传》《黄粱美梦》《渭塘奇遇记》等。

如果单从题材角度看，武侠、传奇这类有历史色彩的文本传播并非新的风潮，只是这些文本的载体逐渐由汉文转为越南国语。真正在这一时期作为新风潮传入越南的是休闲性最强的言情小说。20 世纪初，鸳鸯蝴蝶派小说传入越南，其中以徐枕亚的作品影响最大最受欢迎。阮秋贤认为徐枕亚的小说在 20 年代的译介，是 20 世纪中国文学在越南的开端。从 1923 年 11 月至 1924 年 6 月，徐枕亚的《雪鸿泪史》在《南风杂志》第 77 期到第 84 期上连载，他的其他作品如《情海风波》《蝴蝶花》等后来也陆续传播至越南。从现存译本的情况来看，徐枕亚小说在越南的译介主要发生在 1923 年至 1928 年之间，出版地主要也是在河内。

值得一提的是，这一时期，中国文学的经典作品，如《史记》《孙子兵法》《战国策》《桃花源记》《岳阳楼记》，以及包括李杜诗歌在内的唐诗宋词等仍然是越南文人阅读的主流内容，大多仍以汉文的形式直接呈现。越南学者邓台梅认为，“20 世纪初期的革命运动，使汉文文学在越南国土上，达到了 8 个世纪以来所未有的高度完美。它好比油尽灯枯，放射出最后的光芒。"[①] 由此可见，虽然这一时期汉语文学在越南仍然占据主体，但这股掀起的中国古典小说和诗词翻译热一定程度上预示了中越文学交流方式的转换。

这股中国古典小说和诗词翻译热的兴起伴随着越南读者对新文字的接受。20 世纪初，法国殖民政府在教育、行政等方面培养了一批能够初步阅读，并愿意继续学习新文字的人。1917 年 12 月 21 日，印支总督颁布了《印度支那联邦公共教育法》，在越南全面废止汉字教育，并规定法越学校是越南人民接受教育的唯一途径；1919 年 7 月，顺化朝廷颁布《皇家诏旨》，全面废除科举制度。至 1886 年，越南南圻境内已经有 300 多所法越学校。1878 年，法国殖民政府通过使用越南国语文字的决议，不聘用、不晋升不能使用越南国语文字的官员。"法越学校" 的开办，殖民政府的行政手段，存在着一定的强制性。也就是说，此时新文字的推广一定程度上是被动的。对于越南国语文字的读者而言，对新文字的陌生感可以在短时间内克服，而对新文化的异域感却不是一时可以适应的。唐诗宋词和《三国演义》《隋唐演义》之类的中国古典文学作品，不仅语境优美，故事情节更是跌宕起伏，引人入胜，而且许多内容由于口耳相传的缘故，本就为人所熟知。这些有着浓厚历史色彩的中国古典诗词和通俗小说虽以越南语为载体，却展示了中国古典文学的精髓，体现了重仁、赞义、长情、寡欲、审美等中国古代传统的价值观内核。越南一直深受汉文化的影响，这些中国古代传统价值观已然深深地扎根于越南人民的心中。因此，这些作品以越南语的形式一经发表，便吸引了那些懂得越南语，渴望阅读的读者，使其不需要改变自己的阅读口味和文化基因便能轻松阅读。对文字外壳的陌生感通过熟悉的内涵得以部分化解。对于读者而言，这种阅读体验既满足了消遣娱乐的目的，又有助于提升对新文字的接受能力。

应该说，这一时期中国文学的翻译热潮很大程度上是由当时的读者市场促发的。以《雪鸿泪史》为代表的言情小说则在这种新旧文字更替的初期，为越南读者提供了一个可读性很强的文本模型。《雪鸿泪史》被认为是 "中

---

① 刘玉珺．越南汉籍与中越文学交流研究［M］．北京：中国社会科学出版社，2019.

国文学史上第一部用日记体写作的长篇小说”。从创作内容上看，言情小说一定程度上偏离了中国古典文学的创作轨道，反映的是中国当时较为现代的生活状况。从创作形式看，日记体为主的叙事模式夹杂着大量的诗词韵文。这类新旧夹杂、兼具娱乐性和古典性的作品，在20世纪初越南新文字逐渐推广之际掀起的翻译热潮，反映了越南读者在新旧文化更替之际，既有对新事物的求索，亦有对传统审美的坚守。对陌生文字的尝试和对传统审美的坚守成为中国文学译本在越南传播的最初原动力，也因此有力地促进了越南人民文化观念和价值观念的积极嬗变，使得越南人民在语言文字、宗教、饮食、服饰、建筑、文学作品等方面都深深打上了汉文化的烙印。毫无疑问，汉越文化的融合乃至冲突，不仅使得越南汉语学习者具有了一定的中国文化基础知识，同时还有助于减少汉语教育教学和推广普及中的一些文化词和与汉越词对应的传播得以简便化，扫除了一些交际用语和篇章教育教学中的文化障碍，为推动越南汉语文化教育创新奠定了坚实基础。同时，也为“文以载道”和“诗言志”的中国传统儒家文学观念，在越南作家的创作实践中进一步运用与丰富提供了更加有力的理论支持，尽管这种文学理论和价值观念在越南还远不如文学创作实践那样丰富，但依然有着十分积极的历史意义和现实意义。

本章参考文献

[1] 孙怡让．新编诸子集成（上）[M]．北京：中华书局，2001.

[2] 伏胜．尚书大传 [M]．上海：商务印书馆，1937.

[3] 范晔，李贤，等．后汉书 [M]．北京：中华书局，1965.

[4] 饶芃子．中国文学在东南亚 [M]．广州：暨南大学出版社，1999.

[5] 郭慧芬．中外文学交流史：中国－东南亚卷 [M]．济南：山东教育出版社，2015.

[6] 梁立基，李谋．世界四大文化与东南亚文学 [M]．北京：经济日报出版社，2000.

[7] 刘玉珺．越南汉喃古籍的文献学研究 [M]．北京：中华书局，2007.

[8] 刘玉珺．越南汉籍与中越文学交流研究 [M]．北京：中国社会科学出

版社，2019.

[9] 任明华．越南汉文小说研究［M］．上海：上海古籍出版社，2010.

[10] 孟昭毅．东方文学交流史［M］．天津：天津人民出版社，2001.

[11] 吴士连，等．大越史记全书［M］．越南内阁官版正和十八年重印本，1697.

[12] 陈文理．越南作家传略［M］．河内：越南社会科学出版社，1971.

[13] 陶里．越南华文文学的旧貌新颜［M］．澳门：澳门五月诗社出版，1993.

[14] 章以华．越南文字拉丁化变迁中的文化博弈现象研究［R］．浙江省社科联基金项目报告，2014.

第六章 寻找文化共源 加强人文交流

中国和越南两国山水相连，有着1347公里绵延的边境线，两国关系及传统友谊源远流长。越南独立前，其北部为中国封建王朝所管辖，在越南独立之后的1000多年中，中越又有着密切的交往。从秦代开始，就不断有华人迁徙进入越南定居，从而对越南整个历史时期的政治、经济、文化产生了重要的影响。可以说中越两国山水相连，历史相通，文化共源。近年来，在中国政府倡议的“一带一路”背景下，中越两国的党际交流持续深化，两党两国已形成了“同志加兄弟”的深情厚谊；人文交流呈现出不断升温的势头，特别是以孔子学院和汉语教学为引领的教育交流稳步加强；文化艺术交流日益频繁，互办文化年等多项重大活动见证了交流盛况；旅游交流带动了经济与人员往来，成为中越人文交流的亮点；卫生、体育、友好城市等领域的交流也日益扩大，取得了显著成效。进一步加强中越两国的人文交流，既面临巨大的历史机遇，更具极其重大的非凡意义。

第一节 中国文化对越南文化的影响

一、中国文化对越南文学的影响

中国文化对越南文学的影响主要体现在文字发展、文学创作等方面。

（一）中国文化对越南文字的影响

大约从东汉开始，汉字开始有系统和大规模地传入越南。到了越南陈朝以后，汉字已经成为越南政府以及民间的主要文字，此时大量的汉字著作开始出现，最著名的就是 15 世纪编撰的《大越史记全书》。值得注意的是，这些以汉字写成的文章和著作基本上并不按照越南语的文法规则书写，也不采用越南语的词汇，而是纯粹地用古汉语的文法写就。

随着汉语文字的流传，越南人创造了一种利用汉字的表义表音功能来拼写越南口语的新文字，俗称“字喃”或“喃字”。喃字据说创始于东汉末年的交州太守士燮，此后经过了用汉字来拼音，记写人名、地名、草木名、禽兽名的阶段，以及系统制作喃字以表意的阶段。喃字还对越南诗体“六八体”的创作产生了较大影响，六八体诗歌大多采用的就是喃文。

时至今日，越南文字虽然用拉丁字母书写，但其发音系统里还保留有 70% 的汉越音词汇。

（二）中国文学对越南文学创作的影响

中国人最引以为豪的古典文学四大名著《三国演义》《水浒传》《西游记》《红楼梦》，都以精装本、缩略本或画册等多种版本陈列在越南的各大书店中，其在越南的销售一直火爆，书中的故事情节也可谓是家喻户晓、妇孺皆知。中国古代文学作品特别是唐诗宋词、李杜诗歌，以及近现代文学作品在越南同样备受推崇。鲁迅的小说、杂文集，沈从文的小说《边城》，以及近年来在国内颇具影响力的实力派作家的不少作品如《废都》《玫瑰门》等小说，《手机》《无极》等影视作品也颇受越南民众欢迎。

越南文学名著《金云翘传》可谓是中国文学对越南文学创作影响的一个典型。约在 18 世纪末至 19 世纪初，越南著名诗人阮攸（Nguy 荟 nDu）到南京游学，他将我国余怀的《王翠翘传》及青心才人的《金云翘传》携带回越南后，整整花了一年时间，改写为越南文学名著—长篇叙事诗“喃传”《金云翘传》，并被搬上了越南舞台。该作品对越南近代文学的发展产生了深远的影响，其影响力可与中国文学史上的巨著《红楼梦》相当。

越南的很多著名诗人深受李白、杜甫、白居易等的影响，他们不仅模仿其创作意境、主题思想、风格特色，甚至直接化用其诗句，创作出了不少深受本国读者喜爱的伟大诗作。我们可以从中窥见中国文学对越南文学创作的影响之深广。

二、中国饮食文化对越南的影响

无论在言语、文化以及风土、农业和海产等等方面，越南都与中国南方相近，尤其是在历史上中国南方人不断地迁居越南，越南也接纳了不少广东、云南和客家人的饮食传统，对中国饮食文化在越南的传播产生了重要的影响。

（一）对越南茶文化的影响

茶作为中国饮食文化的一项重要内容，对世界各国的影响很大。越南语把茶称为“trd 或“che”（汉越语词，酷似广东话），从语言上就可以看出越南的茶文化受中国南方影响较深，再加上历史上广东人大量移居越南，也对中国茶文化在越南的传播起了较大的推动作用。

（二）对越南饮食文化方面的影响

我们以筷子和食品名称为例，中国文化对越南饮食文化的影响也很深很广。筷子在中国古代称为箸或筋，远在商代就有用象牙制成的筷子。在公元 7 世纪的时候，筷子就传入了日本、朝鲜，并在包括越南在内的东南亚国家和地区普遍使用。越南古时在文字上也称筷子为“箸”，现代越南语称为“difa”。中国不仅仅向越南传输了筷子，同时还输出了“筷子文化”，越南人拿筷子的手指、用法与中国人基本相同，使用筷子的禁忌也与中国人大致一样。在动用筷子前一般会都会说“请用”（xin m6i），这与中国的“各位请”是一样的。

至于食品名称，越南有很多具有浓郁中国特色的小吃或小食品。像水饺（sJicao）、豆豉（矗 u sf）、酱油（sidgiu）、烧麦（xium、ai）、馄饨（mi v 矗 n than）、油条（quifyi 等，这些词语的发音与广东话几乎一模一样。“油条“相传是中国古时候的人们因为秦桧以莫须有的罪名杀害抗金英雄岳飞，民间的老百姓为解心头之恨，就用面捏成秦桧及其妻子的模样放进油锅里炸，然后把他们俩吃进肚子。后来“油条”逐渐成为一种小吃，而“油条”在广东话里叫做“油炸鬼”，越语直接取最后一个字叫“quay”（越语发音为“鬼”）。仅此一例，就足以证明中国饮食文化对越南影响之深。

三、中国风俗习惯对越南的影响

越南习俗与中国习俗非常相近。比如越南有与中国几乎一致的十二生肖。越南人使用的十二生肖中只有 1 个生肖与中国不同，越南没有“兔”，只有“猫”。那为什么中国的“兔”到了越南变成“猫”了呢？真正原因已无从考证，一种说法是，当时中国的十二生肖纪年法传入越南时，“卯兔”的“卯”与汉语“猫”的读音相似，结果“卯年”误读成“猫年”；另一种说法是，当时越南尚没有“兔”这种动物，因此用“猫”来代替，“兔”也就成了“猫”了。因此，中国的“兔年”，在越南成了“猫年”。令人惊讶的是，在与越南人交往时，只要你说出自己的属相，对方马上就可以根据干支循环的计算方式推算出你的实际年龄，而且几乎每个越南人都可以做到这一点。

由于受中国文化影响，越南民间传统节日的时间和风俗，也基本和中国一样。比如：

（一）春节

越南的农历春节与中国一样，是一年之中最隆重、最盛大的节日。其主要的习俗也是送灶王、备年货、祭祖先、放烟花、贴春联、守岁等等，中国游客如果在越南过春节，一定会有在故乡过年的错觉。过节期间，还有许多的风俗讲究和传统民间活动，都能看到中国文化的影子。

（二）清明节

清明，越南语为“ThanhMinh”，这明显是一个来源于汉语的词汇（其发音很接近汉语的“清明”）。过节的时间和主要内容同中国一样，主要是祭祖、扫墓等。

（三）端午节

越南也是在阴历五月初五过端午节，最早也主要表现为对中国爱国诗人屈原的缅怀。他们的主要内容也是吃粽子、端午驱虫。在这一天，父母都会给孩子们准备很多水果，给孩子们身上戴五彩线编织的吉祥符，大人们会饮雄黄酒，并在小孩身上涂雄黄酒驱虫。越南人认为，吃粽子可以求得风调雨顺，五谷丰登。

（五）中秋节

中秋节也是越南人较为重视的传统节日。节日晚上，越南人除了吃月饼、赏月、观花灯、舞狮等外，在农村，青年男女还举行对歌，即“唱军鼓调”。中秋之夜的越南，孩子们都会拿着各种形状的灯笼，在月光下玩耍。而彩灯齐放在越南也是有传说的，这个传说还和我国的包公有关。传说中有条鲤鱼成精后害人，是包公为救民用纸扎了鲤鱼灯以镇之。所以中秋夜孩子一般是提鲤鱼灯出游玩耍，到了今天，鲤鱼灯还被赋予了长大“跳龙门”的意思。

从以上越南文化习俗可以看出，山水相连、历史相通的中国和越南，其文化也是共生共源乃至一脉相承的。中越拥有复兴“丝绸之路”的社会文化基础和现实需求，越南是“一带一路”建设的关键桥梁、合作伙伴和重要参与力量。

第二节　加强中越人文交流的重大意义

回望历史，早在2100多年前，中国汉代杰出的外交家、旅行家、探险家张骞（约公元前164年—前114年）两次出使西域，开辟了横贯东西、连接欧亚的陆上“丝绸之路”。同样，从2000多年前的秦汉时代起，连接我国和欧亚国家的“海上丝绸之路”也逐步兴起。陆上和海上丝绸之路共同构筑了我国古代与欧亚国家交通、贸易和文化交往的大通道，促进了东西方文明交流与人民友好交往。

进入21世纪，世界正发生着复杂深刻的变化，面对“百年未有之大变局”的国际环境，早在2013年9月和10月，中国国家主席习近平在出访中亚和东南亚国家期间，先后提出共建“丝绸之路经济带”和“21世纪海上丝绸之路”的战略构想，引起国际社会高度关注和有关国家积极响应。“一带一路”属于中国，也属于世界。“一带一路”倡议的目标之一是中国主导、广泛借力，以推动中华文化走向世界，并助力沿线国家文化的世界化。优秀文化都具有一个包容、兼容、易容的共同特征，即都能以开放的胸怀不断汲取异质文化的精髓而不断创新、创造、延续自身的文化。“一带一路”

沿线所能见到的不是一条条冷冰冰的铁轨，而是一条条以温暖的文化作轨的“心灵高铁”，是中国与沿线国家之间自觉的经济、文化双向运输、交流。中国作为运输总站的总调度，有责任保证条条运输线路都畅通、高效。因此，必须加强对“一带一路”沿线国家的国情、舆情、民情、政体、经济、文化等事关运输软硬环境的基础条件进行详细、差别化的调研和理解，基于科学规划、种子落地的原则，为中华文化国际传播政策的制定提供理论指导和实践依据，并找到“一带一路”中外文化相互交流的最佳路线，全面推动中国和沿线国家文化之间的多轨多向交流与传播，促进中华文化与世界文化的交流交融、共生共兴。

“一带一路”的战略倡议不仅对中国的发展进步有着重要的意义，对包括越南在内的沿线国家的推动作用更是十分显著。互信和相通是进行一切交流合作的基础，发展人文交流会让中越两国人民更加了解与交融彼此的文化和思想，让两国人民心意相通，因为人与人之间沟通情感和心灵的桥梁，是国与国加深理解与信任的纽带，进行文化交流是从根本上提高国与国之间各项合作的成功率。“一带一路”倡议的主旨就是走出去，开放国家，吸收外来优秀的文化和发展方式。早在中国共产党第十八次全国代表大会的政治报告中，就将人文交流置于了重要的战略位置，2017 年 7 月，中共中央总书记、国家主席、中央军委主席习近平主持中央全面改革领导小组会议，审议通过了《关于加强和改进中外人文交流工作的若干意见》，该文件指出：“中外人文交流是党和国家对外工作的重要组成部分，是夯实中外关系社会民意基础、提高我国对外开放水平的重要途径。”

（一）维护中国和平发展的国际环境

“一带一路”倡议的提出，为中国的对外开放发展提供了方便，为中国和越南等其他国家的交往提供了更加广阔的平台。和平与发展是当今世界的主流诉求，“一带一路”的战略倡议是和平的、开放的、发展的，而且也是无限的。“一带一路”是踏着历史足迹的荆棘之路，有经验借鉴，但更多的是在“无”中走出“有”来。披荆斩棘，方能阡陌相通，心心交流，才能同一律动。

文化交流交往是中越两国人民进行文化互通、增强彼此了解交融的重要途径，也是向世界各国人民展示中国未来发展方向，表明中国的发展态度、理论、制度等，让中华民族上下五千年的悠久历史文明和中国的文化底蕴为世界所知，坚定中国和平发展的态度，维护中国的大国形象，为中国和平发展营造一个良好的国际环境。作为积极促进新型经济全球化的重要实践方案，"一带一路"的倡议与实践，要求我们和包括越南在内的沿线各国都要做深做细工作，共同付出努力，维护好来之不易的和平发展环境与机遇，推动构建人类命运共同体，共创可持续繁荣发展的新世界。

（二）推动中越双边贸易关系的健康稳定发展

文化是一个国家的根脉，是一个国家的魂魄所在。文化互信是人与人交往的基础，也是国与国之间发展进步的重要基石。开展文化交流让各国将本国优秀的历史文明展现于人民面前，深化国家友谊，为未来的平稳发展合作提供保障。建立贸易互信是发展双边贸易的基础，只有深入了解彼此的历史文化才能做到真正意义上的了解和信任，信任可以消除彼此之间的怀疑和顾忌，让合作和交往更加通畅。因此，开展文化交流对推动中越双边贸易关系的健康稳定发展具有十分重要的作用。

中越两国是唇齿相依的邻邦，全面发展两国之间的关系既符合和平与发展的历史潮流，又符合两国人民不断提高的物质和文化生活的历史要求。据21世纪经济报道新闻披露，2021年中越贸易额首次突破2000亿美元大关。在各国经济仍在缓慢复苏的背景下，中越贸易仍蕴含着巨大的增长潜力。贸易额的迅速增长，是中越两国始终保持紧密合作、经贸关系行稳致远的结果。如今，中越两国又迎来了新的发展契机。2022年10月30日至11月1日，随着越共中央总书记阮富仲对中国进行正式访问，《关于进一步加强和深化中越全面战略合作伙伴关系的联合声明》正式发布。《声明》提到中越两国货物进出口、经贸投资合作、产业链供应链稳定、绿色发展等多个领域，为中越两国经贸发展奠定坚实的基础。2023年12月12日至13日，应越南共产党中央委员会总书记阮富仲、越南社会主义共和国主席武文赏邀请，中共中央总书记、国家主席习近平对越南进行国事访问，期间，两党两国领导人就构建具有战略意义的中越命运共同体达成共识，发表了《中华人民共和国和越南社会主义共和国关于进一步深化和提升全面战略合作伙伴关系、构建具有战略意义的中越命运共同体的联合声明》，这为中越关系提质升级指明了方向，意味着中越关系进入新阶段，为地区的和平稳定繁荣注入了更加强劲的动力。“中越情谊深，同志加兄弟”。目前，越南成为中国在东盟的最大贸易伙伴，而中国也是越南的最大贸易伙伴和重要外资来源地，而且在产业链、供应链等方面对越南经济发展具有难以替代的贡献。两国经济相互依赖性增强，对两国经济发展都起到十分积极的作用。特别是中越在对接“一带一路”倡议和“两廊一圈”战略、建设跨境经济合作区及基础设施互通等方面取得了非常好的成效，这使得两国贸易经受住了疫情的严峻考验，依然开展正常的经济合作，如2022年初落成的越南河内轻轨二号线项目成为两国地区合作一体化的重要成功案例。这表明中越为双边经贸合作提供了充分的政策保障，我们应当在“一带一路”倡议的大框架下，积极推动中越双边贸易关系的健康稳定发展。在阮富仲访华期间，中越两国领导人见证了中越间13份合作文件的签署，涉及政党、经贸、司法、文旅等领域，成果丰硕。随着中越友好关系的进一步深化，双方将会在多领域全面开花，可以预见，中越经贸合作的前景也将更加广阔。

（三）推动人类文明的发展与交流互鉴

人类文明的发展从来不只是一些发达国家的责任，世界各族人民都应为其而不懈努力，文化的进步是世界和平发展的基础，也是世界发展进步的保护伞。一个地球分为了226个国家和地区，每个国家和地区都拥有自己独一无二的历史文化，在各自的文化中都有优秀成果值得他人借鉴的地方，也有落后之处需要创新，如果只是一味地封闭自我而不交往不交流，很容易造成文化停滞不前的情况发生，此时文化交流就显得尤为重要了。进行文化交流可以将中国的优秀文化推送到世界舞台上，向世界展示中国的大国实力和文化底蕴，同时也能够了解其他国家的优秀文化，将整个人类社会的优秀文化统一，并在此基础上进行创新和创造，推动人类文明的不断发展。交流和借鉴是发展最基本的两个要素，显而易见，文化交流对推动人类文明的发展具有十分积极的作用。习近平总书记早就指出，文明因交流而多彩，文明因互鉴而丰富。文明交流互鉴，是推动人类文明进步和世界和平发展的重要动力。文明是多彩的，人类文明因多样才有交流互鉴的价值。文明是一个国家和民族的集体记忆。人类在漫长的历史长河中，创造和发展了多姿多彩的文明。不论是中华文明，还是世界上存在的其他文明，都是人类文明创造的成果。推动文明交流互鉴，可以丰富人类文明的色彩，让各国人民享受更富内涵的精神生活、开创更有选择的未来。

中华文明经历了五千多年的历史变迁，但始终一脉相承，积淀着中华民族最深层的精神追求，代表着中华民族独特的精神标识，为中华民族生生不息、发展壮大提供了丰厚滋养。中华文明是在中国大地上产生的文明，也是同其他文明不断交流互鉴而形成的文明。公元前 100 多年，中国就开始开辟通往西域的“丝绸之路”。汉代张骞于公元前 138 年和 119 年两次出使西域，向西域传播了中华文化，也引进了葡萄、苜蓿、石榴、胡麻、芝麻等西域文化成果。西汉时期，中国的船队就到达了印度和斯里兰卡，用中国的丝绸换取了琉璃、珍珠等物品。唐代是中国历史上对外交流的活跃期，据史料记载，唐代中国通使交好的国家多达 70 多个，那时候的首都长安里来自各国的使臣、商人、留学生云集成群。这种大交流促进了中华文化远播世界，也促进了各国文化和物产传入中国。15 世纪初，中国明代著名航海家郑和七次远洋航海，到了东南亚很多国家，一直抵达非洲东海岸的肯尼亚，留下了中国同沿途各国人民友好交往的佳话。明末清初，中国人积极学习现代科技知识，欧洲的天文学、医学、数学、几何学、地理学知识纷纷传入中国，开阔中国人的知识视野。之后，中外文明交流互鉴更是频繁展开，这其中有冲突、矛盾、疑惑、拒绝，但更多的是学习、消化、融合、创新，在不断地交流交往中，独具特色的中华优秀传统文化深刻地影响了世界，丰富了人类共同的精神文化宝库。

越南位于印度支那半岛东部，濒临泰国湾、北部湾和南海，与中国、老挝和柬埔寨接壤，国土形状呈 S 形，南北距离长达 1650 公里，但东西最狭窄处只有 50 公里宽，地形大概分为北部的红河平原、中部的山地丘陵、南部的湄公河三角洲三个重要部分。红河和湄公河两条大河形成的肥沃冲积平原，为水稻种植业提供了得天独厚的条件，湄公河三角洲也成为东亚农业单产最高的地区，使得越南养活了将近一亿的人口。这种南北狭长的国土特点使越南的地缘文明可以形象地称为“一根扁担挑两个米筐”。中国和越南在文化上非常接近，2000 多年来，从文字、姓名、习俗、农历、建筑、宗教、儒家思想或家庭价值观等，越南人均沿用了中国的许多文化，使得中国人去到越南都会惊讶于两国是多么的相似，两国民众的习俗、信仰、宗教、祭祖、寺庙、文学、文字乃至美食等都很相似。越南是中国东部沿海和中南半岛的连接点，由于长山山脉的阻碍，狭长的越南平原就成为古代中华文明向东南亚扩张的主要方向，当红河流域的越南政权独立后，成为了一个以农业为基础的官僚制国家，是东南亚汉文化程度最深、被中国同化程度最高的国家，它沿习了中国这个强大邻国的大部分体制和文化。古越南曾沦为中国的附属国或受到中国各朝代的强势影响，某些"越"部落的历史可以追溯到秦朝，并贯穿历史上大多数王朝。虽然越南有自己的文化和语言，但越南对其他文化的精华一直抱着开放的态度，所以越南吸纳了中国大部分儒家思想。越南人跟多数中国南方人和其他少数民族部落十分相似，有时很难区分，但其真正的历史始于红河三角洲（北越），"越族"部落和越南人长期以来一直与中国人通婚融合。越南是南亚人和傣族人的后代，民族构成上可以说是微缩版的中国，共有 54 个民族，但主要的民族京族（86%）确实有一定比例的中国血统。越南人学习了汉字的造字原理，并创造了自己的文字——喃字，让越南人得以阅读和理解越南口语。越南很早就向葡萄牙人学习如何制造大炮，何阮忠在投降中国后将这一技术传给了明朝人。欧洲殖民时期，越南人吸纳了拉丁语的音标符号，使得越南人的识字率大幅提高，这也使得越南人能够固定越南语和汉越词的发音（通过对舌头、嘴唇、嘴巴位置的详细描述），而中国表意词的发音已经明显变化，例如"Ngộ"（"我"）已经变成了"Ộ"。从这个现象上来看，越南其实并不是中国的微缩影，而是吸收融合了各种文化的精华。中国对越南文化做出过重大贡献，但越南文化与中国文化还是有着很大不同，其文明形态也主要为地缘文明和青铜、服饰、语言文字等文化文明。

上述一切为中越两国进一步加强文明交流互鉴奠定了良好基础。由此我们也可以看出，当今世界，人类生活在不同文化、种族、肤色、宗教和不同社会制度所组成的世界里，各国人民形成了你中有我、我中有你的命运共同体，都面临着许多共同难题，而中华优秀传统文化中蕴含的天下大同、美美与共、和衷共济、道法自然等思想理念，对解决人类共同面临的挑战具有重要价值，世界各国也有很多优秀文化值得我们学习借鉴。对待不同文明，我们需要比天空更宽阔的胸怀。我们应该从不同文明中寻求智慧、汲取营养，坚持平等、互鉴、对话、包容的文明观，弘扬和平、发展、公平、正义、民主、自由的全人类共同价值，推动各种文明交流互鉴，为人们提供精神支撑和心灵慰藉，携手解决人类共同面临的各种挑战，持续为丰富世界文明百花园贡献中国的文化力量。

第三节　以诗为媒，加强中越人文交流与文明互鉴

发展文化交流为"一带一路"提供了更多的方便，建设"一带一路"也为发展文化交流提供了更多的空间，两者相互融合、相互促进。发展文化交流与文明互鉴的意义显而易见，各国也越来越重视文化交流发展，但是在发展文化交流的道路上却不是一帆风顺的，文化和宗教上的差异性、经济发展不平衡等都对中国与越南开展文化交流产生或多或少、或显或隐的影响，我们应采取各种措施，切实改变不利局面。充分借助唐诗宋词等古典诗词的深厚底蕴与价值精神，以诗为媒介，发挥其魅力，搭建文化交流与文明互鉴的平台，则不失为一个心心相印、民意相通的好方法。

一场全世界范围内突如其来的新冠疫情，使各个国家国门关闭，社会停摆，文化交流停滞，经济遭受重创。在全世界人民互帮互助、同心抗疫的日子里，唯有日本在援助中国的抗疫物资包装盒上引用的中国古典诗句给全世界读者留下了深刻的记忆并深受启发。从日本给中国捐赠抗疫物资包装上引用的诗句、诗人黄亚洲给一名医护人员写的诗、媒体刊登的新闻、路边挂着的标语口号等中，我们再次感受到社会就是最好的课堂，眼前正在发生的一切，就是一本生动而深刻的教科书，责任、担当、感恩、珍惜，一切都能够从中感悟到。

"青山一道同云雨，明月何曾是两乡"。这是日本援助大连物资包装盒上写的诗句。出自我国唐代王昌龄《送柴侍御》："沅水通波接武冈，送君不觉有离伤。青山一道同云雨，明月何曾是两乡。"意思是"你我一路相连

的青山共沐风雨，同顶一轮明月又何曾身处两地呢？”诗中蕴涵的正是人分两地、情同一心的深情厚谊。也就是说，面对新冠疫情灾难，我们虽分处两地，但我们勠力同心，共克时艰。

“岂曰无衣，与子同裳”。这是日本援助湖北物资包装盒上写的诗句。这句来自三千多年前的古诗浅白且铿锵。诗自《诗经·国风·秦风·无衣》：“岂曰无衣？与子同袍。王于兴师，修我戈矛，与子同仇！岂曰无衣？与子同泽。王于兴师，修我矛戟，与子偕作！岂曰无衣？与子同裳。王于兴师，修我甲兵，与子偕行”。谁说你没有军装，我与你同穿一件战袍。面对突如其来的疫情，我们赋予它“同仇敌忾，鼓舞士气”的意义。

“辽河雪融，富山花开；同气连枝，共盼春来”。这是日本援助辽宁物资包装盒上写的诗句。日本富山县向辽宁省捐赠了1万个口罩，而装满口罩的箱子上则印着“辽河雪融，富山花开；同气连枝，共盼春来。”这首诗引用了我国南朝梁·周兴嗣的《千字文》：“孔怀兄弟，同气连枝。交友投分，切磨箴规。”诗中，“同气连枝”比喻同胞的兄弟姐妹。当辽河的冰雪融化时，富士山的花也开了。我们都是兄弟姐妹，寒冬一定会过去，美丽的春天一定会到来。

与此同时，2020年2月6日，钱江晚报一张照片被数百万人点赞，站着就睡着的护士张琪成了“网红”。当代知名诗人黄亚洲为她写了《她的梦是长脚的》。诗的内容是：防控疫情，是一场没有硝烟的战争。奋战在一线的白衣天使，是危急关头的逆行者。他们护佑生命，捍卫人民安全。战士，其实是穿上战袍的孩子。战“疫”中，人人都有责任与担当，都应学会珍惜与感恩。岁月静好，那是有人负重前行。

而贵阳六中高一年级语文老师陈赛文言文版的《钟南山传》，向这位大医精诚、大爱无疆，引无数医者竞折腰的老人致敬。

诗言志。的确，诗歌最能表达人们的内心情感，能够尽情地表达人们对生活、情感和人生的独特见解。诗歌向来是中华文化的瑰宝，凝结了作者的文学才智和艺术表现力，包含了丰富的文化元素和时代背景。特别是中华古典诗词以其高度的画面性、音乐性和意蕴性，不仅成为独树一帜的文体，更是以灵动的诗韵、雅致的诗意等美学特征享誉世界文苑。有道是：气象万千尽是诗，人生百态皆作词。斗转星移，历数千载之演进，一首首诗，一阕阕词，就是一段段时代传奇，诗词里有大漠孤烟、刀光剑影的江湖侠气，亦有杏花烟雨、杨柳枝头的红袖柔情。它们不仅展现了自然景观的壮丽多变，还细腻地描绘了人生的各种情感和经历，成为讲述悲喜人生、探秘幽微人性的有效载体；它们不仅具有高超的艺术价值，还能够通过优美的语言和深刻的意境，触动人们的心灵。以一言蔽之，中华诗词包蕴万千，是一座可资不断开掘深挖的金山富矿。

当下，我们必须高度重视网络时代多媒体的诗词传播问题，要紧紧抓住机遇，使中华诗词在网络平台上绽放出绚丽斑斓的风采。随着科学技术的不断发展进步，网络数字时代中华诗词的跨媒介再生产、再传播如日中天，线上线下的传播如火如荼。如果说电影、电视等传统媒介是诗词传播的显在力量，那么网络文艺这一新兴媒介则是一股巨大的潜流。无论是网络文学的叙事转化，还是网络影像的转译呈现，网络文艺正以多元的叙事载体、灵活开放的创意机制，与中华诗词不断碰撞交融，让中华诗词的斑斓与风姿在网络空间充分绽放。比如，“诗入小说”这一文学遗产已在网络文学中得以传承。在漫长的中国文学历史长河中，诗词不仅是一种文体，还作为一种元素，融入其他文体之中。尤其是唐代文言小说开创“诗入小说”这一新风尚后，古典小说这种具有史传传统的叙事文体也因此强化了诗的气质与韵味。而“诗入小说”这一文学遗产，已然在当下的网络小说中得以继承发扬。中华诗词作为一种表征古典语境的文化元素，与历史“穿越”类网络小说这一叙事模式自带的戏剧冲突具有天然的耦合性，“诗入小说”自然成了历史穿越小说的不二选择，网络小说的交互性、想象性与媒介性等特质赋予了古典诗词一种全新的身份，令其开启新型的叙事与美学功能，从而打开不同于古典时代的叙事与美学空间。在“诗入小说”的历史穿越网文中，穿越者凭借对诗词知识的占有，成为“出口成章”“才气纵横”的诗词“大家”，从而驰骋于各种文才比拼的场合，甚至诗词还能成为武器，用以征战沙场、所向披靡。这种自由恣意既满足了网友的自我代入欲，又制造了震惊式的喜剧感。可以说，作为流行媒介，网络文学拥抱中华诗词，是对中华诗词文化传播的助力；作为新兴媒介，网络文学融合中华诗词，是优秀传统文化创造性转化与创新性发展的有益尝试。

又比如，线上鉴赏已为中华诗词的传播插上了腾飞的新翅膀。如果说与中华诗词文化的全面呈现还有一定距离的“诗人小说”只是故事的点缀，那么网络散文、短视频则以诗词品读的路径，从广度上展现丰富、多元的诗词世界。本世纪以来，一些出身网络的作家们纷纷投身于诗词鉴赏类散文随笔写作的风潮，他们熟稔大众口味与网络写作特质，一改传统诗词鉴赏写作学术化的“高冷”模式，以大众的视角、亲民的口吻、通俗的解读、诗情画意的笔致，开创诗词鉴赏随笔的网络模式。而各种诗词网络短视频则打破文字单一模式，结合短视频视觉化、轻便化优势，借用各种文艺形式演绎古诗词，包括“说唱+古诗词”“舞蹈+古诗词”“戏曲+古诗词”“小剧场+古诗词”“吟诵+古诗词”“沙画+古诗词”等。这些诗词短视频有着诗词网络随笔的影子，同样具有抚慰人心的解读、真挚动人的情感和文采斐然的语言，同时还有独特的“慢”读视角，包括“慢”文本的选择、“慢”读的氛围和“慢”人生的领悟等等。这种古今融合、中西化用、专兼互补的诗词鉴赏类网络文艺，是中华诗词文化传播的中坚力量。

再比如，诗词纪录片已纷纷走红网络平台，充分展现出中华文化的深度与广度。中华诗词既有浪漫主义的想象，亦有现实主义的记录，内蕴一个时代的自然风物、历史人文、精神品相等诸多信息，是时代的注脚。“诗史互证”历来为史家青睐，而纪录片纪实性的本体特质符合历史叙事的要求，是“以诗说史”的良好载体。因此诗词类网络纪录片的内容基本采用“以诗说史”的方式，由诗词勾连诗词家的个人史、地域文化史和时代变迁史等，从深度和广度上探寻中华诗词的天地。网络上广受欢迎的大型历史名人纪录片《李白》，就是以李白人生重要节点的诗歌篇章，贯穿、勾勒其一生，再现了这位唐诗巨匠波澜壮阔的人生轨迹与浪漫高洁的精神品格。古人云：“地者，万物之本原，诸生之根菀也。”没有大漠雄浑壮丽的风光，就没有“大漠孤烟直，长河落日圆”的千古佳句；没有黄河呼啸奔腾而去，就没有“三万里河东入海，五千仞岳上摩天”的动人诗篇；没有庐山瀑布的大气磅礴，就没有“飞流直下三千尺，疑是银河落九天”的美丽想象。中华诗词里潜隐着地缘文脉，一首首诗篇串联起来，呈现出的就是一幅生动的华夏地理版图，表达着缱绻绵绵的人文情感。《诗词之旅》《江南文脉：诗词篇》等在网络上广泛传播的纪录片作品，都以诗词地缘的视角，在诗词品读的基础上进行史海钩沉，探寻诗词背后的地理人文景观。在众多网媒中，纪录片在完整度、纵深度和真实度层面，超越其他媒介，与诗词美学、诗词文化传播的初衷最为接近。这些采用纪实性话语方式，体量较大，考据翔实，内容专业，追求知识密度与思想深度的纪录片，是中华诗词传播的又一生力军。在网络文艺的助力下，“曲高”的中华诗词已不再“和寡”，正一步步走进大众生活，在春风化雨中向阳绽放。

常言道，文学没有国界，诗歌更是如此。我们欣喜地看到，自 20 世纪以来，越南很多大中小学不仅积极开展中文教育教学普及中国文化，一些知名大学和师范院校还纷纷成立中文系或中国文学研究中心，专门研究和传播包括唐诗宋词、李杜诗歌在内的中国文学。另据人民网报道，2022 年 7 月 26 日，越南“中国文学读者俱乐部”在胡志明市正式成立，并成功举办了俱乐部首场活动，座谈中国相关文学作品，部分中国作家、中国驻越大使馆文化参赞、越南胡志明市作协主席、文化公司经理及对中国文化、文学、语言感兴趣者等各界人士和当地作家、编辑、翻译家、大学生等参加了活动，活动同步在越南 CHIBOOKS 官网上直播。这一切都将对包括唐诗宋词、李杜诗歌在内的中国文学的研究和传播发挥积极的助推作用。我们完全有理由提出，在人文交流和文明互鉴中，我们应抓住机遇，顺势而为，以诗为媒，用中华诗歌架起沟通的桥梁，与越南等“一带一路”沿线国家定期举办线上线下的中国诗词大会、中国诗歌朗诵会、中国诗歌研讨会、中国文化节等等，引领国内外受众走进中华诗词的天地，让沿线人民特别是诗歌爱好者读诗词、品诗词，增益人生，品味中华诗歌背后的文化背景和时代特色，领略中国传统文化的底蕴和审美精神，以中华诗歌的独特魅力演奏出美妙的乐章，推进中华文化稳步走向世界，融入世界，让中华文明不断绽放出绚丽之花。

此外，我们还应该在加强战略对接，整合现有机制的人文交流功能、利用有效的媒体平台，推出中国文化品牌、以“文化交流周”“文化交流年”“孔子学院”“孔子课堂”“汉语桥”等文化交流项目促进民意相通、加大专门人才储备，推动中越研究机构的发展及人文合作等等方面，不断加大人文交流与文明互鉴的力度，积极开展中越文化交流互鉴的“暖心工程”，实现文化互融、民意相通，从而讲好中国故事，发挥好中国文化软实力的功能。

本章参考文献

[1] 习近平. 文明交流互鉴是推动人类文明进步和世界和平发展的重要动力 [Z]. 求是杂志，2019 (9)：1–9.

[2] 孙宜学. “一带一路”与中华文化国际传播 [M]. 上海：同济大学出版社，2019.3.

[3] 胡慧茵. 双边贸易额突破2000亿美元 中越经贸合作再添新动力 [N]. 21世纪经济报道，2022–11–3.

[4] 新华社河内电. 中华人民共和国和越南社会主义共和国关于进一步深化和提升全面战略合作伙伴关系、构建具有战略意义的中越命运共同体的联合声明 [N]. 新华社，2023–12–13.

[5] 赵敏，李健. 网络文艺绽放中华诗词的斑斓与风姿 [J]. 央视网，2023–10–19.

[6] 戴楷然. 越南“中国文学读者俱乐部”正式成立 [N]. 人民网，2022–7–29.

附　录　论唐诗的可视化传播

——以电影《长安三万里》为例

近几年，国家出台了一系列大力发展中华优秀传统文化的相关政策，古典诗词作为中华优秀传统文化的精髓，在媒介技术进步的今天，已从传统的文字形式转向视觉影像形式。笔者通过查阅 CNKI 中国知网、万方数据库等相关研究成果和阅读相关的文献发现，研究古诗词文本与影像的创新融合的成果大多为文化类综艺，从电影入手的较少。但是电影作为主流媒介，不仅保存和传承了传统文化，还提升了大众的审美能力，并加快了跨文化传播的进程。通过电影，观众可以直观地了解传统文化的价值，激发对古典诗词的兴趣，增强对国家文化的认同感和自豪感。同时，电影作为一种跨文化的艺术形式，突破了语言和文化的障碍，促进了中华文化的国际传播，增进了不同文化之间的相互理解和尊重。

中国古典诗词，尤其是唐诗，是中国文化的宝贵艺术遗产，不仅具有独特而丰富的艺术魅力，而且对中国文化产生了深远的影响。随着信息时代的发展和技术的进步，唐诗通过各种媒体形式得到了更加广泛的传播与推广。其中，电影作为当代流行的大众文化形式之一，成为唐诗可视化传播的重要载体。以唐朝为背景的历史题材电影《长安三万里》作为一个实例，通过将唐诗融入情节和视觉画面，不仅展现了盛世唐朝的文化底蕴，让观众直观感受到唐诗的美感，同时也提高了公众对唐诗的理解和欣赏，推动了唐诗的传播。本文旨在分析电影《长安三万里》中唐诗的选择、诗意的处理以及传播方式，探讨电影作为媒介对唐诗传播的影响力和效果，为唐诗的传承和推广提供新的视角和思路，使唐诗的可视化作品成为传播中华优秀传统文化、弘扬社会主义核心价值观、提升民族文化自信，以及抵御西方文化侵袭的文化软实力的有力支撑。

本研究过程采用文献研究、个案研究和定量研究等方法，全面分析电影《长安三万里》的背景、内容及其可视化手段，总结唐诗在电影中的呈现形式与内容特征，并通过观影人数和社交媒体数据分析，揭示电影对唐诗传播的影响力和效果。通过这些研究，为唐诗的传播与发展提供新的理论和实践参考。

一、唐诗的艺术特点

唐诗是中国文学史上的一座丰碑，它在世界文学宝库中占有举足轻重的地位。唐代（公元618—907年）是中国古典诗歌发展的黄金时期，这一时期的诗歌创作数量庞大，题材广泛，风格多样，至今仍为人们所广泛传颂。据统计，《全唐诗》中收录的诗歌有48900多首，这些诗歌涉及政治、社会、自然、哲学等多个领域，反映了当时社会的各个方面。其中李白、杜甫、白居易等人的作品影响深远，被后人尊称为“诗仙”“诗圣”“诗佛”等。唐诗不仅在艺术上达到了很高的水平，而且在思想内容上也具有深刻的意义，对后世产生了深远的影响。其创作方式多样，题材丰富，给后世的诗歌创作提供了很好的模板。同时，唐诗的高峰也促使了宋词等新的文学形式的产生，推动了中国文学的持续发展。作为中国乃至世界文化遗产中的瑰宝，唐诗艺术特点鲜明。

（一）形式特点

唐诗以五言和七言为主要形式，结构简洁明快、韵律和谐，通过押韵、平仄、格律等手法，使诗歌声调优美流畅，增添诗歌的韵律感和音乐性。五言诗语言细腻流畅，适合表达柔情婉约的主题；而七言诗则更加雄浑有力，适合表现豪迈奔放的情感。同时，唐诗还注重形象艺术，以简洁的语言使画面鲜明，让读者能够一目了然地抓住诗歌的主旨。

（二）语言特点

唐诗通常采用简洁明了的语言，追求形象的凝练和意境的深远。诗人通过精准的文字选择和细腻的描写技巧，将复杂的情感和思想用简洁的语言表达出来。唐诗的语言丰富多样，既有婉约柔美的表达方式，也有雄浑豪放的形式，丰富了诗歌的内涵。

（三）意境特点

唐诗以意境的呈现为核心，通过诗人的感悟和对自然、社会等的观察，营造出丰富多彩的意境。唐诗常常以景物描绘为主线，通过对景物的感性描写，勾勒出细腻的情感和抽象的思想。同时，唐诗还注重情景交融，通过意境的转换，使诗歌具有层次感和张力。

二、电影可视化传播的作用

电影作为一种可视化传播的媒介，在现代社会中发挥了重要的作用。相比于纯文字或口头表达，可视化传播更直观、易于理解，它能够通过视觉和听觉的方式将故事、思想和情感直观地展示给观众，具有独特的魅力和影响力，同时也通过故事和观点的表达引发观众的思考和反思。

（一）提供沉浸式的体验

电影可视化传播能够提供沉浸式的体验。通过精心构建的场景、角色和剧情，电影能够将观众带入一个虚拟的世界中，让他们身临其境地感受故事的发展和情节的转折。观众可以通过电影中的图像、音效和表演来感知和理解故事，从而更加深入地体会其中的情感和思想。比如《星际穿越》通过视觉效果展现了黑洞和虫洞的景象，以及星际旅行的壮丽场景，为观众提供了震撼的视觉体验，电影中的真实场景和逼真的特效图像，让观众仿佛置身于宇宙之中。《盗梦空间》利用音效技术创造了独特的梦境声音环境，通过环绕声和音效设计，为观众提供了沉浸式的听觉体验。电影中的声音效果与图像相结合，让观众感觉自己仿佛能够触摸到梦境中的物体。

（二）传递强烈的情感和观点

电影可视化传播能够传递强烈的情感和观点。通过电影的表演、配乐、视觉效果等手段，导演可以创造出各种不同的情感氛围，引发观众心中的情感共鸣。无论是喜怒哀乐，还是恐惧、希望、激励等情感，都可以通过电影直观地传达给观众。同时，电影也常常通过故事和角色的塑造来探讨和展示特定的观点和价值观，引导观众思考和反思。比如《战争与和平》中，通过战斗场面的宏大音效和细腻的环境音效，如炮声、马蹄声和冬日的风声，传达了战争带来的混乱、恐惧和残酷，以及人物在极端环境下的坚韧和勇气。《海上钢琴师》中，通过非线性叙事和 1900 的内心独白，传达了对于音乐、艺术和人生选择的深刻情感和观点，尤其是电影结尾处 1900 选择留在船上的决定，引发了观众对于命运和选择的深思。

（三）推动文化交流和跨文化理解

电影可视化传播还能够推动文化交流和跨文化理解。电影作为一种跨国界的媒介，能够将不同文化之间的故事和价值观传播给观众。观众通过观看来自不同国家和文化背景的电影，能够更好地了解和感受其他文化的风俗、习惯、思想和价值观，促进不同文化之间的交流与融合。比如《摔跤吧！爸爸》这部印度电影，通过讲述一个父亲培养女儿成为世界级摔跤手的励志故事，展示了印度文化中女性赋权和社会变革的主题，电影在全球范围内的成功，促进了印度文化与其他文化之间的交流和相互理解。《三傻大闹宝莱坞》这部印度电影通过幽默和批判的方式，探讨了教育系统、家庭价值观和社会规范等主题，电影在全球的流行，促进了印度文化与其他文化之间的交流，并帮助观众更好地理解印度的社会和文化背景。

三、唐诗在电影《长安三万里》中的呈现

（一）电影《长安三万里》概述

1. 主题内容

《长安三万里》以盛唐为背景，讲述安史之乱后，整个长安因战争而陷入混乱，吐蕃大军入侵西南，大唐节度使高适在长安城与吐蕃军队交战，但屡屡失利，长安岌岌可危。困守孤城的高适向监军太监回忆起他与李白相交的数十载春秋情景，影片主要呈现了高适与李白相识和相知的七个片段。

第一次相遇是在洞庭湖畔。高适是左武卫大将军之子，自小饱受期望，然而他不擅长读书，学习进展缓慢，好在武艺颇为出色。在父母去世后，他心怀抱负，希望能够前往长安，实现父亲未竟的理想，为国家效力。途中，他遇见了李白，并救了他一命。李白性情豪放，于是两人结伴前往黄鹤楼。当时的唐朝正处于盛世，年轻人都怀揣着雄心壮志，却也深感阶级固化，寒

门难以出头，商人之子更是无法通过举荐来进入仕途。于是，两人一同登上了黄鹤楼，李白借酒消愁，无意间却看到了崔颢的诗句，深受震撼。随后，两人暂时分别，李白回扬州继续从事诗词创作，而高适则前往长安追求功名，他们共同约定一年后再度相聚。

第二次相见是在扬州。在长安屡屡受挫的高适，希望通过玉真公主的引荐，在岐王府展示自己的枪法。在这里，他遇见了以琴音追逐理想的王维。然而，高适的枪法并未赢得玉真公主的欣赏。一年的时间过去了，扬州之约到期，高适来到了扬州，目睹了这座繁华灿烂的城市。李白在扬州声名鹊起，人人皆知。花天酒地，纷繁的诗舞与美人，夜夜笙歌，高适并不喜欢这种生活，因为他一直梦想着为国家建功立业。在与裴家子弟比试的过程中，他突然意识到，即使剑法再出色，也难以实现抱负。在那个时代，裴家之女更不太可能凭借才华获取功名。对于这个世道的不公，他感到愤慨，也认识到自己应该更加努力。于是，他决定回家勤学苦练。

第三次相见是在高适的故乡。经过三年的努力，高适一直在学习诗词和磨炼枪法。三年后李白找到他，告诉他自己的父亲去世了，自己一度浪费金钱挥霍如土，被哥哥赶出家门，差点因病在扬州丧命。李白即将入赘许家，这在当时是最大的耻辱。他找到高适，希望高适陪同他一起去询问好友孟浩然对他做赘婿一事的看法，如果孟浩然说“否”，他就放弃。然而，孟浩然的回答是“当!”高适心生不忍，留下一个“否”字后便离开了。

第四次相见是在驿站。数年过去了，高三十五（高适）通过赢得相扑比赛进入蓟州军中，成为马队的领导者。在他们奋勇作战的时候，却发现蓟州将领在营帐中宴饮美食，美人相伴。这样的景象让他对军中的未来感到不安。他写下一首诗，偶然与李白再次相遇。李白告诉他安禄山心怀叛意。李白打算上书朝廷，两人商讨之时，遇见了郭子仪。正巧郭子仪也受到军队的追杀，高适前去求情，李白保护郭子仪，三人在这次事件中结下了深厚的友谊。

第五次相见是在长安。十年过去了，李白声名鹊起，寻求仙道，凭借玉真公主的推荐，进入翰林院，邀请高三十五一同前往长安寻求功名。来到长安后，一众官员纵情酒宴，放纵不羁。而李白更加放荡不羁，较之扬州时更甚。高适并不喜欢这样的场景，只是看了一眼就离开了。

第六次相见是在商丘梁园。几年过去了，杜甫和李白寻找高适回到了他的故乡。当时李白因为被人嫉恨，诗作被误解，名声一度下降，随后他想要皈依道门。在高适的陪伴下，李白投入了道门，并成为一位圣人。众多诗人饮酒作诗，李白也创作出了让后人惊叹的《将进酒》。那一天之后，高适脱离驻防，加入了哥舒翰的部队。

第七次相见是在黄鹤楼。数年间，安禄山谋反，哥舒翰带领大军平叛，高适竭尽全力，最终哥舒翰牺牲，高适逃出重围，告知安禄山叛变的消息，但却遭到叛军的追击，天下陷入混乱。在这一过程中，高适凭借自己的才智，平定了永王之乱，成为淮南节度使。然而，他得知李白投降了永王，面临处死的命运。高适无法直接救他，最终通过郭子仪的帮助，保住了李白的性命。从此以后，两人再也没有相见。

整部影片就是这样，通过高适与李白相识和相知的七个片段，向观众呈现了盛世唐朝的深厚文化底蕴。

2. 风格特色

《长安三万里》是由谢君伟和邹靖导演的追光动画新文化系列中的一部重要作品，其创作风格非常独特，以动画的形式展现出了唐代的繁华和细腻。

首先，该电影的创作风格注重对唐代文化的还原和再现。电影中的人物形象非常细腻，动作也非常流畅，让人感受到了唐代文化的韵味和魅力。此外，电影中还运用了大量的唐代建筑、服饰、器物等元素，使得整个电影场景充满了浓郁的唐代气息。

其次，该电影的风格还体现在对唐代诗歌的运用上。电影中的配乐和歌曲均采用了唐代著名诗人的作品，如李白的《将进酒》、高适的《别董大》等。这些诗歌不仅展现了唐代诗歌的艺术魅力，也让观众能够更加深入地了解唐代诗歌的风格和特点。

最后，该电影的风格还体现在对动画技术的运用上。电影中运用了大量的三维动画技术，使得整个场景和人物形象都非常逼真和生动。此外，电影中还运用了水墨风格的定格动画，这种动画形式让人感受到了中国传统绘画的韵味和魅力。

（二）唐诗在电影《长安三万里》中的呈现

1. 从诗集到电影的循环往复

《长安三万里》实现了一个诗与影的梦幻联动，它是一部从诗集到电影，又从电影回到诗集的作品。贯穿始终的一部诗集叫做《河岳英灵集》，电影中出现的诗人除了杜甫，其他都是《河岳英灵集》当中选录的诗人，例如李白、王维、白居易等。电影取材于这样一部集子，把里面涉及的诗人和诗作，用一个完整的故事呈现出来，将这些诗人诗作通过视觉化呈现和配乐，展现了唐代文化的独特魅力和诗意，这是从诗集到电影的过程。但因《河岳英灵集》是唐代人所著，缺乏现代视角的讲解，于是追光动画、青年学者韩潇和中信出版创作编写了《长安诗选》，能够让观众在看完电影后更进一步地了解诗人和作品，这是从电影到诗集的呈现过程。

2. 以48首名人名诗呈现大唐绚烂画卷

电影《长安三万里》以全新的思路呈现出一幅由唐诗浸染而出的绚烂画卷。影片用48首唐诗，串联起高适和李白跨越数十年的情谊，大部分是李白、高适、杜甫、王维、白居易等唐代著名诗人的作品。其中李白的诗作有21首，高适诗作有4首，其余诗人共计23首。影片将观众带回盛唐时期，感受璀璨时代下，才情恣意的恢宏群像，和这群时代诗星独有的才气和志气。其中我们耳熟能详的诗作有李白的《将进酒》《行路难》《采莲曲》《静夜思》《早发白帝城》《黄鹤楼送孟浩然之广陵》、高适的《燕歌行》《别董大》、王维的《相思》、杜甫的《望岳》等。

电影中的唐诗布局非常巧妙，选取的诗作都是有一定的叙事布局，诗歌的表现原则是要符合当下的故事情节和人物情感的发展①，将诗歌的主题和场景、配乐和视觉呈现、对白和旁白等多种元素有机地结合在一起，为电影场景铺垫感情基调，加持文化底蕴，让观众更好地领略唐代诗歌的魅力和内涵。

首先，电影巧妙地将诗歌融入台词，用诗歌串联剧情。在电影开篇，监军太监向高适询问李白时，高适吟诵出“千里黄云白日曛，北风吹雁雪纷纷。莫愁前路无知己，天下谁人不识君”，交代了此诗是当初送别董大的时

---

① 谢君伟，邹靖，陈廖宇，等.《长安三万里》：大唐风貌与中国诗词的动画表达——谢君伟、邹靖访谈［J］. 电影艺术，2023（4）：81－87.

候创作的。通过“莫愁前路无知己，天下谁人不识君”两句引出高适与李白是知己，交代了人物关系，为高适回忆与李白相交的数十载春秋作了铺垫。在李白同高适前往长安求取功名却被江夏郡首府拒之门外后，李白感叹其有眼无珠，随后吟诵出“大鹏一日同风起，扶摇直上九万里”。大鹏是李白诗赋中常常借以自况的意象，它既是自由的象征，又是惊世骇俗的理想和志趣的象征。影片中也多次出现大鹏这一意象，在这里主要表达了李白的凌云壮志以及他勇于追求且不畏流俗的精神。在两人第一次去黄鹤楼时，李白得知黄河流淌过高适的故乡，表示自己未曾到过黄河，但却听过王之涣的“白日依山尽，黄河入海流”。此诗布局在这，既展示了李白才华横溢的一面，也为剧情增色添彩。在两人一同登上黄鹤楼时，李白借酒消愁，无意间却看到了崔颢的诗句，深受震撼。在这里，崔颢的《黄鹤楼》由李白和高适相继吟诵而出，影片更是为“日暮乡关何处是，烟波江上使人愁”两句进行了画面描写。《黄鹤楼》一诗的布局推动了故事情节发展，李白与高适分别前往扬州，立誓要写出胜过《黄鹤楼》的诗。在前往扬州的船上，李白边抚剑边吟诵“抚长剑，一扬眉，清水白石何离离。脱吾帽，向君笑。饮君酒，为君吟”。在这段画面中，既表现出了他的文学才华，同时也展示了他豪放不羁的性格。在中国传统文化中，诗与剑常常被联系在一起，象征着文武双全。李白在此场景中，既显现了他的文学造诣，也展示了他对剑术的熟悉，这样的描绘，使得他的形象更加丰满。在李白与高适的第三次相见中，也就是李白找到高适，告诉他自己的父亲去世了，自己一度浪费金钱挥霍如土，被哥哥赶出家门，差点因病在扬州丧命。这时镜头转到李白的酒杯中，里面倒映着天上的月亮。他看着杯中的月亮，吟诵了曾经创作的《静夜思》，然后讲述了自己即将入赘许家，希望高适陪同他一起去询问好友孟浩然对做赘婿一事的看法。当二人追到黄鹤楼时，只见已经航行的船上孟浩然那抹愈渐遥远的身影，此时诗句“孤帆远影碧空尽，唯见长江天际流”就自然而然地吟咏而出，情景交融。在呈现高适的《燕歌行》这首诗时，通过故事情节交代了诗作的创作背景，同时，这首诗也是李白和高适第四次相遇的一个契机，推动了故事情节的发展。第五次相见，高适去赴十年之约，在长安街道听到路人吟诵李白的《南陵别儿童入京》《忆旧游寄谯郡元参军》两首诗歌，通过路人视角突显了李白的名声之大。在这次相遇中，通过高适与杜甫的寒暄，呈现了《别刘大校书》和《望岳》两首诗。当高适在“曲江酒肆”看到李白同一众官员纵情酒宴，放纵不羁，醉酒吟诗《前有一樽酒行二首》后，决定离开。一年后，杜甫和李白到商丘梁园找到高适，说了李白这一年在长安的经历，随后李白感叹“安能摧眉折腰事权贵，使我不得开心颜”，表现了他蔑视权贵、不卑不屈的叛逆精神。然后在好友的陪伴下，李白投入了道门，并成为一位圣人。众多诗人饮酒作诗，李白也创作出了让后人惊叹的《将进酒》。随后高适告别，想要前往哥舒翰帐下，李白吟诵《侠客行》送给高适，并说出此诗是二十年前他按照高适的模样写的，随后又吟诵出“生者为过客，死者为归人。天地一逆旅，同悲万古尘”，表达了对人生无常和世间悲欢离合的深刻感慨。

其次，影片在每出现一个诗人时，就会引用一首他的代表作。例如，在岐王府，高适遇见了以琴音追逐理想的王维，感叹其诗也写得很好时，吟诵了王维的“红豆生南国，春来发几枝”。在诗人常建出场时，引用了他的《落第长安》以及在高适前往长安赴十年之约时，在“曲江酒肆”影片更是介绍了众多诗人，同时也呈现了他们的代表作，包括贺知章的《采莲曲》、张旭的《春游值雨》、王昌龄的《出塞》以及岑参的《白雪歌送武判官归京》。

最后，电影在呈现诗作时始终贯穿《河岳英灵集》这本集子。在影片的最后，书童随口背诵《河岳英灵集》中抄录的唐诗，高适回答谁人所写，一问一答之间，何其俏皮有趣，与青山绿水交相辉映，一幅太平安乐之景。在此情节中，主要呈现了李白的《子夜吴歌·秋歌》《单父东楼秋夜送族弟沈之秦》《送陆判官往琵琶峡》、王昌龄的《代扶风主人答》、王维的《陇头吟》、高适的《别韦参军》。此外，在片尾曲时，影片还用各种方言吟诵了杜牧的《过华清宫》、白居易的《长安道》、李白的《黄鹤楼闻笛》等诗歌，仿佛像是千年后今人对大唐的一次回望，情怀满满。

（三）电影《长安三万里》对唐诗文化的传播效果和影响

1. 传播效果

动画电影《长安三万里》对唐诗文化的传播效果是非常显著的。首先，影片选择了以唐诗为主题，这就为传播唐诗文化提供了一个非常好的平台。其次，影片巧妙地将唐诗融入叙事，使得观众在欣赏影片的同时，也能够感受到唐诗的魅力。此外，影片还通过高适和李白的故事，向观众展示了唐代的文化和历史，进一步加深了观众对唐诗文化的了解和认知。而且《长安三万里》不仅在票房上取得了成功，在口碑上也得到了广泛认可，成为2023年中国内地动画电影的一匹黑马，获得了第36届中国电影金鸡奖最佳美术片奖、第10届丝绸之路国际电影节最佳动画片提名奖。以下是猫眼专业版的《长安三万里》的相关数据分析：

首先是"想看分析"，根据猫眼专业版提供的数据，可以看到《长安三万里》累计想看数据达到561075人次，其中上映前的数据为335614人次，上映后的数据为225461人次。以下为猫眼专业版提供的想关用户画像：

图1 想看用户性别占比

图2 想看用户性别占比

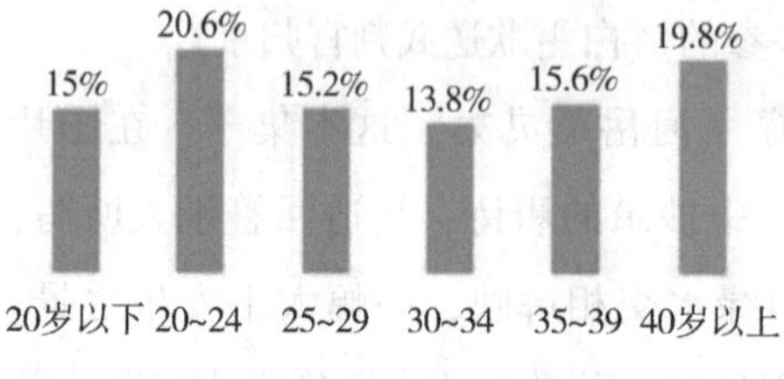

图3 想看用户年龄占比

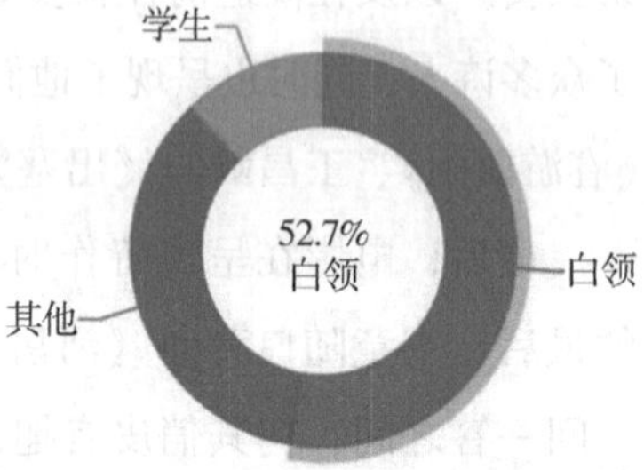

图4 想看用户职业信息占比

其次是"营销分析"，根据猫眼专业版提供的数据，可以看到《长安三万里》在抖音和百度上的热度都比较高，在抖音上累计话题播放54.29亿，累计官抖点赞8683.9万，累计上榜话题142个，累计爆款视频516个。百度搜索人群画像女性占比58.23%，男性占比41.77%，下图为百度搜索人群画像的年龄分布图：

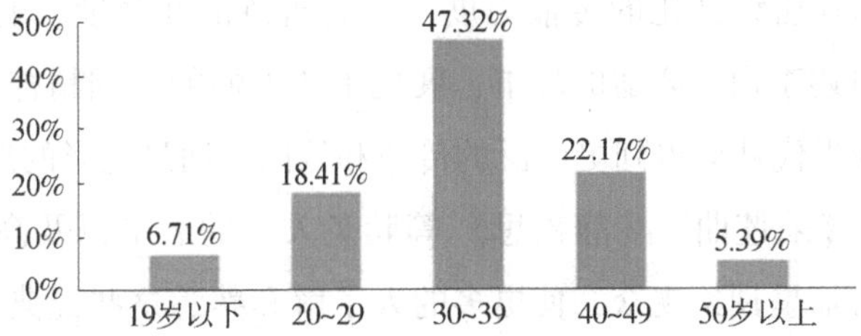

图 5　百度搜索人群画像年龄占比

最后是“口碑分析”，根据猫眼专业版提供的数据，可以看到《长安三万里》的评分为 9.4 分，累计票房达到 18.24 亿，有 34.1 万人参与评分，其中男性占比 40.1%，女性占比 59.9%。观众热评为“影片有趣”“剧情精彩”“音乐出色”等，下图为不同年龄用户评分及不同地域用户评分：

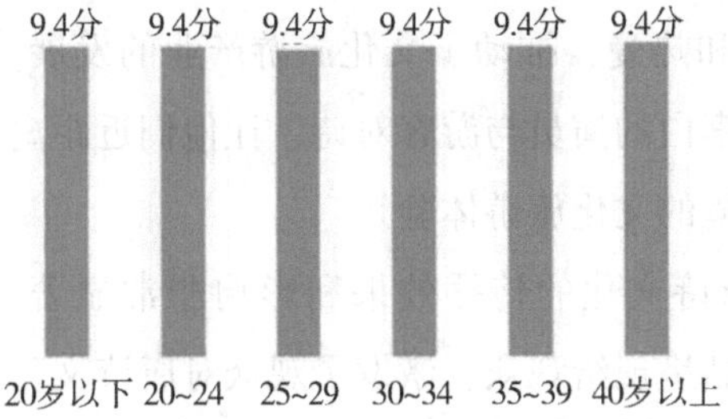

图 6　不同年龄用户评分

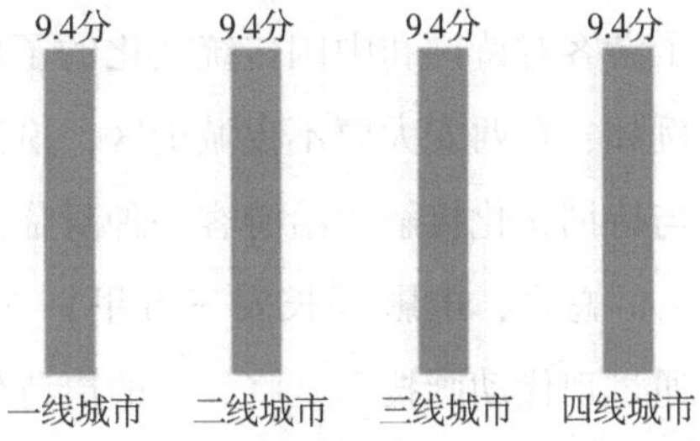

图 7　不同地域用户评分

通过以上数据可看出《长安三万里》的传播力度以及反响效果皆很出众，该片对多个年龄、不同性别、不同地域及不同职业都有一定的吸引力，对于国产动画电影而言已经是一次突破，甚至被一些观众称为巅峰之作；另外，在《长安三万里》热播后，与之相辅相成的作品《长安诗选》在各大平台上的销量不断攀升，甚至一度出现断货的情况，需要加印以满足市场需求。总之，《长安三万里》通过多种手段，成功地将唐诗文化传递给了观众，引起了广泛的共鸣，对唐诗文化的传播起到了积极的推动作用。

2. 传播影响

电影《长安三万里》作为一部以唐代诗人和唐诗为主题的动画电影，对唐诗文化的传播影响主要表现在以下几个方面：

首先是增强唐诗文化的传播力度，提高唐诗的知名度。电影《长安三万里》通过讲述李白和高适的故事，展现了诗人们的家国精神和悲悯情怀，使唐诗文化在当代社会得到更广泛的传播和认同。通过电影的形式，将李白的《将进酒》《采莲曲》《静夜思》等脍炙人口的名篇以及高适的《燕歌行》等边塞诗篇呈现给观众，使更多的人了解和熟悉这些经典的唐诗作品，让观众在欣赏动画之美的同时，也能领略到唐诗的魅力，从而激发观众对唐诗文化的兴趣。

其次是推动唐诗文化的传承和创新。电影《长安三万里》将唐诗与现代动画技术相结合，以新颖的形式呈现经典的唐诗作品，不仅让观众更好地理解和感受唐代诗人的意境和情感，同时也为唐诗文化的传承和创新提供了新的可能。

最后是促进文化旅游产业的发展。电影《长安三万里》的热播，激起了游客对诗词和中国传统文化的了解和热爱，推动了文化旅游产业的发展。例如，在西安大唐不夜城街区，扮演李白的演员与游客对诗，让他们近距离与诗词文化接触，给游客一种身临其境的文化旅游体验。

总之，电影《长安三万里》对唐诗文化的传播效果和影响非常显著，通过现代动画技术，将经典的唐诗作品呈现给观众，激发了观众对唐诗文化的兴趣，推动了唐诗文化的传承和创新，以及文化旅游产业的发展。

四、电影《长安三万里》可视化手段对唐诗的传达

在电影《长安三万里》中，可视化手段对唐诗的传达起到了重要作用。通过图像化呈现、音乐与唐诗的融合、情节搭建和叙事手法将唐诗的意境、情感和时代背景生动地展现出来，使观众在欣赏动画之美的同时，也能深入理解和感受唐诗的魅力。

（一）图像化呈现和装饰美感

1. 人物呈现

电影《长安三万里》在动画人物设计方面，进行了精心的创作和打磨。为了全方位还原唐朝风貌，创作团队以唐朝的审美为基准，参考了唐俑、唐代壁画和古画中人物的比例和造型。在人物形象创作方面，团队尽力还原那

个时代的文化、建筑、服饰、风俗等方面的细节。唐朝人崇尚孔武有力，所以上半身较长，腰带下褪，以凸显唐朝人的雄壮精神。剧组为演员们精心设计了唐代官服、士人服饰等，并注重细节的还原和精致的制作，使人物形象更加逼真。通过描绘李白、高适等诗人的生平故事，帮助观众更好地理解他们的性格和创作背景。尤其是该片尝试对李白这一历史人物进行多维度的刻画。首先是人物性格的复杂性，电影中展现了李白的豪放不羁、挥金如土以及他在追求理想与现实之间挣扎的矛盾性格；其次是他人生经历的多样性，他出生于商人家庭，虽才华横溢却未能在官场上获得显著的地位，好在他人际关系良好，不仅与高适友谊深厚，还结交了许多文人墨客；最后是文学成就的多面性，电影通过李白的诗歌创作，展现了他对诗歌艺术的热爱和对美好生活的向往。他的诗歌在电影中被描绘为具有深远影响的文化成就，不仅在当时受到赞誉，也对后世产生了重要影响。通过这些维度的刻画，打破了人们心中对李白“诗仙”的单一印象，让观众能更加立体地了解这位伟大的诗人，从而更加能体会李白诗歌所表达的情感。

2. 场景与道具呈现

电影运用了大量的历史建筑和文物作为场景和背景，将古代长安城的壮丽与辉煌展现得淋漓尽致。通过巧妙的摄影技巧和景观构图，呈现出宏大的城市风貌和细致入微的细节，使观众仿佛穿越到了大唐盛世，从而更好地理解唐诗中所描绘的盛唐气象。同时，电影还充分展示了唐代宫殿、街巷以及市井民居的装饰风格，展示了当时的建筑风貌和装饰美感。更是通过精美的画面和动画技术，将诗歌的意境呈现得淋漓尽致，观众可以更好地感受唐诗的意境美。此外，电影中使用的饰品、器具、宴会场景等，都考究了唐代特色和当时社会阶层的文化特征，营造出了浓厚的时代氛围。在整体调色上，电影采用了暖色调为主，打造出温暖而又富有韵味的画面。同时，通过灯光、特效和镜头运用，突出了场景的华丽和剧情的节奏感，营造出了浓烈的视觉冲击力，观众可以更直观地感受到唐诗的魅力，从而更好地理解和欣赏唐诗。

总的来说，电影《长安三万里》在图像化呈现和装饰美感方面做得非常出色。人物的刻画以及场景和道具的选取对观众理解唐诗起到了很好的辅助作用。通过精心的布景、服饰、道具和灯光等视觉元素的设计和运用，观众可以了解唐代的文化背景和生活方式，从而更好地理解唐诗的内涵。

（二）音乐与唐诗的融合

电影《长安三万里》在音乐与唐诗的融合上做出了巧妙而富有创意的处理。主要是通过配乐和吟唱的方式呈现。

1. 运用古典音乐元素增添韵味

电影运用了大量的古典音乐元素，通过古筝、笛子、古琴等传统乐器的演奏和古乐团的表演，为电影情节和场景增添了独特的音乐韵味。这些古典音乐的运用使得观众能够更好地感受到唐代长安的氛围和当时乐舞的繁盛，同时古典音乐为唐诗配乐，能够更好地让人们感受到唐诗的感情基调。例如：李白边弹琵琶边作诗《杂曲歌辞·前有一尊酒行二首》；特别是在《将进酒》一段加入钢琴元素，与诗歌的节奏和情感相呼应，营造出一种欢快、豪放的氛围。

2. 通过角色的演唱传达唐诗

在电影中，当高适和李白在一起喝酒时，他们唱起了《将进酒》这首诗。悠扬的旋律与李白的诗句相互交织，使得观众在聆听美妙歌声的同时，更能深刻地体会到唐诗的韵律之美。在高适前往歧王府希望通过玉真公主的引荐时，听到了琵琶女唱李白的"日照新妆水底明，风飘香袂空中举。岸上谁家游冶郎，三三五五映垂杨"，此时的布局突出了李白的名声之大，连琵琶女都知道。在影片最后，监军太监告知高适李白已被赦免的消息时，吟唱了李白的新诗《早发白帝城》。

总体来说，电影《长安三万里》通过运用古典音乐和唐诗元素的融合，为电影营造了浓厚的历史氛围和文化底蕴。同时，这种音乐与诗歌的结合也体现了对唐代文化的尊重与致敬。这种融合不仅丰富了电影的艺术表现形式，还让观众在欣赏电影的同时，领略到了古代音乐与诗歌的美妙与力量。

（三）情节搭建和叙事手法

电影《长安三万里》通过情节搭建和叙事手法，巧妙地将唐诗融入其中，传达了唐诗的魅力和盛唐时期的文化风貌。

1. 以长安城为背景讲述李白和高适的故事

在情节搭建方面，电影以唐朝长安城为背景，讲述了诗人李白和高适的故事。影片将他们的生平经历与诗歌创作紧密结合，通过具体的事件和场景，展现了他们的创作灵感来源和诗歌背后蕴含的情感。例如在呈现《黄鹤楼送孟浩然之广陵》这首诗时，电影将背景设定在李白对成亲一事尚且踌躇未定的前夕，李白与高适赶到好友孟浩然的住处，想要问询好友对做赘婿一事的看法。当二人追到黄鹤楼时，只见已经航行的船上孟浩然那抹愈渐遥远的身影，此时诗句“孤帆远影碧空尽，唯见长江天际流”就自然而然地吟咏而出，情景交融。

2. 运用多种叙事方式建构集体记忆

在叙事手法方面，电影利用多种叙事方式建构了集体记忆。① 通过对唐代历史的还原与改写串联起集体记忆的线。该片以双嵌套的叙事结构，即历史背景嵌套文人故事、文人故事嵌套文化常识的方式将以上三者缝合，从而激活文史常识，实现唐诗的故事化②。影片以老年高适的回忆作为主线，展开了对李白和他自己的故事的叙述。老年高适在回忆中，讲述了他们的一生，以及他们与时代的交织。这种回忆式的叙事方式，使得过去的事件和当下的情节相互交织，形成了一种丰富而复杂的叙事效果。巧妙地将过去和现在、历史和人物相互交织，形成了一幅丰富而立体的历史画卷。这种叙事方式不仅展现了唐代诗人群像的璀璨光辉，也揭示了他们与时代的深刻关联。

总的来说，电影《长安三万里》通过情节搭建和叙事手法的巧妙运用，为观众提供了一个独特的视角，帮助观众更好地理解唐诗的意境和情感。观众在欣赏故事的过程中，可以更加真切地感受到诗人们创作诗歌时的情感波动，从而更好地理解唐诗的意境和内涵，激发对传统文化的兴趣。

五、电影对唐诗可视化传播的启示与前景展望

（一）比较《长安三万里》与其他电影对唐诗的传播效果

目前，以唐朝为背景的电影颇多，但在电影中融入唐诗的例子较少，直

---

① 张金芳．“集体记忆”理论视域下《长安三万里》的叙事研究［J］．西部广播电视，2023，44（19）：21－24.

② 牛欣．双嵌套叙事、文化奇观与古典题材的现代阐发——电影《长安三万里》“中国故事”的讲述方式探析［J］．科技传播，2023，15（20）：72－74.

接引用唐诗的大多为纪录片。在这里选取由陈凯歌执导的《妖猫传》与《长安三万里》进行对比。在唐诗的应用及传播上，二者有着明显区别：

1. 引用唐诗的数量不同

《长安三万里》以唐代诗人李白和边塞诗人高适为主角，通过他们的生平故事，展现了唐代诗人群像及经典唐诗名篇。影片中出现了 48 首唐诗，从三岁稚童张口就来的那句“床前明月光”，到中学生必背的“将进酒，杯莫停。与君歌一曲，请君为我倾耳听”，这些李白诗中的名场面，都在影片中一一出现了。而《妖猫传》则主要以杨贵妃和李白为主角，通过讲述他们之间的故事，展现了李白的诗歌才华和个性魅力。在影片中，主要引用了 2 首诗，白居易的长诗《长恨歌》起到了关键作用，贯穿了整个故事。另外就是李白奉唐玄宗之命创作的《清平调》用于赞美元宵佳节和杨贵妃的美貌。诗中“云想衣裳花想容，春风拂槛露华浓”的描绘，展现了杨贵妃的国色天香。在影片中，这首诗起到了烘托氛围和表现杨贵妃美丽形象的作用。

2. 发挥唐诗的作用不同

《长安三万里》中的唐诗是作为故事背景和情感表达的重要手段，影片通过诗歌来描绘唐代的社会风貌、人物性格和家国情怀。而《妖猫传》中的唐诗则更多的是作为情节推动和人物塑造的手段，影片通过诗歌来展现李白的才华和个性，以及他与杨贵妃之间的感情纠葛。最后体现在情感基调上，《长安三万里》中的唐诗呈现出一种深沉、悲壮的氛围，反映了唐代诗人们对家国天下、黎民苍生的深沉责任和无奈感慨。而《妖猫传》中的唐诗则呈现出一种华丽、优美的氛围，更多地展现了李白的才华和个性魅力。

3. 传播唐诗的方式与效果不同

《长安三万里》和《妖猫传》这两部电影在传播唐诗方面有着不同的表现和效果。《长安三万里》影片中穿插了多首唐诗，让观众在欣赏动画的同时，能够感受到唐诗的魅力。这部电影对于传播唐诗具有一定的效果，特别是对于年轻人和孩子们来说，通过动画的形式让他们更容易接受和理解唐诗。而《妖猫传》则通过改编日本作家梦枕貘的小说，讲述了一段关于杨贵妃的奇幻故事。影片中引用了白居易的《长恨歌》和李白的《清平调》，展现了唐朝的繁荣景象和诗歌文化的辉煌。虽然影片中出现的唐诗数量相对较少，但通过电影的传播，让观众对唐诗有了更深入的了解和认识。

总的来说，《长安三万里》和《妖猫传》在传播唐诗方面都取得了一定的效果，但两者的传播方式和受众群体有所不同。《长安三万里》更注重于通过动画形式向年轻观众传播唐诗文化，而《妖猫传》则通过讲述奇幻故事，以唐诗为背景，向包括年轻人在内的全体观众展现了唐朝的繁荣景象。两者都在不同程度上传播了唐诗的魅力，为观众提供了了解和欣赏唐诗的机会。

（二）《长安三万里》的成功经验

《长安三万里》勇于创新，自上映以来，广受好评，引发了观众对唐诗文化的强烈共鸣，可以说是一部成功宣扬唐诗文化的电影。

1. 具有开拓精神，勇于创新

电影《长安三万里》在制作上敢于尝试新的题材和表现手法，打破了传统动画题材的局限，将故事背景设置在唐朝，历史文化底蕴深厚，展现了全新的文化风貌，同时采用了更加现代的动画技术，将唐朝的繁荣景象展现得淋漓尽致，使得整部电影更具有观赏性和艺术性。

2. 唤醒受众内心的文化认同

《长安三万里》以其精湛的细节和独特的“唐诗”视角，向人们展示了中华优秀传统文化的深厚底蕴。每一首唐诗都像一扇通向传统文化的窗户，让人们更深入地了解其中的内涵。将唐诗融入电影中不仅展现了东方文化的魅力，也为文化传播提供了一种新的方式。观众与影片建立情感连接，让观众更容易产生共鸣和认同感。

（三）电影对唐诗可视化传播的创新策略展望

电影作为一种媒介，可以通过视觉、听觉等多种方式将唐诗进行可视化传播。未来，电影对唐诗可视化传播的创新策略可以从多个方面突破。

1. 结合现代科技手段

随着科技的不断发展，电影制作可以利用虚拟现实、增强现实等现代科技手段，将唐诗中的场景、意象等进行可视化呈现，让观众更直观地感受到唐诗中所表达的意境和情感，同时也能够更好地理解唐诗的内涵和价值。

2. 融入多元艺术形式

电影可以尝试将唐诗与现代艺术形式相结合，如音乐、舞蹈、绘画等，以丰富多样的表现形式展现唐诗的美学价值。例如，可以创作以唐诗为灵感的原创音乐，将唐诗融入舞蹈编排，或者以唐诗为主题进行绘画创作，使观众在感受唐诗的同时，也能够享受到电影艺术的视听盛宴。

3. 采用电影叙事方式进行呈现

电影叙事方式可以通过故事情节的安排，将唐诗中的情感、思想和意境融入其中，使观众通过故事的情节与人物的冲突展现，更加深入地理解唐诗的内涵，感受到唐诗所表达的情感和意境。

4. 文化差异的处理

电影在进行唐诗可视化传播时，要考虑到不同文化背景下观众的接受程度和理解能力，适当进行文化差异的处理和本土化调整，可以更好地传递唐诗的精神内涵。

结语

作为我国古代文学的瑰宝，唐诗一直以来都受到广大读者的喜爱与推崇。现如今，随着信息时代的发展和技术的进步，唐诗通过各种媒体形式得到了更加广泛的传播与推广。通过对电影《长安三万里》的分析和研究，我们可以看到，唐诗的可视化传播在诗歌的传播和推广方面起到了重要的作用。通过将诗歌与影像相结合，诗歌的意境和情感得以更加直观地展现，增强了诗歌的吸引力和感染力。

首先，唐诗的可视化传播使得诗歌的意境更加深入人心。在《长安三万里》中，通过影像的方式，生动展现了唐诗中的长安景象和边塞风光，观众可以更加直观地感受到诗人对唐朝盛世的赞美之情，以及对边疆将士的敬佩之情。这种通过影像展现诗歌意境的方式，使得诗歌更加生动有力，让更多的人产生共鸣。

其次，唐诗的可视化传播增强了诗歌的吸引力。通过电影《长安三万里》的精美画面和生动的情节，使得观众在欣赏电影的同时，也能欣赏到唐诗的美。这种通过影像吸引观众的方式，不仅增强了诗歌的吸引力，也扩大了诗歌的受众范围。

最后，唐诗的可视化传播提高了诗歌的传播效率。通过电影等现代媒体手段，唐诗得以更广泛地传播和接受。电影《长安三万里》的成功，证明了可视化传播在诗歌传播中的重要性，也为未来唐诗的传播和推广提供了新的思路和方法。

综上所述，唐诗的可视化传播在诗歌创作和传播方面起到了重要的作用。我们应该重视和利用可视化传播的方式，让更多的人了解和欣赏唐诗的魅力。同时，我们也要积极探索和尝试更多的可视化传播方式，以适应现代社会的传播需求，让唐诗在新的时代焕发出新的光彩。

后　记

2019 年 7 月，我申报的《李白、杜甫诗歌在越南的传播研究》获批云南省哲学社会科学研究基金项目（YB2019052）。原计划 2021 年 9 月结项，但研究工作才刚刚展开之际，恰逢云南民族大学拟在 2021 年 11 月举行 70 周年校庆典礼，因笔者曾两度主持云南民族大学 55 年、60 年校史的编纂工作，校党委再次安排我主持繁重的《云南民族大学 70 年》校史的编纂工作；同时，为迎接汉语言文学国家级一流专业的验收工作，本人主持编撰了《大学写作教程》和《大学语文》两本教材。直到全力完成 60 多万字的校史编纂任务和 44 万字的《大学写作教程》、38 万字的《大学语文》编写工作，并提交出版社先后公开出版后，才再次开始本项目的集中研究工作。期间，笔者一直担任学院院长，行政管理事务繁杂，教学工作任务亦繁重，加上三年疫情的持续影响，虽有一些中期研究成果先后入选省内外相关学术会议宣读交流，但一直延期到 2023 年 8 月才集中完成了本项目的研究工作，形成了研究报告并获"良好"结项。在此基础上，经进一步修改完善后，终于形成此书稿。

本书从"一带一路"倡议背景出发，从传播学角度研究李白、杜甫诗歌在越南的传播情况，旨在"一带一路"视域下，系统展现从古至今李杜诗歌在越南的传播机制，以及接受认同策略体系，搭建"一带一路"视域下李杜诗歌传播的理论框架，研究李杜诗歌在越南传播的途径与方式，构建李杜诗歌在跨文化领域的传播与接受心理机制等，并将李杜诗歌放置于整个东南亚国家的大区域中去观照，探索域外文学的传播机制，审视文学传播现象，考察文学传播过程，建构和丰富文学传播学理论，不断扩大中国文学特别是唐诗的世界影响，并在此基础上着重分析了进一步加强中越两国人文交流面临的困难与问题，提出“以唐诗为媒，寻找文化共源，加强人文交流和文明互鉴”的路径与方法。

本书以传播背景（基础）、传播方式与途径、跨文化传播心理机制、接受效果与影响研究为着眼点，在具体方法上主要采用了文献研究法：利用现有书目、索引、图书资源、互联网媒介等手段，广泛搜集唐诗在越南传播的有关资料和学界成果，参考的主要文献均已在文中表述或在文后注明；同时采用比较研究法和实证研究法：将李杜诗歌的传播与同时期小说、戏曲、散文的传播对比，与在东南亚各国的传播与接受对比，探索诗歌传播的一般规律、共性和个性；尽力走访调研和深度访谈中越两国专家学者和越南留学生，为李杜诗歌在越南的传播研究提供实证资料。

本书旨在建构“一带一路”视域下唐诗传播的理论分析框架，从传播学角度探索唐诗特别是李杜诗歌在跨文化领域的传播机制，通过研究传播心理、传播途径与方式、传播效果和影响等，研讨文学传播的特殊规律，为唐诗的域外传播研究提供新视角与新方法，建构和丰富文学传播学理论体系，不断扩大中国文学的世界影响。本书的选题和研究内容均较为新颖独特，学科交叉融合，补白了国内外的研究缺漏，具有一定的学术价值和理论意义。同时，积极实施“一带一路”倡议，以亚洲国家为重点，以人文交流为纽带，建设中国同沿线各国经贸和文化交流的大通道是国际环境的必然要求。目前，已逐步发展对域外中国古代文学的研究，标志着中国学界开始将中国文学特别是古典诗歌研究置于全球视野。显然，李杜诗歌在越南的传播研究，可以在重构中国古代文论的现代体系、建构中国古代文学研究的世界话语权中发挥积极而独特作用。本书的选题和研究内容契合时代主题，极具现实意义。本书不仅在重构中国古代文论的现代体系，扩大中国文学的世界影响方面发挥积极而独特的作用，更将为“一带一路”共建国家的人文交流提供应有支撑。本书顺应潮流，时代感强烈，推广应用价值较高。

当然，本书还存在一些不足或欠缺，研究内容还有待进一步深化，特别是李杜诗歌在跨文化领域的传播机制、传播心理、传播途径与方式上还可进一步挖掘和丰富，如李杜诗歌在越南的广泛传播及实例、越南人对李杜诗歌的接受心理等研究还略显不足；因受三年疫情的持续影响，我实地赴越调研和考察、访谈只有零星几次，加上语言障碍，还未能全面了解掌握，在文献资料方面，特别是越南的历史文化资料收集还不够全面，李杜诗歌及其他唐代名家名诗、唐诗三百首等的具体诗例也还略显单薄，有待今后进一步深入研究。

本书由云南民族大学及其文学与传媒学院资助出版，在项目研究过程中，项目组相关成员提供了大量的帮助与支持，特别是在具体写作过程中，得到了许丽华、郭师语两位老师，以及2024届汉语言文学专业毕业生孙霁君同学的无私帮助与奉献。在此，衷心感谢学校及学院，亦对项目组相关成员的辛劳表示谢忱。

2024年5月　昆明